甘い口づけ
Sweet Kiss

甘《あま》い口《くち》づけ

妃《ひめ》川《かわ》 螢《ほたる》

ILLUSTRATION
実《じっ》相《そう》寺《じ》紫《ゆかり》子《こ》

CONTENTS

甘い口づけ

甘い口づけ

SWEET KISS

プロローグ

囚《とら》われる。

その熱い瞳《ひとみ》に。甘い口づけに。

熱くなる。

腕を擦り抜ける、焦がれた温《ぬく》もりに……。


「い……いや……ぁ……っ！」

ソファーに縫いとめられた手首は軋《きし》み、嚙《か》み締めた唇には血が滲《にじ》む。

渾身《こんしん》の力で抗《あらが》っても、のしかかる身体《からだ》はピクリとも動かない。

悔しくて悔しくて、涙が溢《あふ》れた。

ほとんどの生徒が下校したであろう遅い放課後。校舎の端にある生徒会室を訪れる者など、いるはずがない。はじめからそのつもりで自分を待っていた男に、気づいたときには押し倒されていた。

「あ、安曇野《あずみの》っ!?」

強い視線に絡め取られ、硬直した身体は言うことを利かず、叫ぼうとした唇は塞《ふさ》がれた。容赦なく入り込んできた舌にきつく吸われ、自慰すらろくに知らない初心《うぶ》な身体は、恐怖に竦《すく》み上がる。力の抜けた下肢を支えるように腰を抱き取られて、気づいたときにはソファーの上だったのだ。

嫌われているのはわかっていた。

けれど、スポーツマンであるはずの彼が、よもや肉体的な暴力におよぶなどと考えもしなかった。

暴力。

たしかに蘭生《ゆう》にとっては、これは性的な暴力だったかもしれない。

しかし、抱き締めた身体の細さと芳しさに煽《あお》られた男にとっては、それはたしかに、情熱だった。

まぎれもなく、愛情に裏打ちされた、いきすぎた情熱だったのだ。

「や…やだっ…なに…っ」

たしかな意思を持って、紘輝《ひろき》の唇が蘭生の肌を辿《たど》る。どんなに必死に抗っても、紘輝にとっては仔猫《こねこ》が爪《つめ》を立てている程度のものでしかないことは、重々承知の上。それでも、わけもわからず好きにされるわけにはいかなかった。

「は…なせ…よっ」

睨《にら》み上げた視線の先にあったのは、なぜかつらそうな瞳。

眉根《まゆね》を寄せ、強い情熱を秘めた瞳は、冥《くら》い色をしていた。

「…ひゃ…ぁ…っ」

大きな手に下肢を暴かれ、淡い色の欲望を握り込まれる。

力ずくで蘭生を押さえ込みながらも、紘輝の愛撫《あいぶ》は執拗《しつよう》なまでに丁寧で、何も知らないはずの蘭生の官能が呼び覚まされる。ジンっと痺《しび》れるような背を突き抜ける快感に、蘭生は紘輝の胸元にしがみついた。

「気持ちいいのか？」

耳元を擽《くすぐ》る、笑いを含んだ言葉。

カッと頬《ほお》に血が昇るのを感じても、シャツ一枚ひっかけているだけの格好で下肢を割られ、男の手に感じているという事実が、蘭生の口を閉じさせた。

――どうして？

――なんでこんなことするの？


きゅっと唇を嚙み締めて、泣き叫びたいのをこらえる。同時に、図らずも零《こぼ》れてしまいそうになる甘い吐息も、蘭生は必死に吞み込んだ。

ピチャっと濡《ぬ》れた音を立てて、耳朶《じだ》を嚙まれる。イヤイヤと頭《かぶり》を振って逃げようとすると、握られた欲望を強く扱《しご》かれた。

「っ…く…っ」

クチュクチュと濡れた音を立てて扱かれる己の欲望を直視できず、蘭生はぎゅっと目を瞑《つむ》って、紘輝の肩に額を預ける。

「強情だな」

呆《あき》れたような声が耳元に落とされた次の瞬間、蘭生の欲望は生温かい感触に包まれていた。


「やぁ…っ！　あ…あぁっ!!」

紘輝の口腔《こうこう》に含まれた途端、幼い欲望は弾《はじ》け、甘い蜜《みつ》を迸《ほとばし》らせた。ビクビクと痙攣《けいれん》を起こしたかのように背が撓《しな》る。放たれた白濁を喉を鳴らして飲み干すと、再び紘輝は蘭生自身を口に含んだ。

「やめ…て…やめ…」

ポロポロと涙を零しながらソファーをずり上がろうとする蘭生の細い腰を縫いとめ、力強い腕が白い太腿《ふともも》を抱え上げる。自身すら知らない未知の部分が空気に曝《さら》されて、薄く色づいた肌が朱に染まった。

先端を転がすようにして蘭生の幼い欲望を愛撫しながら、紘輝は濡れた指を奥まった秘孔に挿し入れる。

「い…っ！　や…な…に…？」

固い蕾《つぼみ》は指一本の進入すら拒み、異物を排出しようと蠕動《ぜんどう》をはじめた。

「セックスのやり方くらい知ってるだろ？」

ジワジワとそこを押し広げながら、二の腕に爪を立てる蘭生に、低い声が囁《ささや》く。

「え…だって…」

もはや現状を把握するだけで精一杯で、抵抗すらできない蘭生はパニック寸前だ。

「男はココを使うんだよ」

紘輝の指が根元まで押し込まれ、無理な挿入に蘭生の背がビクリと撓った。

「や…だ…そんな…無理…」

涙に濡れた瞳で、力ずくで自分を犯そうとする男を見上げる。それが図らずも男を煽る結果となって、蘭生は声にならない悲鳴を上げた。

「挑発すんなよ。できるだけやさしくしてやろうと思ってんのに」

紘輝の長くしなやかな指が、蘭生の感じるポイントを探して内部で蠢《うごめ》く。その指のかたちすらリアルに感じられて、蘭生は込み上げる不快感をぐっと呑み込んだ。やがて、紘輝の指がある一点を突いたとき、蘭生の身体がビクリと撥《は》ねた。

「あぁ…っ！　や…ぁ…んっ」

途端、さきほどまでの苦しげな吐息が、甘い色を滲ませる。

「ココ……か？」

確認するようにその場所を撫《な》でる指先に、再び蘭生の腰が撥ねた。その様子を満足げに確認して、紘輝は執拗にその場所を責めはじめる。するとあれほど固く異物の侵入を拒んでいた初心な蕾が、驚くほど柔らかく綻《ほころ》んだ。

やがて濡れた音を立てて指を締めつけはじめた内壁の熱さに、紘輝はもう一本苛《さいな》む指を増やす。それは難なく内部に収まり、奥へ奥へと誘い込むように襞《ひだ》が絡みついた。

「すごいな…こんなに濡れて…ホントにはじめてなのか？」

感嘆とも嘲笑《ちょうしょう》ともとれる言葉にも、蘭生はただただ頭を振って悶えることしかできない。生まれてはじめて知る恐ろしいほどの快感に、今はもう目の前の男に縋《すが》るしかできなかった。

「は…あぁ…んっ！」

二の腕に爪を立てていた指が、シャツを滑って紘輝の背に回される。しがみついてきた華奢《きゃしゃ》な腕の感触に、紘輝はたまらなく胸を締めつけられた。

「蘭生……」

落ちてきた口づけ。

唇が触れる寸前、呼ばれた名前。

——安曇野……？

名を呼び合うことなどなかった。この半年間。なのに……。

はじめて呼ばれた名前は、甘く甘く蘭生の胸を痺れさせた。

「蘭生…蘭生……」

耳朶を噛みながら、やさしく、繰り返し名を呼ぶ声。項《うなじ》がゾクリと粟立《あわだ》つ。

——なんでそんな声で呼ぶの？

嫌いなくせに。

——僕のこと、嫌いなくせに……っ‼

眦《まなじり》に溜まった涙が、零れ落ちる。

それを口づけで吸い取って、紘輝は拓《ひら》いた蘭生の下肢に、猛《たけ》った欲望を突きつけた。先走りに濡れた先端を入り口に押しつけ、その熱さを知らしめるようにぐぃぐぃと襞をなぞる。そして蘭生の呼吸のタイミングを計るようにして、猛った牡《おす》が柔らかな粘膜を引き裂いた。

「あぁぁぁ————っ‼」

瞼の裏が真っ赤に染まるような衝撃に、背が仰《の》け反り、唇が戦慄《わなな》く。

縋った背に爪を立てる。

しかし、すぐにその灼熱《しゃくねつ》に馴《な》れはじめた蘭生の秘孔は、しっとりと紘輝を包み込み、やがてピッタリと吸いついて、責める男を悦ばせた。

衝撃に、一度は萎《な》えたはずの蘭生の欲望も再び勃《た》ち上がり、先端から蜜を零している。

欲情に烟《けぶ》った瞳は濡れ、桜色に上気した滑らかな

肌はしっとりと汗ばみ、仰け反る顎《あご》のラインが悩ましく紘輝を煽る。薄く開かれた唇から喘《あえ》ぎの隙間《すきま》に赤い舌を覗《のぞ》かせ、湧き起こる喜悦の兆しに、嬌声《きょうせい》が零れる。

「綺麗《きれい》だ……」

言うとはなしに呟《つぶや》かれた言葉に、藺生はぎゅっと閉じていた瞼《まぶた》を上げた。

揺れ滲む視界に映るのは、熱い瞳をした精悍《せいかん》な男の顔。この半年で見慣れた、いつも真っ正面から自分を見据えていた男の、凄絶《せいぜつ》なまでの色気を孕《はら》んだ、牡の顔だった。

囚われる。

そのとき、漠然と藺生は感じた。

自分を嫌っているはずの男の見せる情熱に、最初に感じた恐怖は消え去り、己の身に施されている行為の数々が、ただの暴力などではないことが伝わってくる。

肌を辿る指先の繊細な動き。体中あますところなく痕跡《こんせき》を残してゆく唇のやさしい感触。感じたくなどないはずなのに、初心な身体が敏感に反応してしまうのは、施される愛撫に労《いたわ》りがあるからだ。

激しく突き動かされる腰の動きとは裏腹に、啄《ついば》むようにあやすように、口づけが繰り返し落とされる。

「は…あぁ…ふ…ん…っ」

零れる喘ぎを抑えることもできず、藺生は紘輝の激しい律動に追いたてられ、やがて曇っていた思考回路がブラックアウトすると同時に、閃光が瞼の裏を駆け抜けた。

「あ…あ…あぁ――――――――――っ!!」

意識を失う直前に感じたのは、中に弾けた熱い飛《ひ》沫《まつ》と、抱き締める腕の強さ。

そして、自分の名を呼ぶ、甘い声だけだった……。

「藺生……」

途切れがちな意識のなか、聞いた声。

その後につづいた言葉を、しかし藺生は確認することができなかった。

SCENE1

篁《たかむら》藺生にとって、安曇野紘輝は天敵だった。

生徒会長に就任して半年あまり。

一期が一年間と長いこの学園の生徒会役員は、三年生が務めることが多く、この春、二年生の藺生が会長に就任したときは、かなりの波乱含みだった。

藺生とて、好きで生徒会長になどなったわけではない。

前会長、花邑《はなむら》史世《あやせ》にじきじきに頼まれ、嫌とは言えず、仕方なく立候補したのだ。

幼馴《おさなな》染《じみ》の史世は、綺麗で強くて頭もよくて、藺生にとってはヒーローだ。六歳のとき、両親とともにイギリスから帰国した藺生は、ほとんど日本語が話せなかった。そんな藺生の拙《つたな》い日本語の会話に飽きることなく付き合ってくれ、苛《いじ》めっ子から守ってくれたお向かいのやさしいお兄ちゃんの存在は、藺生にとっては絶対的なものとしてインプリンティングされてしまっている。

その史世に「どうしても！」と頼み込まれて、嫌とは言えず「じゃあ出るだけ」と言って引き受けてしまったのが運の尽き。

本人の予想を裏切ってトップ当選を果たしてしまった蘭生は、唖然《あぜん》としながらも会長職を引き受けるしかなかった。

史世は、学園のアイドルだ。

その容姿も頭脳も、人を惹《ひ》きつけてやまない人間的魅力も、誰《だれ》もが認めるところだ。だから、史世が二年生で会長になったときは、誰も文句は言わなかった。艶然《えんぜん》と微笑みながら役員たちに指示を出すその姿には、誰もが憧《あこが》れを通り越して、崇拝にも似た強い感情を抱いていたのだ。

ところが、その史世が任期を終えて退くときに次期会長にと推薦したのは、縁無し眼鏡《めがね》をかけた地味で華奢な少年だった。普通なら誰もが不思議に思うはずだ。こんな地味な少年に生徒会長が務まるのか…と。

しかし、蘭生はトップ当選を果たした。

なぜか。

答えは簡単だ。

それは、本人に自覚がないだけで、蘭生自身も学園のアイドルだったから。

だが、その形容詞には〝陰の〟と、ことわりがつくことも、蘭生以外の誰もが知る、暗黙の了解だった。

もともとは、幼い日の蘭生と史世の約束から端を発している。

日本語がほとんど話せないまま日本の小学校に入学した蘭生は、毎日泣きながら学校から帰ってきていた。

そんな蘭生に手を差し伸べ、日本語を教え、苛めっ子から守り、ひとりっ子の蘭生のお兄ちゃんになると言った史世は、それこそ目のなかに入れても痛くないほどに蘭生を可愛《かわい》がってきた。

蘭生は、可愛い。

誰が見ても、本気で可愛い。

苛められて泣いて帰ってきたその泣き顔さえ、凶悪に可愛かった、六歳の春。

その苛めっ子たちが、本気で蘭生を苛めようとしていたわけではないことに、聡《さと》い史世はすぐに気づいた。みんな蘭生をかまいたいだけだったのだ。

はじめは蘭生を弄《いじ》る苛めっ子たちから守るだけのナイト役だったものが、様相を変えはじめたのはふたりが小学校高学年に進級したころからだった。

ハッキリスッパリと、史世は蘭生の身が危険であることを感じ取った。

可愛い蘭生。

無垢《むく》で、人を疑ったり悪く思ったりすることのない少年は、どうやらその手の性癖の男心を無性に擽るらしいのだ。そのことにいち早く気づいた史世は、今度は自分のテリトリーのなかに蘭生を匿《かくま》い、己の陰に隠す作戦に出た。

そうして、そのころからずっと、蘭生は史世に守られ、中学高校と史世を追うようにして進学して、今に至るというわけだ。

だから、蘭生は知らない。

自分が〝陰の〟アイドルであるという事実を。

自分にとってはやさしい幼馴染であるはずの史世に裏の顔があることを。

美しい見かけに騙《だま》されるとエライ目にあうと、中学時代から評判の腕っ節を持つ、保護者である史世の存在に怯《おび》え、気がねして声には出さずとも、その眼鏡に隠された柔らかな素顔にときめく多くの少年たちが、蘭生に熱い視線を送っているのだということも。

とはいえ、人気があることと会長職を任せられるだけの器量があるかどうかとは、また別問題だ。

トップ当選を果たしたものの、春の着任当時は、花邑前会長を惜しむ親衛隊の面々が騒いだり、一応は史世の推薦を受け入れて蘭生に投票したものの、本当に大丈夫なのかと首を傾《かし》げる者たちが多くいたりしたために、波乱のスタートだった。

しかし、今では蘭生の会長職に異を唱える者など、この学園には存在しない。

蘭生は、優秀な生徒会長だった。

就任直後の予算会議で並々ならぬ素養を見せ、各部部長を唸《うな》らせた。

数年前に起きたボヤ騒ぎのせいでずっと中止になったままだった学園祭の後夜祭でのダンスパーティーを復活させ、学園中を驚かせた。理事長への直談《じかだん》判にはじまり、所轄の警察署や消防署へ出向いての許可申請まで。夏前に行われた学園祭実行委員選出会議の場でダンパの復活を公言したときの学生たちの騒ぎようは、物凄《ものすご》いものがあった。

史世にさえできなかったことを容易《たやす》くやってのけた蘭生に、学生たちは厚い信頼を寄せるようになっていたのだ。

——が。

たったひとりだけ、そんな蘭生に突っかかりつづける男がいた。

それが、空手部部長にして、全運動部系部長を束ねる運動部長職を務める、安曇野紘輝だった。

四月に行われた役員就任式の日まで、蘭生は紘輝の存在を知らなかった。

会長、副会長などの生徒会役員に各部部長、各委員会委員長など総勢二十数名いる役員の中で二年生は蘭生と紘輝のみ。

当初、二年生は自分ひとりだと思っていた蘭生は紘輝の存在に安堵《あんど》するとともに、違和感を覚えた。

なぜ二年生で空手部の部長と運動部長を兼ねられ

るのか……。

その疑問はすぐに晴れた。

蘭生が知らなかっただけで、紘輝も学園のヒーローだったのだ。蘭生が陰の…なら、紘輝は堂々と表のヒーローだ。

「安曇野って有名人なのか?」

そう尋ねた蘭生に、クラスメイトはこぞって怪訝《けげん》な顔を向けた。

「……知らなかったのか? あんなに騒ぎになってたのに?」

そう言われて、いかに自分が世間に疎いかを思い知ったほどだ。

知らぬうちに史世の陰に隠され、世間と隔絶した日常を普通だと思い、受け入れてきた蘭生には、そういった情報が入ってこなかっただけのことなのだが、それに気づいていない蘭生は、このときばかりはさすがに自分の鈍さに呆れ返った。

聞けば、実家が道場で幼いころから武道全般をたしなむ紘輝は、全国大会の常連で黒帯。空手のみならず柔道も合気道も居合道も……ひと通りすべてこなすのだという。その上、中学時代はバスケットボールの選手で全国大会にも出場し、ユース選手にも選ばれていたらしい。

「なんでバスケ推薦を蹴《け》ってうちに来たのかわかんねぇって、同じ中学出身のヤツが言ってたぜ」

と、教えてくれたクラスメイトもいた。

とにかく、ことスポーツに関しては万能。入学当時は各部が勧誘に躍起になって、一触即発の睨み合いにまで発展していたほどだったらしい。それだけでも騒ぎのもとなのに、一八〇センチを超す身長に、精悍なマスク、多少無愛想で口数は少ないが、それがかえってウケるらしく、近隣の女子高生の間でも人気者なのだそうだ。

愛想はないがやさしい男で、寄ってくる女の子たちを邪険にすることもなく、頼まれれば他部の助っ人《と》もするし、廃部寸前だった空手部入部後、瞬く間に部を立て直してしまった。二年生になって、部長に就任し、面倒な運動部長職にも自ら立候補したのだと聞かされて、しかし繭生は、ますます眉根を寄せた。

学園のヒーローでやさしくて頼りになる男が、なぜ自分にだけ突っかかってくるのか。

——何かしたかな……。

不機嫌そうな紘輝の顔を見るたび、いつも考える。

——安曇野に嫌われるようなこと……。

しかし、いくら考えても、繭生には思い当たることは何もなかった。

紘輝は初対面の役員就任式のときから、繭生にはきつく当たった。

それはほかの役員たちに接するのとはまったく違う態度だった。

「はじめまして。一年間よろしくお願いします」

にっこり笑ってそう言った繭生に、紘輝はムスッと不機嫌な表情で言ったのだ。

「冗談じゃねぇよ」

と。

そのときから、ふたりは犬猿の仲だ。

はじめは一方的に、紘輝が繭生に突っかかっていただけだったのが、その繰り返しにたびたび繭生もムッとするようになり、きつい言葉を返すようになっていった。最近では普通の会話すら、半ばケンカ腰のありさまだ。

そんなつもりはなくても、ついつい硬い態度を取ってしまうのもいたしかたない。

ほとんど日常茶飯事と化したふたりのやりとりに、ほかの役員たちも宥《なだ》めるでもなく、傍観に徹している。なかには、「これがなきゃ議会に出たって気がしない」などと言う者までいるはずだ。

それはこの半年間、一向に改善されることはなく、一歩歩み寄っては二歩離れるという、一進一退状態がつづいていた。

どうにもこうにもウマの合わない相手というのは

いるものだが、そう割り切るには、ふたりは一緒にいる時間があまりにも長すぎる。生徒会長と役員。しかも同じ二年生。

あと半年もこんな状態がつづくのかと思ったら、蘭生はウンザリするばかりだ。

そして今日も、議会はふたりの睨み合いで二進《にっち》も三進《さっち》もいかなくなり、終わりを迎えたのだった。

SCENE2

役員たちもみな帰り、誰もいなくなった生徒会室で、蘭生はひとり大きなため息をついた。

——どうしてこうなっちゃうんだろう。

いつもいつも考える。

——僕の何がいけないんだろう……。

自分の何が、そんなに紘輝を怒らせてしまうのか、蘭生はいつも心を痛めていたのだ。

なぜ自分だけ紘輝に嫌われてしまうのか……。それを考えると心が痛む。悲しくなる。それがなぜなのか蘭生にはわからなかったが、しかし、紘輝がどう思っているかは別にしても、蘭生自身は紘輝と仲良くしたいと思っていた。

ホントはもっと話もしてみたい。議会でいつも蘭生に食ってかかってくる紘輝は、決して言いがかりをつけているわけではない。もっともな正論で蘭生の抜けている部分を指摘しているのだ。

だからこそ蘭生には反論のしようもなく、しかし譲れない部分もあって、議論は堂々巡りに陥り、止まってしまう。正論は正論。しかし、正論ばかりが通るわけではないのは、何も会社や政治に限ったことではない。

——もっと話し合えたら……。

紘輝とその問題について、もっとじっくり話し合うことができれば、議会をもっとよい方法へ持っていくことができるし、学園もよりよくすることができるのではないか……。

しかし紘輝は、いつもいつも蘭生につけ入る隙を与えない。話し合おうにも、その場で会話はプッツリと切られてしまうのだ。

もうどうしようもなかった。

さすがに半年もこの状態がつづくと、穏やかな蘭生にも限界がくる。

泣きたいような気持ちでふたつ目の大きなため息を吐いたとき、聞き慣れた声がドアのほうから聞こえて、蘭生は頭を上げた。

「疲れてるね」

もう十年以上も側《そば》にある美しい顔が、ドアに背を預けて微笑《ほほえ》んでいる。

「あっちゃん……」

気落ちしていたところに、自分を守ってくれる絶対的な存在の顔を目にしたことで、学校では呼ばないようにしている幼いころからの呼び名が思わず口をついて出ていた。

「こらこら、学校では花邑先輩、だろ？」

笑いながら歩み寄る史世に小さく頷《うなず》いて、しかし、蘭生は視線を落とす。

「まーたやりあったんだって？　安曇野と」

「……うん」

普段、この生徒会長のデスクに座っているときには絶対に見せない頼りない表情で、蘭生は応《こた》える。

その翳《かげ》った表情に、蘭生の悩みの深さを感じ取り、史世は項垂《うなだ》れる小さな頭を抱き寄せた。

「しょうがないなぁ」

くしゃくしゃっと柔らかい髪を撫で、できる限り明るく茶化す。

「口がへの字だよ。可愛い顔が台無しだ」

「可愛くないよ。僕はあっちゃんとは違う」

投げやりに返される蘭生の言葉に、史世は自分の犯した罪と責任を感じ取った。

大切に大切に守るあまり、蘭生を自分の陰にしてしまったこと。こんなに可愛くてなんでもできる蘭生に足りないのは、自信だ。それを取り戻してやらなくてはならないと、それに気づいたときからずっと史世は心を傷めつづけていた。

だからこそ、無理を言って生徒会長にも立候補させ、会長選を勝ち抜くことによって、自分にもできるのだと教えてやりたかったのだ。

「蘭生……」

髪を撫で、幼いころからいつもしているように、胸に抱き締めてやる。温もりに安堵したのか、蘭生は心のつかえを吐露しはじめた。

「しかたないよ……嫌われてるんだから」

蘭生の白い手が史世の制服をぎゅっと摑《つか》む。

「嫌われてる？　蘭生が、安曇野に？」

確認の言葉には、ただ頷いた。

「まっさか。そんなわけないだろう。この学園に蘭生のことを嫌ってる学生なんていやしないよ」

自分などとは比べ物にならないくらい美しくて強くて頼りになる人気者の幼馴染からかけられる言葉は、どれもやさしくて温かかったけれど、今の蘭生の心にはすんなりと入ってこなかった。

「そうかな……」

絞り出すように言う。

大好きな史世。

そんな史世をも妬《ねた》んでしまうほどやさぐれてしまった今の自分にはほとほと嫌気が差す。

——疲れたな……。

紘輝ひとりに振り回されて、冷静さを失くし、いつもの自分ではいられなくなっている事実が何を物語るのか……。わからず、蘭生は史世の温もりに包まれたまま、しばらく動けなかった。

そんな慈しみに満ちた抱擁を見つめる鋭い視線があることに、このときのふたりは、気づくことができなかった。

SCENE3

「はじめまして。一年間よろしくお願いします」

そう言って差し出された手を、紘輝は素直に握り返すことができなかった。

かわりに口をついて出たのは、取り返しのつかないひと言。

「冗談じゃねぇよ」

そのひと言に場内が静まり返り、蘭生の顔が見る見る青褪めていくのを、後悔いっぱいに眺めながらも、それでも紘輝は、その場を取り繕おうとは思わなかった。

この一年間の自分の努力と忍耐を思えば、それくらいなんでもないことだと、紘輝は思う。

蘭生は自分を知らなかった。

覚えていなかった。

入学以来ずっと蘭生の姿を追い求め、いつかこの腕に抱ける日を夢見てきた男にとって、それはすべてが無駄だったと通告された瞬間だったのだ。

学園のヒーローだと周りは言う。

胸くそ悪いと自分は思う。

誰が好き好んで騒がれる輪の中心になど行くものか。

ヒーローと祭り上げられて喜べるほど紘輝は酔狂な男ではなかったし、そんな可愛げも持ち合わせてはいなかった。

すべては計算ずく。

思惑あってのことだったのだ。

あの日、自分にニッコリと微笑んでくれた白い顔。掌《てのひら》に触れた白い指先。

そして、桜舞い散るなか、その姿を再び確認した日の感動を、紘輝は忘れたことなどなかった。

――『はじめまして』

あのひと言が、紘輝のすべてを否定した。

本人にその気がなくても、言われた紘輝には目の前が真っ暗になった瞬間だったのだ。


蘭生には史世というガードがついている。

入学以来今日まで、蘭生に近づこうとした者たちはことごとく排除され、今ではみな陰から眺めるばかりだ。

紘輝にも、まっとうにかかって史世のガードを抜けられるとは思えなかった。

だから作戦を練ったのだ。

蘭生に近づくために。

蘭生の信頼を得るために。

なのに、事態は悪化の一途を辿っている。

もう秋。紘輝も焦《じ》れていた。

自分の言葉に蘭生の表情が翳るのを見るたびに、叫び出したいような感情に襲われ、ますますイライラはひどくなる。

いつもいつも悪循環の繰り返し。

そして今日も、紘輝は自分の愚かさに呆れ返っていた。学習能力がなさすぎる。

頭ではわかっていても、脊髄《せきずい》反射のように言葉が出てしまう。蘭生を傷つけるとわかっている言葉。

校内に蘭生のファンは多い。役員たちも同様だ。みな蘭生にとってはやさしい先輩なのだろう。だが、自分だけは違う。

自分だけは、蘭生の敵だ。

その他大勢になるくらいなら、嫌われたほうがマシかもしれない。最近になって、そんな自虐的な思考に囚われるようになっていた。そうすれば、自分の存在は蘭生の記憶に確実に残るだろう。

その一方で、狂おしいほどに蘭生を求めている自分がいる。食い尽くしてしまいたいほどに、その存在に飢えている自分。

いつ暴走するかもしれない、自身のなかに潜む熱情に、紘輝は身震いした。


その場面を目撃してしまったのは、そんなときだった。

放課後の生徒会室。

校舎端のその部屋を訪れたのは、蘭生がまだ残っているかもしれないと思ったのもあったが、実際必要な書類があったからだった。

半分ほど開いたドアの隙間。その向こうに見たのは、史世の胸に抱かれる蘭生の姿。

自分には、いや学園内の誰にも見せたことのない幼い表情を浮かべ、史世のシャツに縋り胸に抱かれている細い身体。その小さな頭を抱き寄せ、柔らかい髪を撫でる史世の表情にも、いつもの周りを威嚇するような強さはなく、多分、蘭生にだけ見せるのだろう、やさしい微笑みをたたえていた。

ふたりはウットリと抱き合いながら、何かを話している。

その光景を見た瞬間、紘輝は理性の切れる音を聞いた気がした。

SCENE4

ドアに凭れかかり無言で佇《たたず》む男の存在に気づいて、蘭生は怪訝な表情《かお》をした。

「まだ終わらないのか？」

ドアを閉め、丁寧に鍵《かぎ》までかけて近づいてきた紘輝のいつもとは違う様子に、不穏な空気を感じ取る。

「何か、用？」

恐る恐る尋ねた声は、少し震えていたかもしれない。

「用がなきゃ、来ちゃダメなのか？　花邑はよくても？」

揚げ足を取るような言い草に、蘭生の眉がピクリと反応した。

見た目はやさしげで大人しそうに見える蘭生だったが、ふんわりと砂糖菓子のような性格なのかといえば、決してそうではない。このビジュアルでなければ、その優等生然とした態度に反感を抱く者も多いのではないかと思われるほど、どちらかといえば堅い性格だ。

良く言えば真面目《まじめ》。

悪く言えば融通が利かない。

流されやすいように見えて、その実、しっかりと自分というものを持っていた。

しかし、蘭生自身にしてみれば、この可愛げのない性格のせいで、親しい友人のひとりもできないのだろうと、実は数あるコンプレックスのうちのひとつだった。

自ら攻撃に出ることは決してないが、やられっぱなしになっているほど、可愛い性格でもない。

「花邑先輩は前会長なんだ。ここに来てたって問題はない」

強い口調で言い返す蘭生に、しかし紘輝は、嘲笑とともに返してきた。

「おまえのお守《も》りに来てるだけだろ」

「あっちゃんは関係ないっ!!」

そのあまりな言い草に、カッとした蘭生が思わず叫んだ次の瞬間、紘輝の瞳が獣の色を滲ませ、気づけば視界を覆う影。それが紘輝自身だと気づいたときには、蘭生の細い腰は紘輝の腕に拘束されたあとだった。

「――――っ⁉」

目を見開いたまま、食らいつくように降ってきた口づけを受け止める。自分が何をされているのか、咄嗟に理解することはできなかった。

背に回った逞《たくま》しい腕に、軋むほどに抱き竦められ、唇を奪う温かい感触に背が戦慄く。驚きに薄く開いたままの唇の隙間から、紘輝の舌が侵入してくるに至って、ようやく蘭生は、自分がキスされているのだと気づくことができた。

しかし、いまさら抗ったところで、もう遅い。

歴然とした力の差を見せつけられ、逃れようとしたところで、抱き締める腕はピクリとも動かない。突然のことに驚くあまり本能的に身体は逃げを打っても、口づけそのものから逃れる術《すべ》は、このときの蘭生には思いつかなかった。

その間にも我が物顔で侵入してきた舌が、蘭生の口内を好き勝手に蹂躙《じゅうりん》する。引きこもりそうになる舌が絡め取られ、きつく吸われた瞬間、蘭生の下肢から力が抜け落ちた。

いつの間にか震えは止まり、しかし、そのかわりに、たしかに背を突き抜けるのは甘い疼《うず》き。

今まで知らなかった、脳髄を麻痺《まひ》させるような、強烈な刺激だった。

「ん…ふ…」

合わさった唇の隙間から零れる、甘い吐息。

それは蘭生が、紘輝の与える愛撫に感じている証拠だ。

その反応に気をよくしたのか、口づけはますます深まり、飲み込めない唾液《だえき》が溢れて蘭生の白い喉を伝う。学生服のボタンをはずして忍び込んできた大きな手に、シャツの上から背や胸、脇腹《わきばら》の感じやすい場所をなぞられて、そのたび細い身体がビクリと撥ねる。

のしかかる紘輝の身体を受け止めきれず、崩れかかった身体がソファーに押し倒されて、その衝撃に、金属質な音を立てて藺生の眼鏡が飛んだ。

与えられる愛撫の甘さに酔いはじめていた藺生の意識が、一瞬にして引き戻される。いまさらのようにのしかかる男の存在を認識して、逃れようと暴れるものの、口づけに蕩かされ力の抜けた身体では、たいした抵抗もできなかった。

振り乱れた髪が頬にかかり、いつもは眼鏡の奥に隠されている素顔は幼く、それでいて悩ましい。

白い頬も、桜色の濡れた唇も、もはや紘輝の激情を煽るだけのものでしかなかった。

眦から零れた涙に嗜虐《しぎゃく》心を煽られはしても、罪悪感など、このときの紘輝には、感じる余裕などかけらもなかった。


「がんばろうね」

鮮明な記憶の向こうで、藺生が笑う。

あの笑顔を、向けてほしかった。

そうしたら……やさしく抱き締めたのに。

泣かすことなど、なかったのに……。

SCENE5

母親らしき人物と談笑していた細いシルエットが門を出て歩み去るのを、少し距離をおいた場所から見届けて、紘輝はその門扉に歩み寄った。

ひと呼吸して、昨晩は門扉の前で引き返した家のインターフォンを、押す。

出迎えたのは、繭生によく似た母親だった。


激情に駆られるまま繭生を犯してしまったその罪の深さに気づいたのは、腕のなかの繭生がぐったりと意識を飛ばしたあとだった。

汗に張りついた髪を整え、薄く開いた唇に今一度口づける。

腕のなかの華奢な身体は温かく、著しく紘輝の官能を刺激する。若い身体は、まだまだ繭生に飢えていた。

汚れた身体を清め、これ以上は目の毒とばかりに制服を着せる。意識を飛ばしたまま力の抜けた繭生の身体は、それでも男とは信じられないほど軽かった。

身支度を整えて腕に抱きなおすと、腕のなかの身体がわずかに身じろぐ。やがてうっすらと開かれた瞳がそのなかに映る紘輝を捉《とら》えた瞬間、空気を引き裂くような鋭い音がして、繭生の平手が紘輝の頬を打った。

「――――つっ」

しかし、すぐに下半身の痛みに呻《うめ》き、紘輝の腕のなかに倒れ込む。

繭生の平手を避けもせず受け止めて、紘輝は、軋む身体を抱き寄せた。

「は…離せよっ！　やだ…っ！」

暴れる身体を押さえようと力を込めれば、ビクリと薄い肩を竦める。繭生のみせる怯えに、苛立《いらだ》ちを覚えた。

「落ち着け」

青い果実のような身体を、かなり無理に拓いた自覚はある。身体は悲鳴を上げているはずだ。

「落ち着けだってっ!? よくもそんなっ！」

激昂《げっこう》に駆られ、キッと紘輝を睨み上げた繭生は、しかし、見つめる瞳に囚われる。

「……ぁ……」

それは、行為の最中、繭生を見つめていた、熱い視線だった。

――なんでそんな目するんだよ……。

見つめられて、囚われて、動けなくなった、瞳。

その熱さえ感じるほどの熱い瞳が、今、目の前で自分を見つめている。

錯覚ではなく。

たしかに自分はこの瞳に囚われたのだ。

――嫌いなくせに。

そう思ったら悔しくて、繭生は無意識に唇を噛み締めていた。すると、無骨な指が唇を撫でる。

「噛むなよ。傷になる」

パシンッ。

高い音を立てて、今度は紘輝の手が払われた。

「嫌がらせなら、こんな手の込んだことしなくたってよかったんだっ」

「……嫌がらせ？」

「正直に、おまえなんか嫌いだって言ってくれればよかったんだっ！」

紘輝に背を抱かれたまま、そのシャツを引っ張るようにして訴える。悔しさに涙まで浮かんできて、繭生はやっぱり唇を噛み締めた。

「嫌いなんだろ？」

「……」

「僕のこと、嫌いなんだろっっ!?」

ぎゅっと紘輝のシャツを握り締めたまま、繭生は顔を伏せた。戦慄く唇は噛み締めていないと嗚咽《おえつ》が零れそうだ。いつの間にか視界は滲んで、やがて大粒の雫《しずく》がポタリと零れ落ちた。

「嫌ってなんかいない……」

その後につづく言葉を言い淀《よど》んで、紘輝は口を閉ざす。

紘輝の大きな手が蘭生の顎を取り、強引に上を向かせようとする。涙に濡れる顔を見られたくなくて、蘭生はイヤイヤをするように頭を振った。

「やめ…っ！　離せってば…っ！」

蘭生は知らない。

腕のなかで、泣き暴れるそんな仕草さえ、ひどく紘輝を煽っているのだということを。

もう一度強引に顎を取ると、紘輝は悪態をつく唇を塞いだ。

先ほどの、奪うように激しい口づけではなく、やさしく啄むような口づけ。角度を変えて何度も蘭生の唇を味わい、やっと解放されたときには、蘭生の身体からはすっかり抵抗の力など抜け落ちていた。

性的暴力を受けたはずなのに、なぜこんなにも余韻が甘いのだろう……。

困惑する思考はまっとうな答えなど導き出すはずもなく、蘭生はただぐったりと紘輝の腕に崩れ落ちていた。実際、身体がキツイ。腕一本動かすのも億《おっ》劫《くう》なほどだ。

蘭生を抱いたまま、床に放りなげた学生服のポケットから携帯電話を取り出すと、紘輝は登録ナンバーのなかのひとつを押し、二言三言告げると、おもむろに蘭生を抱き上げた。

「な、なにっ⁉」

思わず逞しい首に縋りついた蘭生に小さく笑う。

「歩けないだろ？」

「……え？」

言われてはじめて自分の置かれた状況に思い至る。と同時に、カァ――ッと全身が朱に染まるのを感じて、蘭生は紘輝の胸を押しのけようと身を捩《よじ》った。

「お、降ろせよっ。歩ける…から」

しかし、そんな蘭生の抗議など右から左に聞き流し、繭生を抱いたままふたり分の荷物を抱えると、紘輝は生徒会室をあとにした。

　校内に残っているかも知れない生徒や教師などに出くわさないことだけをひたすら願う繭生とはうらはらに、紘輝は堂々と廊下を突っ切り、裏門に出ると、待たせておいたタクシーに繭生を乗せ、自らも乗り込んだ。

　その有無を言わさぬ行動に異を唱えることもできず、不本意ながらも、繭生は紘輝に送られ、仕方なく「おやすみ」とだけ言って別れたのだった。


「寝てれば大丈夫だよっ」

　ノックに返ってきたのは、くぐもった、不満を告げる声だった。どうやら母親と勘違いしているらしい。かまわずドアを開け、ベッドに歩み寄ると、頭まで布団をかぶった繭生が丸まっていた。

　布団からはみ出た髪を撫でてやると、ますますなかに潜り込もうとする。根気よく髪を撫でていると、やがて不審に感じたのか、布団からそっと顔を出した。

　自分の頭を撫でていた人物が誰だったのか、気づいた途端に眉間に皺が寄るのはしょうがないことだとしても、いきなりその手が払われ、パチンと頬を叩かれたのには、さすがの紘輝も面食らった。

　とはいえ、痛む身体で力が入らないのであろうそれは、大して痛くもないのだが。

「な、何しに来たんだよっ」

　随分とごあいさつなセリフで出迎えた繭生に、しかし紘輝は怯《ひる》まない。

「顔を見にきた」

…………。

　言われたセリフを反芻《はんすう》して、繭生の頬が紅潮する。

　まさか、自分を強姦《ごうかん》した翌日に、堂々と家を訪ねてくるとは思いもしなかった。しかもその理由が

「顔が見たかった」と言われては、どう答えてよいものか、答えに窮する。

「帰れよっ！」

苛立つ声で告げて、蘭生は再び布団に潜り込もうとした。その寸前、腕を取られ、枕の両脇に縫いとめられる。

「な…なん…っ」

慌てて身を捩ろうとするのを押さえつけられ、睨みつけた目尻《めじり》に口づけが落とされる。左右両方に口づけられ、思わず瞼を閉じた蘭生の隙をついて、桜色の唇にそっと紘輝のそれが重なった。

触れるだけの口づけ。

逃れようと思えばいくらでも逃れられるはずのそれから、蘭生は逃れられなかった。

紘輝の唇が触れた途端、ジンッと痺れるような感覚が背を駆け上り、動けなくなってしまったのだ。

蘭生の腕から抵抗の力が抜け落ちたのを見て、紘輝の口づけが深まる。両腕を、押さえつけていた手首から背に回し、少しだけベッドから蘭生の身体を浮かす。背を預けるたしかな物質感をなくして、結果、蘭生は紘輝の背にしがみつくことになった。

たしかな腕に背を抱かれ、逞しい首に腕を回して、与えられる口づけに酔いしれる。

甘くて。

痺れるように、甘くて。

逃れることなど、できるわけがなかった。

たっぷりと蘭生の唇を味わって、紘輝は蘭生を解放した。

抱き寄せていた背をベッドに戻し、朱に染まった耳元に囁きを落とす。

「身体、大丈夫か？」

荒い息を整えていた華奢な身体がビクッと反応する。

「自分で洗えたか？」

言葉の意味を正確に受け止めて、蘭生の頬が紅潮する。

昨夜、紘輝は、蘭生の中に情欲のすべてを注ぎ込んでいた。

とりあえずの後始末はしたつもりだったが、しかし、蘭生の中には自分が放ったものが残っていたはずだ。

それがどんなに恥ずかしいことかわかっていて、紘輝はあえて尋ねた。

涙さえ浮かべた瞳が睨んできて、紘輝は苦笑する。

事実、蘭生は昨夜困り果てた。

あまりの衝撃に身体はボロボロだったが、心のほうは思ったよりも深い傷を負っていないことを妙だと思いながらも、とりあえずシャワーを浴びて寝てしまおうとした蘭生の前に、現実が叩きつけられたのだ。

身体中に散った薔薇《ばら》色の鬱血《うっけつ》の痕《あと》。多分、自分に見えないような場所にもついているのに違いない。

そして、シャワーを浴びようとして、太腿の内側を伝うものに声を失くした。

それは紛れもなく、紘輝の名残。

自分が紘輝に犯されたという、証拠。

オンナのように組み伏せられ、喘がされた、紛れもない、事実。

身体に残された、事実だった。

昨夜の恥ずかしさを思い出し、目の前の精悍な顔に悔しいような憎らしいような気持ちにさせられる。

だが、悔しさはあっても、惨めさは微塵《みじん》も感じていないことに、蘭生は気づいていなかった。

今にも泣き出しそうな蘭生の表情に、紘輝は今一度口づけを落とすと、小さく「ごめん」と謝った。

しかし、それが昨夜の行為への謝罪などではないことは、蘭生にもわかっていた。

紘輝はあくまでも謝るつもりはないらしい。

つまりは、自分のした行為を否定する気はないということだ。

「謝らないからな」

蘭生の心情を見透かしたように告げられる、言葉。

「俺は謝らない」

見下ろす強い瞳に、やっぱり蘭生は囚われる。

「……安曇野……」

「したかったから、した」

「……なっ⁉」

言葉を失くした蘭生の唇が戦慄く。信じられないとでもいうように、瞳が揺らめく。

「抱きたかったから、抱いた」

わからない、という顔で自分を見上げる不安気な顔に、紘輝はもう一度言う。

「抱きたかった…抱き締めたかった…ずっと……」

——ずっと……？

この日、もう何度目だかわからなくなった口づけを受け止めながら、蘭生は身体にかかる重みを、心地好いと感じていた。

嫌だった。

恥ずかしかった。

怒っていた……はずだった。

なのに……。

口づけは甘くて、抱き締める腕は温かい。

その温かさに安堵して、蘭生は疲れた身体に襲いくる睡魔に身を任せる。

自分はどこかおかしいのかもしれない。

自分を犯した相手を、ろくろく詰《なじ》ることもせず、その腕を心地好いと感じている。

力強い腕の感触に、嫌悪感も恐怖もなく、あるのは深い深い安堵感とたしかな温かさ。

身体はたしかに傷ついている。

心に受けた衝撃は深い。

それでも、その奥に、未知の疼きを感じて、蘭生は戸惑う。

ぐるぐると入り乱れる思考回路に、やがて限界を訴えた蘭生の脳が思考を止めると、紘輝の腕に包まれたまま、蘭生は眠りの淵へと落ちていった。

SCENE6

「篁、この書類なんだが……」

ドアをノックして生徒会室に入ってきた紘輝は、返事がないのを怪訝に思い、読んでいた書類から顔を上げた。

土曜の午後、開け放たれた窓から涼やかな秋の風が吹き込み、白いカーテンが揺れている。その大きな窓の手前に置かれた会長のデスクに、藺生はつっぷすようにして眠り込んでいた。

手元には、先ほどまでその手に持たれていたのであろうボールペンが転がり、頭をのせた左手の下には何枚かの書類が未処理のまま敷かれている。

十月頭の体育祭から十一月頭の学園祭、そして十二月のクリスマス感謝祭と、行事が目白押しなこの時期、役員たちは休む暇もない。特に会長である藺生は、これから年末まで会長職と勉学との両立で、寝る間もないのが現状だった。


雲の高い秋空。

穏やかな陽射しが差し込む窓辺で仕事をしているうち、睡魔に負けたのだろう。

ずり落ちた眼鏡の向こうに、幼い寝顔が覗く。

静かにドアを閉めて藺生のデスクに歩み寄ると、頬にフレームの痕をつけてしまっている眼鏡を外してやる。手にしていた書類を応接セットのテーブルに置き、さてどうしたものかと眠り姫を覗き込んだ。

本当は寝かせておいてやりたい。

テスト明けの体育祭で思いっきり体力を消耗して、さらに学園祭まで眠れない日々がつづくのだ。かなり疲れていることは明白だった。

しかし、少し肌寒くなった秋風のなかの居眠りを放っておけば風邪をひきかねない。下敷きになっている書類も、藺生の決裁を待っているものばかりだ。

仕事の遅れは、結局藺生自身の首を絞めることになる。

少し考えて、紘輝はその華奢な肩を揺すった。

「……ん…？」

小さく身じろぎして、濃い睫が揺れる。

少し開いた唇から零れる吐息に粟立つ心を抑えつけ、紘輝はもう一度肩を揺すった。

「起きろよ。風邪ひくぞ」

「…え…？」

ようやっと顔を上げた蘭生が、半覚醒《かくせい》状態のまま重い瞼を擦《こす》る。その幼い仕種に煽られた紘輝は、眼鏡を取ろうとする手を止め、両手首を拘束して正面を向かせると、そっと触れるだけのキスをした。

「……っ!? な、なに…っ!!」

途端覚醒した意識に、蘭生の本能が逃げを打つ。それを許さず、細い手首を握ったまま、紘輝は顔色を変えて慌てる蘭生の表情を楽しげに観察した。

それ以上何をするでもなく、笑いを含んだ瞳で自分を見つめる男の表情に気づいて、やっと冷静さを取り戻した蘭生は、キッと睨みつけると、拘束された両腕を力いっぱい振り払った。

「寝込み襲うなよっ」

震える声では、悪態も悪態にはならないが、黙って受け入れるわけにはいかない。


あの日。

紘輝に強引に身体を奪われてからというもの、事あるごとに紘輝は蘭生にかまってくる。議会で突っかかってくるのも、無愛想なのも相変わらずだったが、その態度に以前のような冷たさはなくなっていた。

しかし、現状が好転したのかと聞かれると、蘭生にはなんと答えてよいやらわからない。

厳しい言葉を投げつけてはいても、紘輝の視線は以前よりずっとやさしい。それはいいのだが、ありがたくないスキンシップまでもがついてくるようになったのはどういうわけか……。

とにかくキス。

キスの応酬なのだ。毎日。

他の役員たちなどの人目を盗んでは、掠《かす》め取るように口づけてくる。決して深いものではなかったが、それでも、口づけには変わりない。

逃げようにも、その手の駆け引きに馴れない蘭生に、キスのタイミングを計るなどといった高度な技が使えるはずもなく、いつもいつもロクな抵抗もできないでいた。

ときにはきつく抱き締められて、深く求められることもあった。紘輝は何も言わない。ただ、強く強く抱き締め、貪《むさぼ》るように口づけるだけだ。

はじめは、あの日のように無理やり身体を拓かれるのかと身を竦めた蘭生だったが、キス以上をしかけてこない紘輝に、だんだんと馴らされ、最近では与えられる口づけの甘さに流されそうになる自分に困惑するばかりだった。

どんな悪態も辛辣《しんらつ》な言葉も、紘輝は右から左に聞き流してしまう。

まるで、蘭生が発する言葉なら、何を聞いても楽しいと言わんばかりに。

そんな余裕の態度に、蘭生はムッとせずにはいられない。自分ばかりが慌ててオロオロと振り回されて、あまつさえ、この胸の動悸《どうき》は、いったいどうしたら鎮まるのだろう……。

すごくすごく悔しかったはずなのに……。紘輝に、まるでオンナのように扱われ貫かれたあの衝撃、絶対に許さないと思っていたはずだったのに、気づけば繰り返し与えられる口づけにあやされるように、あの日の憤りが浄化されていく現実。

キスは……嫌ではなかった。

考えて考えて出した結論。

決して嫌ではないのだ。

じゃあ、嬉《うれ》しいのかと訊かれると……困る。

その先にあるはずの答えを導き出せなくて、蘭生は瞳を逸《そ》らすことしかできなかった。

考え込む藺生に、紘輝が眼鏡をかけてくれる。先ほど手に取ろうとして紘輝に奪われたものだ。

ノンフレームの眼鏡をかければ、そこには凛《りん》とした生徒会長の姿。

その姿を眩《まぶ》しげに見つめて、紘輝は突拍子もないことを言い出した。

「眼鏡、外すなよ」

「……眼鏡？　そりゃ……見えないし、外さないけど…？」

紘輝が何を言おうとしているのか理解に苦しんで、藺生が怪訝な顔をする。わかっていない表情を向けられて、紘輝はしかたなく、耳元に囁いた。

「そそられるだろ」

ついでに、チュッと耳朶に口づけ、さっと身を離すと、そそくさとドアの向こうに姿を晦《くらま》す。

取り残された藺生は、真っ赤に染まった耳を押さえながら、激しく脈打つ鼓動と戦うしかなかった。

——あのバカっ！　タラシっ!!

いくら毒づいてみても、はじまらない。

唇をきゅっと嚙み締め、早まる鼓動の意味を、藺生は計りかねていた。

「嫌だった？」

史世に訊かれた。

あの翌朝、紘輝が訪ねてくる前に。

なぜだか史世にはすべてばれていて、隠そうにもとりあってはもらえなかった。

たしかに嫌だった。

でもそれは、嫌悪感とは違う。

怖くて、恥ずかしくて……だから嫌だった。

「何が嫌だったのか、よく考えてごらん」

それだけ言って、史世は部屋を出て行った。

——何が？

強姦されたのだ、その行為そのものが嫌だったのに決まっている。

いや、違う。

強姦が嫌だったのだ。

じゃあ、強姦じゃなかったら……？

嫌じゃなかったのだろうか？

わからなくて、蘭生は唇を嚙み締める。痛む胸を押さえる。

「苦しい…」

胸が苦しい。心が痛い。

でも、その理由を教えてくれる人は、どこにもいなかった。

SCENE7

「ねぇ、ねぇ。蘭生ちゃん、これなんかどうかな？」

父の誕生日のプレゼントを、頰を染めて物色する、まるで少女のような母の横顔に苦笑しながらも、蘭生は長い買い物に付き合っていた。

結婚して十七年にもなるというのに、両親は付き合いはじめたばかりの恋人同士のようだ。

大学で研究職につく父は、世間に疎く浮世離れしていて、とても三十代半ばには見えない外見をしているし、母は母で、見た目も中身も少女のままだ。

事実、一緒に買い物に出かけて、多少歳《とし》の離れた姉弟に間違われることさえある。

見た目はともかく、イイトシをして、某アイドルグループが大好きでメンクイなこの母親は、史世が大のお気に入りだった。頼りない息子をいつも守ってくれるお兄ちゃん的存在として信頼しているだけではなく、あの容貌《ようぼう》も十分に母のお眼鏡にかなっていた。

しかし、そんな母親の最近のお気に入りは、それまで友人など家に連れてきたことのなかった息子を訪ねてきた、背の高いハンサムな彼、紘輝だった。

爽《さわ》やかな笑顔、躾《しつけ》の行き届いた丁寧な物腰、おまえはマダムキラーか！　と突っ込みたくなるような甘い声。

どうやら、それらすべてに毒されたらしき母は、紘輝を一目見て気に入ったようだった。

「もちろん繭生ちゃんはとっても可愛いし、史世ちゃんはすっごく綺麗だけど、安曇野くんはカッコイイって感じなのよね」

などとにこやかに言いきって、繭生を脱力させてくれたのは、ついこの間のことだ。

最近では、たった一度訪ねてきただけの紘輝の名が、母の口に上らない日はないほどで、そのたび繭生は内心焦っていた。

——ひとの気も知らないでさ。

たった一度とはいえ紘輝と関係をもった事実や、毎日かわされる口づけ、そして、自分のなかで膨らみつつある紘輝への解せぬ感情までをも知られてしまうのではないかと、心中穏やかではいられない。

ついつい無邪気な母を詰りたくもなる。

しかし、繭生はそんな母が好きだった。いつでも素直で前向きで純粋な母が羨《うらや》ましくもあった。

この親から生まれた自分が、どうしてこんなに捻《ひね》くれてて可愛い気がないのだろうと、いつも考えてしまうのだ。

クルクルと動き回って、店という店を見て回る母のバイタリティに半ば呆れながらも、何軒目かの店の前でショーウインドーに見入る母にこっそりため息をついた繭生は、ふとガラスに映る人影に目を奪われた。

視界に捉えたその存在を確認するように、数度瞬く。

見慣れた後姿は、まぎれもなく紘輝のもの。いつもの制服姿とは違い、スリムのジーンズにTシャツと皮のライダージャケットというシンプルないでたちだったが、見間違えるはずはない。

制服姿のときでも充分目立つのに、そんなどこにでもいるような格好の私服姿の今のほうが、より目立っていた。通り過ぎる女の子たちが振り返っていく。

いつもなら、悪態をつきつつも声をかけたのかもしれない。早まる鼓動を宥めすかしつつ、平静を装って「休みの日にまで会うなんて、ホントついてない」などと可愛くないことを言いながら、それでも無視することはなかっただろう。しかし、今日は違った。

そんな当たり前の言動さえも、今日の蘭生にはとることができなかった。

紘輝の視線の先には、ひとりの女性の姿があった。

紘輝の腕に自分の腕を絡め、甘えるように寄り添う、少し年上であろう美しい女性《ひと》。

ウエーブした長い髪をひとつにまとめ、やはりスリムのジーンズに胸元の大きく開いたカットソーとジャケットというカジュアルな装いが、飾り立てない美しさを際立たせている。背も百七十センチ近いだろう。紘輝と並んで、とても絵になるカップルといった印象だった。

蘭生はそんなふたりを見つめたまま、視線を逸らすこともできず、固まっていた。

——誰……？

何か理解しがたい不快な感情がお腹のあたりから湧き上がってくるのを感じて、途端、気分が悪くなる。

「蘭生ちゃん？」

何度目かであろう母親の呼びかけに、ハッと気づいて顔を向ける。

「どうしちゃったの？　ボーッとして」

自分の様子をうかがう母の視線が、何かに気づいて、肩越し、ある一点で止まったのを感じて、蘭生はギクリとする。

「あら、あれ安曇野くんじゃないの?」

「え? そ、そう? どこに?」

まるで今まで気づかなかったふうを装い、蘭生は母の言葉に促されるまま振り返った。

二度も見たくはない光景が目に入って、息苦しくなる。

「声かけなくていいの?」

「う……ん。やめておく。なんかいい雰囲気だし……」

自分が口にしたセリフにひっかかりを覚えて、なぜだか胸が痛む。

「そうねえ…彼女かしら? 安曇野くんカッコイイから大人の女性とお似合いね!」

無邪気にそう言い放つ母の言葉に悪意はないとわかっていても、不愉快な気分にさせられる。

そのうちふたりは、蘭生に気づくこともなく人混みのなかへと消えていった。

急に口数少なくなった息子の態度に気づいているのかいないのか、母はそのまま夕食の時間ギリギリまで蘭生を連れ回し、結局は一番最初に入った店で見たネクタイピンを買って、再び蘭生を脱力させてくれたのだ。

——女の人って、みんなこんななんだろうか……。

この日、心身ともに疲れきった蘭生だった。

SCENE8

「俺《おれ》の顔に何かついてるか?」

言われて、我に返り、視界を覆う男の顔に驚いて、仰け反る。

「え…あ…?」

——見惚《と》れてた?

ボーっと紘輝の顔に見入っていた事実に気づいて、蘭生はハタと身を強張《こわば》らせた。

「どうなさったんですか? 会長」

気遣うように声をかけてきたのは、副会長の新見《にいみ》秀《すぐる》だ。

史世の代から副会長を二期連続で務める新見は、史世が蘭生のために残していってくれた優秀な参謀だった。

この学園の生徒会役員は、選挙で選出される会長職以外はすべて、会長本人の指名制を布《し》いている。会長職に就任した時、三年生に指名できる人脈などなく、同級生にも友人の少ない蘭生が役員の指名に困ることを読んでいた史世が、事前に用意しておいてくれたのが、今現在の副会長、書記、会計の三人だった。

特に副会長の新見は、中学時代からの史世の友人で、蘭生も昔からよく知っている人物だった。アイドルである反面、誰もが恐れる裏の顔を持つ史世に、タメ口を利ける数少ない人間のうちのひとりが、この新見だったのだ。

ふたりきりのときならともかく、役員たちが揃っている生徒会室で会長としての自分を忘れ、物思いに耽《ふけ》っていたことを指摘され、蘭生は慌てて眼鏡を押し上げる。

「い、いえ、なんでもありません」

繕った表情で新見に告げ、内心したり顔で突っ込んだであろう紘輝をチラリと睨んだ。

そして、すぐさまデスクの上に広げられた仕事に意識を戻す。

学園祭まで数日と迫った今、考え事などしている時間は皆無。実行委員のなかには連日徹夜で学校に泊り込んでいる者までいるのだ。

しかし、意識を集中させようとすると、ピタリと手が止まってしまう。

そうして、リアルな映像が脳裏を掠めるのだ。

週末に見かけた、年上の女性を連れた紘輝の後姿が——。

——誰なの？

訊けばいい。気になるなら。

簡単なことだ。

たったひと言。一瞬で終わる会話ではないか。

なのに……。

たったそれだけの言葉を、言えない自分。

気になるのに、訊けない。

だって……気になる理由を訊かれたら、困ってしまうから……。

とうに出ているはずの答えを認めるのが怖くて、困ってしまうから……。

——訊けないよ。

やっぱり。

——あの人、誰？　なんて。

まるで嫉妬《しっと》に狂った女のようでみっともない。

……。

——嫉妬？

浮かんだ単語に、蘭生は違和感を覚える。

嫉妬という言葉は適切ではないような気がする。

この言葉を使用する大前提として、ふたりの間には特別な関係が成立している必要があるのではないか？

だとすれば、自分と紘輝の間には、言葉で言い表せるような関係などないわけで、自分にはそんな言葉を使う資格などないはずだ。

そう思ったら、言葉は喉の奥に呑み込まれ、深いところに沈み込んで、決して出てはこなかった。

そのまま黙ってしまった蘭生に紘輝もそれ以上は

茶化《ちゃか》すのをやめ、自分の仕事に意識を戻す。

そのあとはただ、書類を捲《めく》る乾いた音と、ときおり響くドアのノック音、そしてキビキビと交わされる会話だけが、生徒会室を満たしていた。

結局、役員たちが仕事を終えたのは陽もどっぷりと暮れ、残業帰りのサラリーマンたちの第一陣が帰途につくような時間帯。駅やバス停など、それぞれの方向へ散ってゆく役員たちのなか、ふたりは一緒に生徒会室をあとにした。


駅に向かう蘭生の隣に、何も言わず紘輝が並ぶ。

紘輝はバス通学のはずだ。たしかにこの路線でも帰れないことはないが、途中で私鉄に乗り換えなくてはならなくなる。その点バスなら一本のはずだ。

「バス、終わっちゃったのか？」

まさか夜の八時台で終バスになるわけもないだろうが、紘輝が駅に向かう意味がわからず、蘭生は尋ねた。それに眉を寄せることで応え、紘輝は蘭生の腕を取る。

「送らせろよ」

「……え？」

摑まれた手首が熱い。

「嫌なら、やめる。けど、一緒にいたいって思っちゃダメか？」

正面から問われて、蘭生は頰に血が昇るのを感じた。

「ダメ…じゃない…」

小さく答える。

嬉しいような、気恥ずかしいような、不思議な感情が湧き上がってきて、蘭生は顔を伏せた。

車両の一番隅のシートに座り、肩に紘輝の温もりを感じる。

ふたりの隙間で、指を絡めるように握られた手が、少し震えていた。

SCENE9

学園祭初日。蘭生が南校舎の三階からその光景を見かけたのは、校内巡視中の偶然にすぎなかった。

校舎脇にある職員駐車場に物凄いスピードでブレーキを鳴らしながら突っ込んできた、一台の真っ赤なスポーツカー。

その、あまりに派手な様相に、近くにいた生徒や来場客たちがざわめくのが見て取れ、蘭生は慌てて階段を駆け下りた。

人垣をつくる学生たちの隙間をかいくぐり駐車場に入ると、ひと足早く新見が駆けつけていた。

轟音《ごうおん》を響かせていたエンジンが停止し、ややあってドアが開く。姿を現したのは、車と同じ真っ赤なタイトミニのスーツに身を包んだ派手な女性だった。

自分を取り巻く状況は重々承知だろうに、怯む様子もない。

しかたなく、蘭生が車での来場は禁止されている旨通告しようと足を踏み出しかけたとき、辺りに視線を巡らせていたその女性はおもむろにサングラスを外し、こちらに向かって手を振ってきたではないかっっ！

「紘輝っっ!!」

いつの間に現れたのか、蘭生のすぐ後ろには、苦虫を噛み潰した顔の紘輝の姿があった。どうやら、いったん様子を見に現れたものの、すぐさま回れ右をしてこの場を去ろうとしていたようだ。

そんな迷惑そうな紘輝の様子などには一切構わず駆け寄ると、呆然《ぼうぜん》とする蘭生の目の前で女がガバッと紘輝に抱き付いた。

「―――――――!!」

――な、な、何っっ!!　この女性《ひと》っっ!!　しかもこの間の女性とも違う!!

硬直する蘭生には目もくれず、女は紘輝にけたたましく話しかける。

「よかったー紘輝。この広い会場のなかからどうやって探そうかと思ってたのよー」

「ケータイ鳴らせばいいだろ」

すこぶる機嫌は悪いようだが、律儀に応えているのも、妙だ。

「あなたいつも学校にいるあいだは切ってるじゃないのー」

「授業中に鳴ったら困るだろ。それより、何しに来たんだよ」

「あら、ごあいさつ。ここんとこちーとも相手してくれないし、夕べも帰ってくるの遅かったし、つまんないのよ。身体なまっちゃうわ」

聞きようによっては、とてつもなく妖《あや》しい会話が交わされる。

「学校が落ち着いたら、私の相手してよ」

「あぁ、それはいいけど……」

お互いにしかわからない会話を交わすふたりを、興味津々な野次馬が囲んでいる。にもかかわらず、ふたりの態度は堂々としたものだった。


違反者が役員の知り合いとあっては立つ瀬がない。大事になる前にと、蘭生の後ろでは新見が野次馬を追い払うのに四苦八苦している。しかし、そんな雑用を先輩にやらせておきながら、蘭生は目の前のふたりの様子に手いっぱいだった。そんな蘭生の様子を窺《うかが》いながら、新見は小さくため息を吐く。

——騒ぎにならなきゃいいけどな。

しかし、そんな新見の心配は、そのあとすぐに現実のものとなって学園を襲った。

バッチィ————ンっ!!

空気を引き裂くような鋭い音がして、騒がしかった駐車場がピタリと静まり返る。

嫌な予感に捉われた新見が後ろを振り返ろうとした瞬間、蘭生が右手を抱きかかえるようにして、すぐ脇を走り去った。

振り向いた先にあったのは、頬に見事なまでの手形をつけた紘輝と、その横で腹を抱え、涙まで滲ませて笑いをこらえる女の姿だった。

騒ぎを予測して咄嗟に臨戦態勢を取った新見だったが、予想に反して野次馬たちは騒がない。彼らの視線は一様に、どす黒いオーラを立ち昇らせながらも、かつて見たことのない情けない顔で立ち尽くす、紘輝に注がれていたのだ。

その妙な迫力に気圧《けお》され、騒ぎ立てるような命知らずは、とりあえずこの場にはいなかった。

SCENE10

意識するより早く、手が出ていた。

なぜそんなことをしてしまったのか、蘭生にもわからない。

蘭生はビリビリと痛む手を抱え、生徒会室に逃げるように飛び込み、内から鍵をかけた。

そして、ドアに凭れるようにしてズルズルとその場に座り込んでしまった。

「痛い……」

呟く。

ふたりの意識が蘭生に向き、紘輝に抱きついたままニッコリと微笑む彼女を見たときに、吐き気がするほどの嫉妬を覚えた。

——『あぁ、紹介する。こいつ俺の……』

みなまで聞きたくはなかった。耳を塞ぎたかった。

踵を返そうと視線を外した瞬間、彼女が、笑った。

挑戦的な笑み。

長身＋《プラス》ハイヒールの高い位置から蘭生を見下ろしながら、たしかに笑ったのだ。

気づいたときには、掌が痛かった。

紘輝を殴《なぐ》ってしまったのだとやっと気づいて、怖くなって逃げた。

自分の感情がコントロールできない、怖さ。

あのままあの場所にいたら、自分は何を言い出すか、何をしでかすか、わからない。そんな恐怖が、蘭生を襲ったのだ。

——どうしよう……。

気づいてしまった。

——どうしよう……。

バクバクと煩《うるさ》く鳴る心臓は、今にも壊れてしまいそうだ。

「僕……安曇野のこと……」

そのとき、ドアをノックする音が響いた。

ビクリと身を竦ませた蘭生の背後から、ドア越しに聞き慣れた声がする。

『蘭生？　いるんだろう？』

「あっちゃん…」

声の主の存在感に、安堵する。

『開けてくれる？』

やさしく問われて、蘭生はしばしの逡巡ののち、鍵を開けた。

恐る恐る開けたドアの向こうに、やさしい相貌を確認して、ホッと肩の力を抜く。途端、張りつめていた心が緩み、その大きな瞳に見る見る涙が浮かんで、ポロリと零れ落ちた。

「蘭生…」

自分の胸に涙を沈める幼馴染の様子に、史世はひっそりとため息をつく。

——なんてことだ。

涙のわけは、聞かなくてもわかる。

自分の杞憂《きゆう》が現実のものになってしまったことに、史世は気づいていた。

結局あのあと、紘輝とは顔を合わせることなく藺生は帰宅した。史世に肩を抱かれて、その温もりに安堵しながらも、心を覆っていたのはたったひとりの存在。

ベッドの上で膝を抱えて、藺生はどっぷりと自己嫌悪に陥っていた。

紘輝を殴ったことではない。

いつの間にやら惹かれていた心に、やっと気づいた自分の鈍さに呆れたのだ。

無理やりだったはじめてのときも、嫌悪感はなかった。ただ無性に悔しくて歯痒《がゆ》いだけだった。それは嫌がらせだと思ったから……。

でも、その後の紘輝の態度から、それが嫌がらせなどではないことは伝わってきた。毎日毎日与えられる口づけ。強引で、でも甘くてやさしくて、悪態をつきながらも、本当は待っていた。紘輝が訪れるのを。

逞しい腕の温もりを。

なのに…紘輝の周りにチラつく女性の影。

——安曇野がモテることはわかってたはずなのに……。

放課後、校門で紘輝を待つ近所の女子高生の姿など日常のことだ。下駄《げた》箱から手紙が束になって落ちるのを見たこともある（男子校なのに！）。

キスも慣れているようだし、エッチも……きっといっぱい経験があるのだろう。

あの日のことを思い出し、藺生は頬に血が昇るのを感じた。

もちろん自分はすべてはじめてで、紘輝が上手《うま》いのかとか……比べようもないのだけれど……。でも、きっと上手いのだろうと思う。

まともに女の子と付き合ったこともない自分には想像もつかないことだが、噂《うわさ》によれば紘輝は中学時代から異性関係は派手だったらしい。特定の相手がいるわけではなかったようだが、いつも相手が途切れることはなかったという。

紘輝の隣に立った美女を思い出し、藺生はまたもや不快になる。

しかも先日街で見かけたときに連れていた女性とは別人だった。同時にふたりと付き合いがあるのだろうか。それとも、もっと……？

たしかな言葉など、何ひとつ告げられたわけでもないのに、なんとなく流されて、その気にさせられてしまった自分が情けない。もともと自分にそんな気はなかったのに、与えられる口づけがあまりに甘かったから……抱き締める腕が、とても温かかったから……だから……。

いつの間にか、紘輝の存在は、藺生のなかで、ほかの追随を許さないほどに大きなものになっていたのだ。それは、今まで自分の価値観のすべてを決定づけていたはずの史世さえ、凌駕《りょうが》してしまうほどの存在感だった。

同性に抱かれて、口づけられて、自分はそういう趣味の人間ではないはずだと心のなかで思いながらも、紘輝と一緒にいるのは不快ではなかった。一緒にいられるだけで楽しかった。側に寄られれば心はざわめくけれど、でも、そんな感情の昂《たかぶ》りさえ、心地よく感じられた。

眼鏡の奥に隠した、優秀な生徒会長などではなく本当は何も知らない子どもの自分を、紘輝は見てくれる。甘えることを許してくれる。素直な態度に出ることなどできないけれど、それでも本当の自分自身を見てくれる紘輝の存在は、たしかに特別なものだ。

引きこもりがちな藺生にとって、こんなに自分を曝け出せる相手は史世以外でははじめてだった。感情にまかせて言葉を吐き出せる相手など、家族と史世以外にはいなかった。

いつの間にやら自分のなかで大きくなっていた紘輝の存在に気づいて、藺生は驚いた。嫌だったはずなのに、なぜか突き放せなくて、そんな自分を丸め込み、ちゃっかりと心に居座ってしまった図々しい男。

施される口づけも、抱き締める腕の逞しさも、同じ男として羨むのもバカらしいと思えてしまうほど、蘭生をときめかせる。

どんな悪態も憎まれ口も、紘輝は笑って聞いてくれる。

甘やかされているのがわかって悔しくて、でも、それが心地好かった。

だから、自分にとって紘輝が特別なように、紘輝にとっても自分は特別なのだと、意識せずとも心の片隅で思い込んでいた自分。

ほかの誰とも違う。そう思っていた。甘い口づけも、抱き締める腕の強さも、自分のためにだけあるのだと、思い上がっていた。

あの温もりを知っているのは自分ひとりではなかったのだと気づかされて、愕然《がくぜん》とする。


胸が痛い。

締めつけられるように、心臓が痛んだ。

——なんで抱いたりしたんだよ……。

あの日、紘輝の腕の温もりを知らなければ、こんな激情に侵されることもなかった。

こんな切ない気持ち、知らずにすんだのに……。

「ばっ…か…やろ…」

涙に濡れはじめた言葉を枕に埋《うず》め、真っ暗な部屋で、蘭生は頭から布団をかぶった。

SCENE11

「藺生……」

やさしく呼ぶ声がする。紘輝だ。

自分を呼ぶ声。甘く擽るような声。

気づけば、紘輝の腕に抱かれていた。

広い胸に顔を埋め、しっかりと抱き合っている。

感じる温もりにウットリと目を閉じる。

すると、身体を包み込んでいた紘輝の左腕が腰に回され、密着させるように引き寄せられる。

右手に顎をとらえられ、顔を上げると、紘輝の唇が落ちてくる。

されるがままに深いキスを受け止め、舌を絡め、紘輝の愛撫を受け入れる。

濃厚な口づけに下半身の力が抜け落ち、膝《ひざ》が崩れそうになる。

そんな身体を紘輝は片手で支え、さらに深く、舌を味わうように吸い上げてきた。

「……ん……っ」

甘えるような吐息が、合わさった唇の端から漏れる。

いつの間にか横たえられ、気づけばふたりとも一糸纏《まと》わぬ姿になっている。触れ合う素肌の温かさに、軽い眩暈《めまい》を覚えた。

頬から耳元から首筋、そして胸元へと紘輝の愛撫が下りてくる。

啄むように触れられるたびに、身体がビクビクと弾んだ。紘輝の舌が胸の突起を転がすように刺激する。

「ん…あぁ…」

左手でもう一方の突起を弄《もてあそ》ばれ、甘い疼きが漏れる。

赤く腫《は》れるほどにそこを弄び、紘輝の手は下肢へと移動していく。

やんわりと中心を握り込まれ、切ない吐息が零れた。

「あ…あぁん…」

やがてその手が上下に扱きはじめる。

胸への刺激ですでに熟しはじめた身体は素直に反応し、先走りの蜜が先端から溢れ出す。

その滑りを塗り込めるように親指の腹で先端の括《くび》れを刺激されると、たまらず、身体がビクリと跳ねた。

「あ、あぁ…あ、あ…や…ぁ」

堪えきれなくなった喘ぎが、惜しげもなく零れつづける。

両膝の裏へ手を差し込まれ、大きく下肢を開かれる。快感に烟《けぶ》った意識下にも、消えぬ羞恥《しゅうち》に身じろぎする。

しかし逃げることは許されず、しとどに濡れ、反り返る欲望を紘輝の口腔に含まれた。舌で吸い上げられ、先端の敏感な部分をつつくように刺激されて、根元の双球までも揉《も》まれる。

「あぁ…だ…め、はなして…もう…」

ひときわ強く吸い上げられて、突き抜ける快感に背を大きく仰け反らせ、欲望の飛沫を紘輝の口内に解き放った。

荒い息を吐きながら、見上げた視線の先、開かれた両脚の狭間に紘輝の身体がある。

次に襲う激痛の予感に身体が強張るのを感じる。しかし、それでもそのあとにくる快感を期待せずにはいられない。

素直な身体は、次の行為への期待ですでに昂っていた。

熱くなる身体を紘輝は性急に求めることはせず、さきほどよりもさらに大きく足を開かれ、肩に担ぐように局部を曝される。

紘輝の目の前に、自身のヒクつく蕾が曝されている。

信じがたい羞恥に声も出せず、消え入る思いでされるがままになるしかなかった。

引き裂くような痛みが襲うことを予想していたと

ころへ、滑りを帯びた温かいものが触れる。

紘輝が閉じた蕾に舌を這《は》わせ、舐《な》め上げたのだ。

あまりのことに声も出ない。

しかし、つつくように、広げるように刺激され、唾液を塗り込めるように狭い器官に差し込まれる舌の感触に、えもいわれぬ快感が湧き起こる。

じわじわとせりあがる快感に、もどかしささえ感じはじめる。

もっと強い刺激が欲しい。

もっともっと奥まで欲しい!!

熟れた蕾に紘輝の指が差し込まれた。一本を難なく飲み込み、締めつける。

二本目もすんなりと受け入れ、三本が収まった。

狭い器官を広げるように中で蠢かされ、入り口は舌で責められる。

自分の一番弱いところを知っている紘輝の愛撫に迷いはない。

そこを刺激されて、途端に柔らかく紘輝の指を締めつけはじめた。

知らず腰が浮き、紘輝の指の刺激に合わせて淫《みだ》らに揺らし、さらなる快感を追い求める。

「あ、あぁ…いい…ああ…ん…もっと…」

悦楽に思考を奪われ、淫らに快楽を求める言葉が惜しげもなく零れる。

「あ、あ、もっと…奥…あぁ…そこ…いい…あぁ…んっ」

後ろを弄る指の刺激だけで我を忘れてよがりまくる自身の淫らさに、たしかに煽られているはずの紘輝は、しかし、根気よく指での刺激をつづけている。

徐々に息は荒くなり、零れる喘ぎはすでに言葉にならない。

腰は淫らに揺れて男を誘い、激しく苛む紘輝の指の動きに耐えきれず、背を撓らせて愛液を迸らせた。

後ろだけで達《い》ってしまった。信じがたい快楽の波に呑み込まれて…。

しかし、まだ満足できない。何かが足りていない。

いつの間に自分はこんなに貪欲《どんよく》になったのだろう。こんなに浅ましく腰を振って男を求めるなんて……。

だが身体は正直だ。

まだ決定的な刺激を与えられていない蕾は疼き、ヒクヒクと男を誘っている。

熱いものが欲しい。

焼けつくほどの刺激がっ!!

「お…ねが…い…はや…く、きて…」

悦楽に犯された思考を支配する欲望を口にする。

途端、熱い固まりが蕾に押しつけられ、一気に最奥まで貫かれた。

「あああぁぁぁ――――――っっっ!!」

入り口まで抜き去り、また最奥まで押し入る。

抜こうとする動きに反応して、煽られ、拓かれた内壁は、しゃにむに紘輝を締め上げる。

絡みつく内壁の感触に、紘輝がたまらず呻く。

奥まった場所に埋め込まれた欲望が、ドクンっと滾《たぎ》るのを感じた。

やがてその瞳から余裕の色が消え去り、紘輝は獣のように激しく、乱暴に腰を打ちつけてくる。

濡れた欲望が擦れ合う厭《いや》らしい音が響き、肌のぶつかる音がやけに艶かしい。

何度目かの締めつけに紘輝の欲望が震え、熱いものが注ぎ込まれる。ひときわ奥を貫かれ、愛液の流れ込む感触にも追い上げられて、自身の腹も飛沫を撒《ま》き散らしていた。

汗をびっしょりかいて、蘭生は飛び起きた。窓からは明るい朝の陽射しが差し込んでいる。

――夢!?

あまりにリアルな映像と感触に、心臓がドクドクと早鐘を打つ。

汗ばんだパジャマのなかで、蘭生の欲望はしっとりと濡れそぼっていた。

――ウソ……!?

信じられない面持ちで、欲望に昂る身体を抱き締める。瞼を閉じれば、夢のなかの行為が蘇《よみがえ》ってきて、ますます身体が熱くなる。一向に静まる気配もない情欲に戸惑いながら、しかたなく藺生は昂った自身に手を伸ばした。

下着のなかに手を差し入れると、濡れた欲望が触れる。

――熱い……。

欲情に打ち震えるそれをやんわりと握り込み、上下に刺激する。すると、夢のなかでの紘輝の手の感触が蘇ってきて、いつになく興奮してくる。

性的に初心で、自分は淡白だと思っていた藺生は、自慰でこんなに感じたことなど今までない。

「あ…あぁ…んっ」

知らずに声が漏れる。湿った音が部屋に響く。

駆け上がってくる喜悦に、動かす手を早め、淫らに指を絡め、藺生は弾けた欲望を自分の掌に放った。

翌日、朝から学校中が大騒ぎだった。

学園祭二日目。

寝不足と淫らな夢を見たという罪悪感に苛まれながら、ズキズキ痛むこめかみを押さえつつ登校した藺生が朝一で目にしたのは、どこにそんな暇があったのかと思われる出来の、学校新聞の号外だった。

聞くところによれば、数年ぶりに発行された号外は、部員の減少に悩む新聞部に、廃部を免れるほどの売り上げをもたらしたらしい。

『生徒会長と運動部長が真っ赤なスポーツカーの美女と三角関係!? か』

スポーツ新聞よろしく、無責任な煽り文句が躍るその紙面によれば、昨日職員駐車場で謎の美女が運動部長に抱きつき、それを見た生徒会長が運動部長を殴り、走り去った件《くだり》が事細かに尾鰭《おひれ》に端鰭《はひれ》、胸鰭に背鰭までつけて、派手に脚色され書かれている。

上機嫌でそれを配りにきた新聞部長を、「来期の予算会議が楽しみですね」とひと言で奈落に突き落とし、蘭生は新聞を破り捨てた。

するとその日の午後には号外その二が発行され、生徒会長殿がお怒りになられている様子が憂い顔の写真入りで報道され、今度は学園のアイドルの写真入りとあって、さらに売り上げを伸ばしたというのだから始末に負えない。

学園祭自体は滞りなく終わりを迎えても、蘭生はぐったりとデスクに沈み込むしかなかった。

SCENE 12

「お疲れさまでした」

会長のデスクに座る蘭生に、副会長の新見が茶を出してくれる。

「あ、ありがとうございます。先輩」

いくら副会長とはいえ、先輩は先輩だ。

しかし、史世が残していってくれた幹部たちはみな優秀で、蘭生は本当に助かっていた。

そして、十月の体育祭につづいて、十一月の学園祭を無事終えることができ、役員一同ホッと肩の荷を下ろしているところなのだ。

「よかったですね、ダンパも成功して」

「ええ」

数年ぶりに復活を果たしたダンパは大成功を収め、学園祭そのものも、近年まれに見る来場者数を記録して、大成功だった。

学生たちもみな喜んでいた。

締めの会長のあいさつでは、場内から拍手喝采《かっさい》、口笛まで飛び出して、大騒ぎになったのだ。

——ホントによかった…。

みなが自分を認めてくれたことも嬉しかったが、みんなで力を合わせて大きなことを成し遂げた喜びは、何ものにも替えがたいほど大きなものだった。

「あとは、クリスマス感謝祭を残すのみですね」

柔らかく微笑みながら言った蘭生に、

「そのことなんですが……」

新見は苦渋の表情で言葉を切った。

声のトーンをオクターブ落とした新見に、蘭生はなぜかしら不穏な空気を感じとった。


「え？　僕!?」

蘭生は投票結果に目を丸くする。

「ええ、あなたです」


驚き、二の句が継げないでいる蘭生に、新見は淡々と事実を告げる。

「生徒会長であるあなたが辞退することは許されませんので、覚悟を決めてください」

新見は薄く笑いながら、蘭生に釘《くぎ》を刺した。

さすがに史世の悪友なだけのことはある。

まったく食えない新見に、蘭生は返す言葉もない。

中学時代からの腐れ縁なのだと、史世も新見も言うのだが、一般生徒からすれば、あの史世ともう六年も悪友をやっていられる新見も、かなりの脅威を覚える相手ではある。

事実、史世会長時代から二期にわたって副会長を務める新見の存在は、ある意味、史世本人よりも性質《たち》が悪いと言えるだろう。


そして、そんなふたりの悪巧みにまんまと嵌《はま》った犠牲者の片われがひとり、掲示板の前で頭を悩ませていた。

——どういうことだ、これは。

掲示板に貼り出された投票結果を前に、紘輝は毒づく。

学園祭で毎年行われる恒例行事のひとつ、校内人気投票の開票結果。

毎年学園祭の期間中に投票が行われ、校内票と来場者票とを合わせて得票数が算出される。

その一位に記された名前に、紘輝は納得しかねていた。

一位　篁　蘭生

蘭生の人気を疑っているわけではない。

なぜ、今になって急に蘭生の人気が浮上してきたのかが、怪しいのだ。

たしかに蘭生は陰のアイドルだ。人気投票をすれば上位に食い込むことは当然だろう。一位になっても決しておかしくはない。

しかし、昨年の投票結果では二十位にすら入ってはいなかった。

その理由は簡単だ。

史世が裏から票を揉み消していたのだ。

史世の口から聞いたわけではないが、紘輝にはわかっていた。

可愛い幼馴染を守るため、なるべく蘭生の存在が目立たないように、蘭生に投じられた票に手を入れていたに違いない。

大衆心理というのは不思議なものだ。自分がいいと思っていても、周りから否定されれば、そんなものかと思ってしまう。もちろんその逆もある。そういった大衆心理を、史世は利用したのだ。

それがわかっていた紘輝は、それゆえ、今年も蘭生が上位に食い込むことはないだろうと踏んでいたのだ。

「何考えてんだよ、あんた」

背後の気配に、抑えた声が尋ねる。

「さすが武道家、気配には敏《さと》いな」

柱の陰から姿を現した（紘輝にとっては）にっくきライバル・史世は、相変わらず柔らかい表情で、しかしその目は鋭い光を宿している。

「あんたの仕業だな」

振り向きざま剣呑《けんのん》な視線を投げてくる下級生に、史世はふっと表情を崩し、ゆったりと歩み寄る。

「なんのことだ？」

背筋を凍らせる不敵な笑みは、藺生の前では決して見せない表情《かお》だ。

「とぼけるなよ。裏で票を操作しただろ」

ぐっと拳《こぶし》を握り締める紘輝から放たれる殺気を吹き消すかのように、史世が優雅に髪を掻《か》き上げる。

「さぁ？　俺は役員を引退した身だぞ。そんなことできるわけないだろ？」

「……」

「しっかし、大変だなぁ～。これで藺生が人気者だってバレちゃうし。どうしようかな～」

いまさらなことを茶化す史世の口調に、刺々《とげとげ》しい毒を感じずにはいられない。

「……何を企《たくら》んでる？」

睨む紘輝に、クスリと余裕の笑みを見せつけて、史世はすぐ脇を歩み去る。

「ま、せいぜい努力しな」

――認めてやらないこともないさ。

可愛い藺生の惚《ほ》れた相手だからな……。

心のなかでだけ告げて、史世はヒラヒラと手を振る。背後で静かに闘志を燃やす、幼馴染の恋人候補に向かって。

あの翌朝。

紘輝が蘭生を訪ねる前に、篁邸から出てきたのは、ほかならぬ史世だった。

気づかれないように、ひっそりとその背を見送ってから玄関チャイムを押したつもりの紘輝だったが、蘭生が寝てしまい、しかたなく母親にあいさつをして玄関を出ると、そこには腕組みをして仁王立ちする史世の姿があった。

「顔貸してもらおうか」

顎でしゃくられ、すべてばれていることに気づき、覚悟を決めた。自分を睨む、その凶暴なまでに美しい相貌を彩るキツイ視線を、紘輝は真っ向から受け止めた。

「硬派で有名な安曇野が、強姦とはね。学園のアイドルが聞いて呆れる」

十数センチ低い位置から見上げる剣呑な視線には、普段彼が蘭生に見せるやさしい笑顔の持ち主と同一人物とは到底思えない、危険な色が滲んでいた。

「強姦じゃない。和姦だ」

たしかに昨日、蘭生の身体は紘輝を受け入れていた。柔らかく綻んで切なく喘いでみせたのだ。

「感じたら、それで和姦なのか？　ふざけんなよ。男の身体なんて、擦りゃー勃つんだ」

美しい顔に似合わぬ下衆《げす》な言い草に、紘輝の眉がピクリと反応する。

「蘭生は渡さない」

高慢な態度で余裕たっぷりに言い放つ史世に、紘輝は奥歯を嚙み締めた。

――まさか……蘭生はすでに史世のものなのだろうか……。

昨日、生徒会室で抱いた蘭生の幼い肢体は、初心な反応しか示さなかった。白い肌も、淡い色の秘部も、固く閉じた蕾も、紘輝以外を知っているとは到底思えない。

しかし……それが、ただ慣れていないだけだとしたら……。

　自分だけが知っていると思っていた、あの芳しい肌も甘い嬌声も、すでに史世に教え込まれたものなのだとしたら……。

　むくむくと湧き上がる、気が狂うほどのどす黒い嫉妬心に、爪が刺さるほどに握り締めた拳が震える。

「蘭生は傷ついている。身体の問題じゃない。おまえはやり方を間違ったんだ」

　おまえの思惑などお見通しだとばかり責める史世に、紘輝は反論できなかった。

　強姦してしまった事実は変えられない。

　結果として蘭生が自分を受け入れてくれたのだとしても、その罪は消えないのだ。一生。

「蘭生を傷つける奴は許さない。蘭生は俺がずっと守ってきたんだ。これからもそのつもりだ」

　最後に「忘れるな！」と釘を刺して、暗いオーラを宿しながらも、ただ無言で史世を睨むしかできない紘輝を、余裕の笑みで一瞥《いちべつ》すると、史世はくるりと背を向け、悠然とその場を去って行った。

　あのとき、おまえなど絶対に認めないと言われたのだ。

　己の行動の浅はかさにも釘を刺された。

　史世の蘭生への執着が、いわゆる特別な愛情などではないらしいことは、最近になってわかってきていた。蘭生と史世を繋《つな》いでいるのは、もっと深い感情だ。だからこそ、下手な愛情などよりも性質が悪い。

　あの日の悔しさを思い出し、今一度掲示板を見上げる。

　解せない理由がもうひとつ、そこには記されていた。

　自分を気に入らないのであれば、過去そうしてきたようにバッサリ抹消すればいい。もちろん史世の

いいようにされる気などさらさらなかったが、その気になれば容赦なく刺客のひとりも送り込みかねないのが史世という男だ。

——いったい俺をどうしたいんだ？

蘭生の一位が史世の陰謀なら、当然こちらもそうに違いない。

一位は、もうひとりいるのだ。

一位　安曇野　紘輝

ますます史世の思惑がわからなくなった紘輝は、頭を抱えるしかない。

この人気投票には、実は二種類ある。

『姫』部門と『王子』部門。

そして、その『姫』部門の一位が蘭生で、『王子』部門の一位が紘輝なのだ。

ではなぜ二部門あるのか。

この人気投票で一位になった生徒には、実は重大な任務があった。

それは、十二月二十四日のクリスマス・イヴに行われるクリスマス感謝祭のメインイベント、クリスマス劇で主役を務めること。

もちろん、『姫』は姫役、『王子』は王子役だ。

蘭生を『姫』に仕立て上げたことだけでもわからないのに、わざわざ気に入らない自分を『王子』にした史世の企みが何なのかなど、紘輝には想像もつかない。

このまま史世の掌で好きに動かされるのは癪《しゃく》に障《さわ》るが、しかし、『姫』が蘭生である以上、辞退することもできない。

——くそっ。謀りやがって！

なんとかして史世の手から蘭生を完璧《かんぺき》に奪い取りたいと思っている紘輝にとって、史世は天敵。目の上のたんこぶなのだ。

ともに過ごした時間も、蘭生の信頼も、まだまだ自分は史世に及ばない。

紘輝が蘭生に出会うずっとずっと前から、史世は蘭生を守ってきたのだ。

悔しい。

しかし、時間だけは、どうにも埋めることはできないのが現実だった。

SCENE13

クリスマス劇の配役発表とともに、学内は俄《にわか》に色めき立った。

人気者ふたりが主役なのだ。お祭り好きなこの学園の生徒たちが、騒がないわけがない。

もちろん、学園のアイドルである紘輝の王子役にも歓声が上がったが、それ以上に、蘭生の姫には期待が大きかった。

今まで陰に隠れて出てこなかった真打ちの登場に、生徒のみならず教師までもが噂に花を咲かせる始末。自身に注がれる数々の視線に、蘭生はほとほと困り果てていた。

今年の演目は『眠れる森の美女』。

特にクリスマスには何の関係もない内容だが、誰もが知っていて親しみやすく、また脚本も脚色しやすいということで、毎年、童話や昔話などから演目が選ばれている。

蘭生が演じるのは、もちろんオーロラ姫だ。意地悪な魔女の呪《のろ》いにかけられ、百年の眠りに落ちた美しい姫君。棘《いばら》に守られた、時間の止まった城。そして、王子の口づけによって百年の眠りから覚めた瞬間、彼女は運命の恋に落ちる。

セリフが少ないのは救いだが、しかし、ドレスにカツラに、さらには女性のように化粧までされなくてはならないとあっては、よっぽどのお調子者でもない限り、憂鬱にもなろうというものだ。

「やっと〝本物の〟姫を拝めるんですから、そりゃみんな期待していますよ」

新見の言葉を「冗談」と笑い飛ばしたものの、笑顔が引き攣《つ》るのはどうしようもない。

「蘭生ならオーロラ姫よりも白雪姫のほうが似合ったのに〜」

などと、史世にまで言われた日には、ホンキで頭痛がしてきたほどだ。

本人の憔悴《しょうそう》など知ってか知らずか、学内はその話題で持ちきり。クラスメイトだけならまだしも、担任にまで「楽しみにしてるぞ」とにこやかに言われるに至って、さすがの蘭生も、自分がかなり注目されているらしいことに気づきはじめた。

しかし、そういった数々の視線を、好意的なものと受け取れないのも、蘭生の蘭生たる所以《ゆえん》なのだ。

人気者だった覚えなど、幼いころから皆無。

高校に入ってからも、一年のときは目立たず、二年になってからは生徒会長としては認められているものの、逆に敬遠したらしきクラスメイトたちは、特別寄ってくることもない。したがって親しい友人もいない。

真面目で堅物で優等生で……誰だって付き合いにくいと思っているに違いないのだ。

ここまできても、やはり蘭生は自分で自分を、過小評価しつづけていた。

しかし、それもこれもずっと幼いころから史世が仕組んだことなのだから、致し方ない。

それゆえ、いまさら人気投票で一位だなどと言われても、いったいぜんたいどういうことなのか、理解に苦しむのだ。

学校中にからかわれているのではないか。

そんな考えすら浮かんでくる。

――困ったな。

生徒会長として、逃げるわけにいかないこともわかっている。

しかし……イイ歳の男が（と、本人は思っている）ドレスなんて……。気持ち悪いだけなんじゃなかろうか……。

自分の容姿にも自信のない藺生には、ドレスを着てメイクを施された自分がいかに美しく化けるかなど、わかるはずがなかった。

学園祭の日以降、藺生は紘輝を避けまくっていた。


とはいっても、子どものように無視を決め込んでいるわけではない。役員として同級生として、必要最低限の会話はする。質問に答えもするし、必要とあればこちらから声をかけもする。

しかし、それだけだった。

視線を合わせない。

無理に合わせようとすれば、逸らされる。

口調は硬く、笑わない。

全身で紘輝を拒絶するその態度からは、与えられる口づけに酔いしれ、可愛い悪態をつきながらも、紘輝に少しずつ心を傾かせていた藺生の面影は、かけらもなかった。

例の号外事件による学内の騒ぎは、少しずつ沈静化に向かってはいたが、しかし、まだまだ学生たちの口の端に噂話が上ることも多い。

その上、クリスマス劇で問題のふたりが共演するとわかって、いったんは静まりはじめていた騒ぎにまたまた油を注ぐ結果となってしまった。

騒ぎのせいもあって、繭生を呼び出して誤解を解くこともできず、紘輝は苛立っていた。

なんとかしてふたりきりになろうとしても、計ったように新見が仕事を持ってきたり、史世が迎えにきたりしてタイミングが摑めない。

繭生は繭生で、紘輝から声をかけられるたびに、ビクリと肩が震えて、視線を上げることもできないでいた。

何も知らなかったころとは違う。

気持ちを自覚してしまった今となっては、繭生には紘輝とまともに会話することさえ、息が止まりそうなほど困難だった。

抱き締められても、口づけられても、それ以上のことも……そうした行為に込められた真意を本当の意味で理解していなかったからこそ、受け入れることができた。雰囲気に流されることもできた。

けれど、今抱き締められたら……口づけられたら……自分はどうなってしまうかわからない。

名を呼ばれるだけで泣き出したいほどに心臓が撥ねるのに、それ以上のことなど、恋をしたことのない繭生にとっては、許容範囲を大きく超える事態なのだ。

視線を合わせるなどもってのほか。一歩寄られれば二歩引いてしまう。

触れられたら、電流が走る。

怖くて……想《おも》いが怖くて……、もうどうしたらいいのかわからない。

用件だけを告げて去っていく紘輝の後ろ姿を見送りながら、繭生は胸の前でぎゅっと手を握り締める。痛い心臓を押さえるように。軋む想いを抑え込むように。

「安曇野……」

パタンと閉まったドアの向こうに消える足音に、呟く。

項垂れる繭生の後ろで、新見は天井を見上げて、肩を竦めた。

SCENE14

学園祭の後片付けもひと段落つくと、今度はクリスマスに向けて、実行委員をはじめ主催の演劇部やスタッフたちは、一丸となってクリスマス感謝祭にとりかかる。

かたちだけとはいえ実行委員長として校長の名が記されているあたりに、学内の盛り上がり具合がよく表われている（ちなみに、投票には教師陣から校長や教頭、挙句には理事長までもが参加しているというから、なんとも病んでいる）。


クリスマスまで一カ月ほどに迫った、クリスマス劇の顔見せの日。

放課後、稽古《けいこ》場である講堂に姿を現した蘭生に、主役以外の役者を務める演劇部の部員一同と、学内公募で集められたスタッフ一同（今年はかなりの激戦だったらしい）は、一瞬にして息を呑んだ。

急に変わった場の空気に、蘭生は怪訝な表情をする。

――やっぱり……僕がいるのはやりにくいのかな……。

こういった場に生徒会長などの役員が混じることは少なくないはずなのに（基本的に役員は人気者の集まりだ）、どうしても負の方向に思考がいってしまう蘭生は、表情を強張らせる。

その場に集まった一同が、同じクラスになるか役員になるかしなくては、間近に蘭生を見られる機会などないだけに、内心踊り出さんばかりに喜んでいるのだということは、蘭生には理解できなかった。

事実、蘭生が姿を現す直前まで、

「お、俺、篁会長のマイク越しじゃない声聞くのなんてはじめてっ」

と興奮する一年生もいれば、

「俺だって、入学式のときから可愛いと思ってたんだからな！」

と、今になって主張する同級生もいた。

そんななかに、蘭生が姿を現したのだ。場の空気も変わろうというものだ。

「よろしくお願いします」

と緊張した面持ちであいさつをした蘭生を間近に見て、内心目の幅涙を流して喜ぶキャスト及びスタッフ一同の心理など、蘭生本人に伝わるべくもなかった。

並ぶキャストたちの一番端で、自分にも注がれる熱のこもった視線という視線を撥《の》ね退け、紘輝は不機嫌な顔で、じっとその場を観察していた。

気に入らなかった。

蘭生を囲むヤツらの黄色い声も、上気した顔も、騒ぐ声も。

ここで、「蘭生は俺のものだ！」と公言できたらどんなに気持ちいいだろう。

しかし、今の紘輝にはその資格はない。

蘭生には無視されつづけ、ここのところのかたくなな態度を見ていると、嫌われているわけではないと思いたいのだが、好かれているとも思えない。

脳裏には、そんな自分を嘲《あざけ》る男の、凶暴なまでに美しい顔が浮かんで、紘輝は拳を握り締めた。

本読み、舞台稽古、通し稽古と、十二月に入ってから、クリスマスまで毎日行われる稽古に放課後を潰され、蘭生は会長職もままならない。紘輝も、部活に顔を出すことさえ困難な状態で、運動部長としての仕事になど、手が回るわけがない。

しかし、そこは優秀な副会長・新見が、ふたりの分まで仕事をこなしてくれていた。

そして今、稽古は佳境にさしかかっていた。

最後の見せ場、塔の小部屋で眠りつづけるオーロラ姫が、棘の垣根を破りやってきた王子の口づけで百年の眠りから目覚めるシーン。

蘭生は後悔していた。

なぜあのとき、演劇部長の持ってきた台本と書類に許可印を押してしまったのかと。

よもや自分がオーロラ姫を演《や》ることになろうとは微塵も思わず、「やっぱキスシーンがあったほうがウケますから～」と、カカカッと笑いながら説明した演劇部長の言葉を、あまり深く考えることもなく、受け流してしまったのだ。

——冗談じゃないよ。

今の蘭生にとって、それは拷問に近い。

練習では〝振り〟だけでいいと言われてはいるものの、多くのキャストやスタッフの目の前でとなると、〝振り〟だったら大丈夫、なんてものではないはずだ。

ドレスを着て、女言葉で喋《しゃべ》らなくてはならないセリフの数々。中盤から終盤にかけては、寝ているだけでいいものの、それゆえに、問題のキスシーンにかかる期待と注目は、ある意味異常なほどだった。

名を呼ばれるだけでも心臓が撥ねる今日この頃。抱き上げられて、口づけられるなんて、卒倒ものだ。

かといって、真っ赤になって稽古場から逃げるなど、自分のキャラではないことくらい蘭生にも自覚があった。常に冷静に確実に職務をこなす、生徒会長でいなくてはならない。

しかし……。

蘭生は知らなかった。

全校生徒がいかに蘭生のオーロラ姫姿を楽しみにしているのかということを。

キャストに選ばれたメンバーですら、紘輝に嫉妬しつつも、間近で問題のシーンを見られることを心待ちにしているのだ。

眠りつづけるオーロラ姫。王子の口づけでうっすらと瞼を開け、長い睫《まつげ》を瞬かせるそのさまの、どれほど美しいことか！

だが、そんな周囲の期待を打ち砕く、抑揚のない迫力に満ちた声が稽古場に響き渡って、一同を包んでいた熱気が一気に冷まされた。

「本番でやりゃーいいんだろ？　面倒だ。飛ばせよ」

いつも口数少ないだけに、ひと言ひと言に重みがある。

しかも、運動部長で空手部部長でもある紘輝のひと言には、抗えぬ迫力があった。みんな一様に戸惑った顔で紘輝を振り返るものの、異を唱える者はいない。

ありがたいはずの言葉だった。

今さっきまで「どうしよう」とハラハラしていたのだから。

なのに……。

藺生は紘輝の言葉に、固まった。

藺生をチラリとも見ず、紘輝は問題のシーンを飛ばしてしまったのだ。

突き放された気がした。

急速に血が下がっていくのを感じて、手が冷たくなった。

嫌だ、と思った。

——何が？

舞台上でキスされるのが恥ずかしかった。

触れられたら、自分がどうなってしまうのかわからなかったから。

だから、怖かった。

そのときの自分がどんな顔をしているのか、考えるだけで恥ずかしい。

だけど……。

——嫌じゃない。

キスは……嫌ではないのだ。

抱き締められるのも、本当は嬉しい。嬉しくて恥ずかしくて……だから、嫌だ。

だから……怖い。

なぜ…と自問自答していた解せぬ感情の糸口を見つけて、藺生は納得した。

「そっか……」

藺生の小さな呟きに、隣にいた演劇部員が「何か？」と問う。それにニッコリ微笑んで「何も」と答えた。その地点で、キャストが若干一名ほど使いものにならなくなったことになどかまわず、藺生は台本を握り締める。

一緒にいたい。抱きしめてキスして欲しい。

だけど、恥ずかしくて、素直になれなくて…そんな自分に気づいて欲しいと思う。そんな自分をわかってほしいと思う。

大丈夫。

今ならまだ、すれ違いはじめてしまった心の軌道修正は可能だ。

素直になって、紘輝に本当の気持ちを告げられれば……。


しかし、少しだけ軽くなっていた藺生の心は、数十分後に、またもや突き落とされた。

「本番でもしねーから、安心しろよ」

稽古が終わって帰り際、藺生の隣を通り過ぎる瞬間、紘輝は周りには聞こえない程度の声で呟き、そのまま講堂を出て行ったのだ。

我に返った藺生が振り返ったとき、そこにはもう、紘輝の姿はなかった。

SCENE15

舞台監督である演劇部長とはまた別の意味で、いつの間にか稽古場のリーダー格になっていた紘輝の的確な指示により、その後も稽古は滞りなく進み、あとは二十四日の本番を待つばかりとなっていた。

いよいよ本番が明日に迫った二十三日、スタッフ一同多忙を極めるなか、ゲネプロが行われていた。

衣装をつけて、本番どおりに通して演じてみるのだ。

しかし、藺生のカツラとメイクだけは、当日、プロ（とはいっても衣裳担当スタッフの実家がヘアサロンだとかで、スタイリストをしている姉に格安で頼んでいるらしいのだが）を呼んでくるということで、今日のところは衣装だけだった。

藺生が衣装をまとい舞台に上がると、スタッフ一同からため息が漏れた。

細い腰、背中の開いたドレス。大きく開いた胸元には、綺麗な鎖骨が浮いている。

可憐なオーロラ姫のイメージそのままに、美しい姫がそこに存在する。素顔でこれなのだから、メイクなどしたら犯罪かもしれない。

ところが、当の藺生本人には、そんな周りの視線など意識している余裕はなかった。

ただでさえ恥ずかしい女装をさせられている上、その姿を紘輝に見られているのだ。

そして……目の前には凜々《りり》しい王子姿の紘輝がいる。

高い身長、広い肩幅、日本人が着ても、普通は滑稽《こっけい》にしか映らないような衣装を、完璧に着こなせるような男はそうそういるものではないだろう。腰に差したサーベルが凜々しさを際立たせている。

あのあと、とうとうふたりは、稽古でセリフとして交わす言葉以外、一切の会話をしなくなっていた。

本気で拒否されたのだと気づいて、何度も声をかけようとしたが、藺生の喉が声を発することはなかった。

もう一度拒否されたら、もう立ち直れない。

今度こそ、生徒会長の仮面も何もかも脱ぎ捨てて、その場で泣いてしまうかもしれない。

憂い顔で王子を見つめる姫の色香に、スタッフたちが軒並み撃沈しても、藺生にはそんな周りの事情など見えてはいなかった。


着替えようとして、控え室に入ったところを、後ろから抱き竦められた。

この腕が誰のものか、藺生は知っている。

「ぁ…っや…やだ…っ」

身を捩って逃れようとする藺生を押さえ込み、広く開いた胸元に手を滑り込ませてくる。ドレスに包まれた下肢に己の下肢を密着させ、細い腰を撫で回す大きな手。

「やめ…て…っ！　安曇野…っ！」

悲痛な声が訴える。

感情の昂りに、溢れた涙が零れ落ちた。

「そんなに俺を煽って楽しいか？」

後ろ抱きに拘束する腕の強さとはうらはらに、肩口に苦しげな声が落とされる。

――煽る？

「泣くほど嫌がるくせに……っ！　そんなに俺に触れられるのが嫌かよっ!!」

後ろのファスナーを降ろす音がやけに大きく響いた。

上半身をはだけられ、大きな手が藺生の肌を這う。腰に巻きついた腕の拘束は強く、逃れることはできなかった。

背筋を伝う唇の感触。肩甲骨を舌が舐め、肩口に歯を立てられて、敏感な肌が粟立つ。

「や…だ…ぁ…や…ぁ」

泣きながら弱々しく、頭《かぶり》を振る。

こんなのは嫌だ。

激情に駆られた紘輝は、震える薗生の顔さえ見ない。その行為に、ただただ恐怖する。身体が竦む。

荒々しい手の動きにも、薗生を労わるやさしさは、なかった。

ドレスをはだけた紘輝の手が太腿を這ったとき、薗生のなかの何かが弾けた。

「いやだぁっっ!!」

必死に暴れて振り回した肘《ひじ》が紘輝の鳩尾《みぞおち》にヒットしたことに気づいたのは、小さな呻き声が聞こえてからだった。

「…ぁ…」

乱れた衣装を掻き抱き、薗生は床を後ずさる。

「や…だ…やだ……来るなっ！」

身を起こしかけた紘輝が動きを止める。

「…嫌い…」

戦慄く唇から涙とともに零れた言葉。

「嫌いだっ!! 安曇野なんて嫌いだっっ!!」

手に触れた小道具を投げつけながら、薗生が泣く。

その細い肩に伸ばしかけた手をぐっと握り、ゆっくりと下ろすと、紘輝は「悪かった」とだけ言い残して、部屋を出て行った。

「逃げるなよぉ……ばか…やろ…」

なぜ「ごめん」とひと言謝って抱き締めてくれないのか。なぜこんな労りのない抱き方をしようとするのか。

「やっと気づいたのに……」

はじめてのときから、嫌じゃなかった。

抱き締められて、突然のことに驚いたけれど、嫌じゃなかった。

あのときにハッキリと言葉を告げてくれたら、ちゃんと返事をしたのだ。悩んで考えて、それでもきっと気づいたはずだった。

「好きなのに……」

嫌われていると思ってつらかったのも、悲しかったのも、全部、好きだったから。

「なんでキスしてくれないんだよ……」

こんなにも激しく求めてきたくせに、紘輝は口づけようとしてはくれなかった。身体だけを求められるのはつらかった。

忘れてしまう。

あの口づけの甘さを、忘れてしまう。

泣いちゃダメだ。

目を腫らして舞台に立つことなんてできない。

手の甲でぎゅっと涙を拭って、蘭生は唇を噛み締めた。


「出来はどうだ？」

帰途につこうとしていた紘輝の前に、諸悪の根源が姿を現した。蘭生を迎えに行くところなのだろう。

「……」

苦虫を噛み潰《つぶ》した顔で黙る紘輝を、史世は嗤《わら》う。

嫌そうな顔の紘輝に気づいていながら、勝手に話を紡ぐ。

「蘭生のドレス姿、綺麗だろうな～」

チラリと紘輝を一瞥する。

「ただでさえオオカミだらけなのに、ますますライバルが増えそうだな。安曇野」

暗に「おまえもその他大勢と同じだ」と嘲る言葉に、紘輝もカッとなる。

「何が言いたい？」

「べっつに。さすがのおまえでも、学校中がオオカミの巣窟《そうくつ》じゃーなぁ？」

ニヤリと嫌な笑みを浮かべ、次の瞬間、史世はトドメのひと言を突き刺した。

SCENE16

十二月二十四日、クリスマス・イヴ。

年内最後の学校行事が行われる、学内は朝から興奮状態だった。

午前中に終業式を終え、午後から講堂に集まった生徒や教師など総勢千名弱が、今か今かと舞台を睨むように見つめている。

場内アナウンスにつづいて、キャストが読み上げられると、俄に場内が騒がしくなった。口笛まで飛び出して異様な空気に満ちている。

幕が上がり、ドレスに身を包みカツラをつけ、メイクをして舞台に姿を現した蘭生の姿に、一瞬にして全校生徒が息を呑んだ。

いつも硬質な印象を与える眼鏡を外し、素顔を曝したのみならず、華麗なドレス姿にグロスで薄く色づき艶《つや》めくピンク色の唇、広く開いた胸元は抜けるように白く、綺麗に浮いた鎖骨が魅惑的だ。白い頬には、うっすらとチークが塗られ、ただでさえ長い睫はマスカラでますます濃い影を落とす。さらに、ウエストの締まったドレスは蘭生の腰の細さを際立たせ、まさしく舞台を見守る全校生徒は生唾《なまつば》を飲んだ。

シーンと張りつめた空気が満ちるなか、オーロラ姫が第一声を発すると同時に、歓声が上がり、講堂が揺れるほどに場内が沸き立った。

紘輝の王子姿にも、黄色い声が上がったが、しかし、客席の視線は常に蘭生に釘づけだった。

まさしく、全校生徒がオオカミ状態。

場内の空気は、突如現れた悩ましいほど美しい姫の姿に、これ以上ないほど緊迫していた。

客席の一番後ろで静かに舞台を見守る史世の落ち着いた横顔を、新見は訝《いぶか》りつつ眺めていた。

紘輝の睨みどおり、蘭生をオオカミから守るために、昨年は史世が裏から手を回し、蘭生に集まった票を握り潰していた。

わざわざオオカミを煽る必要はないといって、自分が逃げたばかりか、蘭生も緞帳《どんちょう》の陰に隠して出さなかった史世の異変に、新見は困惑を隠せない。

史世に言われるまま、票を操り、王子役には紘輝を当て、脚本にすら手を回した。

だが、その新見にも、史世の思惑のすべてが読めずにいた。

実は、クリスマス劇の投票対象は、生徒に限定されているわけではない。新見は最愛の養護教諭・澄《すみ》田黎《たれい》を楯《たて》に、史世に脅されたのだ。

黙って言うとおりに動け！　と。

悪友の腹黒さは中学時代からいやというほど知っているが、今回ほど腹の中が見えないこともはじめてだ。

「票を画策しないと、澄田先生がオーロラ姫をやることになるかもしれないぜ」

——「なるかも」じゃなくて「してやるぞ！」ってことだろ‼

恋人を楯に取られては、新見も言うことをきかないわけにはいかない。

美しいが、魅入られれば背筋が凍るような双眸《そうぼう》にに一っこりと微笑まれ、頭痛を催した新見は、言われるままますべてを承諾するしかなかったのだ。


突如、会場が嬌声に包まれた。

観客が一斉に歓声を上げ、席を立つ者までいる。

前方の席ではなにやら大騒ぎだ。

「……ん……っ」

ところが、艶めいた吐息がマイク越しに響いて、騒いでいた生徒たちの下半身を直撃した途端、いきなり会場は静まり返った。

新見の視界の端で、史世が薄く笑うのが見える。

舞台上では、台本に背いて濃厚なラヴ・シーンが展開されていた。〝振り〟だけという約束だった問題のキスシーンは濃厚な口づけにすりかわり、驚いた蘭生が抗うことも許さず、紘輝は我が物顔で姫の唇を味わっている。

やたらと長い口づけののち、痺れた思考回路でうっとりと縋りつく姫を抱き上げると、クッと顎を上げ、紘輝はきつい双眸を客席の生徒たちに向けた。


——俺のものだ。


無言の主張。

誰にも手は出させないと、威嚇する強い視線。

認めさせる。

誰にも邪魔はさせない。

愛しい蘭生を腕に抱き、紘輝は王者の視線で全校生徒を威嚇した。


そのあまりに強烈なオーラに気圧されて、見守る全校生徒たちも、紘輝の主張を受け入れざるを得ない。

見る者すべてを納得させてしまうだけの、それは、迫力に満ちた視線だった。

麗しい姫を胸に抱く王子の、凛々しく雄々しい姿に煽られ、再び嬌声に包まれた会場は沸きに沸いてクリスマス劇は大成功を収めた。

もちろん、客席にいた蘭生に投票した何百人もの生徒たちが一斉に失恋したことも事実で、本人も知らぬところで結成されていた紘輝ファンクラブのメンバーたちも、密《ひそ》かに涙に暮れていた。


「なるほど」

満足気に微笑む史世の隣で、新見は史世の思惑のすべてを悟り、頷いた。

「何百人ものオオカミを一斉に撃退したってわけか。まったく過保護なことだ。安曇野が相手では、篁に手を出そうなんて命知らずは、まずいなくなるだろうからな」

自分が卒業する前に、なんとしても蘭生を取り巻く状況を変えておきたかった史世の思惑は、すべて予定通りに進み、紘輝を煽ったことで、期待以上の成果をもたらしたのだ。

蘭生が決まった誰かひとりのものになったとわかれば、無駄な期待をするオオカミもずいぶん減るだろうと、史世は常日頃から思っていた。それには絶対的な相手が必要だ。

実のところ、蘭生の相手として、紘輝なら絶対に大丈夫だとはじめから認めていた史世だったが、そうやすやすと渡してしまうのも癪に障る。小姑《こじゅうと》よろしくイビリモードに入った史世に対して、紘輝はことごとく望み通りの反応をしてみせたのだ。

己の感情を持て余した蘭生が紘輝への想いに打ちひしがれ、あまつさえお互いに誤解したふたりの関係が危うくなったのは誤算だったが、蘭生の気持ちなど史世は端からお見通しだ。

だからといって、羞恥に震える蘭生にこれ以上の無体を強いることなど史世にできるわけもなく、わざわざ裏から操るはめになってしまった。

紘輝が不甲斐《ふがい》ないせいだ！　と内心毒づいてみてもはじまらない。

可愛い可愛い幼馴染の恋は、結局は応援してやりたいのだ。

あの日、紘輝を殴ったあと、目にいっぱい涙を浮かべて縋りついてきた蘭生を見たときから、本人すら気づかぬ本心を察し、史世はずっと頭を悩ませつづけていたのだ。

「安曇野にはなんて？」

「さすがのおまえでも、何百ものオオカミから蘭生を守るのは不可能だろうから、だったらさっさと手を引け！」

平然と言う史世の悪びれなさに、新見は呆れ、果てしなく紘輝に同情したくなった。

これからしばらく、ふたりの周囲は大騒ぎだろう。それを鎮めるのも大仕事だが、それ以前に、舞台袖《そで》に引っ込んだ今、怒り心頭の藺生をいかに宥めているることか……。

頭痛がますます酷くなりそうだ。

「新見！」

愛しい存在を見とめて新見は目を細め、隣でニヤニヤと嫌〜な笑みを浮かべる史世を追い払う。

舞台に夢中な学生たちの目を盗み、歩み寄ってきた白衣の細い背を抱き寄せた。

自分も同罪。

史世に協力することで、可愛い可愛い恋人をオオカミに曝さずにすんだのだから、渦中のふたりには申し訳ないが、犠牲になってもらってホッとしているというのが本音だった。

――悪いな、安曇野。ま、あと一年、頑張れよ。

SCENE17

紘輝に抱きかかえられ、楽屋に引っ込んだまではよかったが、藺生が正気を取り戻したときには、すべてが終わったあとだった。

「ふざけるなよっ!!」

紘輝をひっぱたき、ドレスに顔を埋めて昂る感情のままに詰る藺生を宥めるように抱き締めて、紘輝は無言で所有権を主張する。

楽屋の外では、どうなっているのかとキャストや大道具などのスタッフたちが耳を欹《そばだ》てているのは見え見えだ。

もちろん、客席の騒ぎも収まってはいない。今も、口笛やら罵声《ばせい》とも嬌声とも取れる歓声やらが、舞台裏まで届いている。

「泣くなよ」

抱き締めた腕はほどかないまま、紘輝は藺生の涙を拭う。その手を払い、藺生が声を荒らげた。

「な、泣いてなんかないだろっ！」

怒りと羞恥で上ずった声が、感情も露《あら》わに迸る。

「なんのつもりだよ！　あんな……みんなの前であんな……しないって言ったくせに……っ！」

最後は嗚咽に掠れて言葉にならない。

「しないって……言ったじゃないか……っ」

紘輝に両手首を拘束され、泣き顔を隠すことも出来ず、蘭生はボロボロ泣きながら、訴える。

あのひと言で自分がどんなに傷ついたか……。

先日の行為に、どんなに傷ついたか……。

それなのに……。

全校生徒の前での濃厚な口づけ。しかも、抗えたのははじめだけで、すぐに紘輝の手中に落ちてしまった自分。思い出すのも恥ずかしい。

「したくなかったくせにっ」

喘ぎ混じりの訴えに、今度は紘輝が怪訝な顔をした。その表情にイラついて、蘭生はますます声を荒らげる。


「もうしないって言ったくせにっ！　もう僕のことなんてどうでもいいんだろっ！　なのになんで……っ！」

顔を背け、嚙み締めた唇を震わせて激昂する蘭生に、紘輝は驚いた。

「あんなことして……っ！　身体だけでいいくせにっ！　キスもしてくれなかったくせにっ！　いまさらなんだよっ!!」

激情に駆られ暴れる蘭生を押さえ込みながら、紘輝はその言葉のひとつひとつを正確に聞き取っていた。

「恥ずかしかっただけじゃないかっ！　おまえしか知らないのにっ！　なのになんでそう気が短いんだよっ！　なんで何も言わないんだよっ!!」

拒否したわけではない。無視していたわけでもない。

ただ恥ずかしかっただけなのだと蘭生は訴える。視界が合わせられなくたって、手を握られただけで、で震えていたってしかたないじゃないか！　はじめての恋なのだから……!!

ちゃんと好きって言ってよっ!!

きっと自分でも何を言っているのかわかってはいないだろう。しかし、蘭生の訴えを要約すれば、つまりはそういうことだ。

矢継ぎ早に喉につかえていた言葉を吐き出して、蘭生はゼェゼェと肩で息をしている。酸素不足に喘ぐ胸を押さえ、涙に濡れた瞳で、しかし、紘輝を睨みつけた。

「蘭生……」

やさしい呼び声に、ハッと我に返り、声の主を仰ぎ見る。

胸の前で握られた腕をぐいっと引き、紘輝がその胸に抱き込もうとすると、驚いた蘭生が抗った。

「そうやって、嫌がっただろ、おまえ」

――……え……？

思わず顔を上げた蘭生の視界に、苦渋の表情の紘輝が映る。

「目も合わせず、声をかけても無視するし、言い訳のチャンスも与えてくれない。俺はもうダメなんだと思ったから……」

したくないのではなく、しないと紘輝は言った。

――僕が嫌がると思ったから……？

「おまえが嫌がることはしたくなかったんだ。最初が最初だから、言っても信じてもらえないかもしれないが……」

拒否されたわけではなかった。

それどころか、蘭生のことを思うあまり、取ってしまった行動だったのだ。

「おまえは花邑のものだってわかってても、それでもおまえが欲しかった。だから、無理やり手に入れた。あれで終わりだと覚悟してた。けど、おまえは受け入れてくれた。だから、期待してもいいんだと勘違いしたんだ。何も知らないおまえが流されているだけだとも知らないで」

蘭生の背に回された腕に、ぐっと力がこもる。今度は抗わず、蘭生は紘輝の腕の中に倒れ込んだ。

「おまえに拒否されて、嫌いだと泣かれて、もうダメだと思った。だけど……」

——それって……。

ドクンドクンと脈打つ心臓が煩い。震える手で、紘輝の王子の衣装にしがみつく。

すると、広い胸にぎゅっと抱き締められ、耳元に囁きが落とされた。

「好きだ」

それははじめて聞くたしかな言葉。

すっと蘭生の心に入り込んできて、ストンと落ちた。

しっくりと身体に馴染んでくる。

その言葉の持つ染み入るような温かさに酔っていると、紘輝に顎を取られた。胸に埋めた顔を上げさせて、紘輝は神妙な顔つきで尋ねた。

「キスしても、いいか？」

コクンと小さな頭が縦に振れる。うっすらと頬を染めながら、潤む瞳が見上げてくる。

その額に恭しく口づけたあと、瞼に頬に順に柔らかく啄むような口づけを繰り返して、それから艶めく唇に自身のそれをそっと重ねていった。

——温かい。

それはたしかに、蘭生が待ち焦がれた温もりだった。

はじめは触れるだけ。あやすように繰り返し角度を変えて重ねられ、やがてうっすらと開いた桜色の唇を舌先がなぞる。その奥の歯茎を擽られると、震える指先が縋るものを求めて、紘輝の背に回された。

紘輝の舌が口腔に押し入り、引きこもろうとする蘭生のそれを絡めとる。強く吸われて細い背がビクンと滾り、縋る腕に力がこもった。

「ん……っ」

苦しげに喘ぐ吐息が零れ、濡れた音を立てて唇が離れると、目尻を染めた蘭生が艶っぽい表情で紘輝を見上げた。

「そんな顔するなよ。オオカミに襲われるぞ」

途端、カァ…ッと頬を染め、キッと紘輝を睨むものの、その表情は拗《す》ねているだけだ。

「み、みんなおかしいよ。僕なんか……」

言い淀んで、顔を伏せる。

それに大きくため息をつくことで応えて、紘輝はいいかげんに呆れた声を上げた。

「おまえ、自覚なさすぎだ。学校中のやつらがおまえのこと狙《ねら》ってるんだぞ。毎日、俺がどれだけ心配してるか知らないだろ？」

「そ、そんなはず……」

「あるんだよ！　こんな可愛い顔で舞台になんて出すんじゃなかった。客席の歓声、聞いただろ？」

あの客席の様子を見たら、「嫌われたから……」などと悠長なことなど言っていられなくなった。今ここで、蘭生の所有権を主張しなければ、明日にでも誰かに奪われかねない。いや、今日の帰り道さえ危険だ。

しかし、そんな紘輝の危惧《きぐ》など蘭生には知る由《よし》もない。

「だって、それは……」

いつも優等生面の生徒会長のみっともない女装姿を、みんな笑っていたのではなかったのか？

本気でそう思っていた蘭生には、なんのことだか、まったく理解ができない。

女のように化粧をされて、煌《きらび》やかなドレスを着てロングのカツラをつけた自分の姿のいったいどこが〝可愛い〟というのだろうか……。

——気持ち悪いの間違いじゃないのか？

鏡を見ても、紘輝が言うことは納得できない。楽屋に置かれた鏡にまじまじと見入る蘭生の姿に、紘輝は匙《さじ》を投げた。

——ダメだな、こりゃ。

諦《あきら》めて肩を竦める紘輝を振り返って、蘭生はやっぱりわからないという顔をする。

自覚がないものはしかたない。自分が守るしかないのだろうと紘輝は覚悟を決め、言われたことを理解しきれず拗ねた顔をする蘭生を抱き寄せる。乱れたカツラを梳き、皺《しわ》になったドレスを整えてやる。

しかし、

——あの声までは、サービスしすぎだったな。

多少後悔しつつも、さてどうしたものかと紘輝は考えを巡らす。

そして、大きく開いたドレスの胸元に、わざと痕を残すようにキスを落とすと、咄嗟《とっさ》のことに文句を言うこともできず真っ赤になって睨む蘭生を抱き上げ、騒ぎの収まらない客席を鎮めるために、今一度舞台へと向かった。

もはや蘭生は、紘輝の胸元に顔を埋めて、真っ赤な頬を隠す以外にない。

カーテンコールは収まらない。

ふたりが姿を現した途端、再び場内はまるで暴動でも起きたかのような歓声に包まれた。歓声に混じって、嬌声やら悲鳴やらが聞こえてくるような気がしないでもなかったが、主役のふたりにとってはどうでもいいことだった。

翌日から学校は冬休みだ。正月休みが明けるころには、この騒ぎも多少は収まっていることだろう、多少は……。

SCENE18

舞台に投げられた花やプレゼントの山を抱えたふたりが校門に辿り着いたとき、派手にブレーキを鳴らして、目の前に真っ赤なスポーツカーが停まった。

それは、学園祭の日、紘輝に抱きついた女性が乗っていたのと同じ車種。同じ色の車。

おもむろに開いたドアから降り立った人物に、蘭生は驚き息を呑んだ。それは、まぎれもなく、あの日、紘輝に抱きついた女性だったのだ。

そして、つづけざまに助手席のドアが開き、もうひとりが降り立つ。

——……えぇ!?

それは、以前、街で紘輝と一緒にいるところを見かけた、あの女だった。

運転席から降り立った女は、かけていたサングラスを外すと、にこやかにこちらに向かって手を振ってきた。助手席の女も、同様だ。

今さっき紘輝と気持ちが通じ合ったばかりだというのに、いまだ解決されていなかった問題を突きつけられ、蘭生は暗い気持ちになる。

しかし、ふたりがそれぞれに紘輝と付き合いがあるのだとすれば、なぜ一緒にいるのだろうか?

密かに蘭生と紘輝を見送ろうと校庭に出てきていた学生たちも、何ごとかと固唾《かたず》を呑んで見守っている。校舎の窓にも野次馬が鈴なりだ。

そんな周囲の様子が見えているのかいないのか、紘輝はスタスタとふたりに歩み寄ると、何ごとか話しかけ、ややあって、蘭生を呼んだ。

「こんにちは、蘭生くん。はじめまして、じゃないわよね」

運転席から降り立った女性に微笑まれ、引き攣った笑みを浮かべてペコリと頭を下げる。

「やっだー、可愛い～～。ねぇ、茅浪《ちなみ》ちゃん!」

助手席の女性が甲高い声で歓声を上げ、運転席の女性に同意を求めた。それに、右手の親指と人差し指で丸をつくって応え、年上だろう茅浪と呼ばれた女性がニヤリと笑う。

「で、首尾は？」

問われた紘輝も、ニヤリと笑って「上々」と応えた。

「ＯＫ！　じゃ、帰りましょ！」

さっさと運転席に乗り込み、エンジンをかける。

何がなんだかわからない蘭生は、紘輝の制服の袖を引っぱり、不安な表情で尋ねた。

「ね、何？」

蘭生の不安げな表情の理由に思い至って、紘輝は「あぁ」と頷く。つづいて発せられた単語に、蘭生は今度こそ本気で固まってしまった。

「姉貴だ」

――――……………………え？

「お、お姉さん？」

じゃあ、自分はお姉さんにヤキモチを焼いて、あんなに四苦八苦していたということかっ⁉


あまりといえばあまりな結末に、蘭生は言葉もない。

たしかに言われてみれば、どことなく雰囲気は似ている。しかし、あんなに親しげにしている相手がお姉さんだなどと、いったい誰が思うだろう。

学園祭の日、職員駐車場に真っ赤なスポーツカーで乗りつけたのが長女の茅浪、紘輝と一緒に街を歩いていたのが、助手席から降り立った次女の茅紘《ちひろ》だったのだ。


茅浪は二十五歳。警視庁刑事部捜査一課に所属する刑事だが、いわゆるキャリア組で、階級は警部補になる。

幼いころから培った武道の腕前は紘輝にも引けを取らないほど。男勝りの豪快な性格は、紘輝になど到底御せるシロモノではない。

次女の茅紘は二十二歳。K大医学部の四年生で、監察医を目指している。

もちろん茅浪同様武道に長《た》け、幼いころから何度も大会で優勝しているほど。こちらのほうもキツイ性格では姉に引けはとらない。

しかし、茅浪が豪快でさばけた性格であるのに対して、茅紘は頭の回転が速く、容赦のない毒舌家で、口で彼女にかなう相手など、紘輝は生まれてこのかたお目にかかったことがないほどだ。

美しい花には毒がある……。

その見本のような姉ふたりを身近に見て育った紘輝は、あまり女性に理想を持っていない。どうせひと皮剝《む》けばこんなものだと思ってしまうのだ。

だが紘輝は、ふたりの姉が好きだった。

特に長姉の茅浪は紘輝の母親代わり。紘輝が物心ついたときにはすでに母親は他界したあとで、末弟はふたりの姉にめいっぱい可愛がられて育ったのだ。

それもあって、姉たちにはまったく頭が上がらない。

だから、買い物に付き合えと言われれば付き合わざるをえないし、いきなり学校に押しかけてきても邪険に追い返すこともできなかったのだ。

紘輝が殴られたのを見て、茅浪はすぐにふたりの関係に感づいた。さすがに刑事というべきか。その日帰宅すると姉ふたりが待っていて、尋問よろしくすべて白状させられたのだ。

姉たちにも、自分の所業を散々なじられ、「そりゃー嫌われてるわ」だの「諦めたら？」だの言いたい放題。すっかり自暴自棄になって、結果として繭生を悲しませることになってしまったことに関しては、きっちりとオトシマエをつけてもらいたいものだが、いかんせんこの姉たちにそんな恐ろしいことを言えるほど、紘輝は世渡り下手ではなかった。

「言ってくれればよかったのに」

ボソリと呟いた不満を、紘輝が聞き返す。

「なんだ?」

「なんでもない……」

拗ねた口調で、眼鏡の奥から睨む瞳は、少し潤んでいた。

言ってくれたら、こんなに悩んだりしなかったのに……。

けれど、もしもすぐに誤解が解けていたら……はたして自分は、自分の本当の気持ちに気づいただろうか……。そう考えれば、このイライラさせられた時間も、必要なものだったのかもしれないと思える。

そうはいっても、簡単に納得できないのが人情だ。

「帰る」

紘輝の腕をすり抜け、ひとり帰途につこうとすると、引き止められ、肩を抱かれる。その腕をさっと振り払った。

「怒ってるのか?」

――怒ってるよっっ!!

蘭生が文句を言おうと口を開きかけたとき、それを遮るように楽しげな声がかかられた。

「あっれ～、もう喧嘩《けんか》?」

にこやかななかにも棘《とげ》のある言葉を投げられて、紘輝はあからさまに嫌な顔をする。いかにもなわざとらしさで現れたのは史世。

「どうしたの? 蘭生」

わざわざ見せつけるように薄い肩を抱き、史世はやさしい幼馴染の顔で尋ねる。

「……なんでもない」

蘭生の拗ねた口調に小さく笑って、ついでにチラリと紘輝を一瞥し、挑発する。

「今年はおじさんもおばさんもロンドンだっけ? うちで一緒にパーティーしよっか」

さらに煽るようなことを言って、紘輝が内心焦るのを見て楽しんでいるようだ。

それに蘭生が頷きかけたとき、それまで我慢していた紘輝が、とうとう間に割って入ってきた。蘭生の肩を抱く腕を引き剝がし、自身の胸に抱きこむ。

やっと、人目のあるところでも堂々と蘭生の肩を抱ける立場になったというのに、しょっぱなから邪魔されてたまるものかっ！

そんな、あからさまな独占欲剝き出しの紘輝を嘲るように、史世は肩を竦めた。紘輝の思惑などスッパリ無視して、蘭生に話しかける。

「蘭生、今日は安曇野と一緒なの？」

そう訊かれても、何も聞かされていない蘭生には答えようがない。どうしようかと視線を彷徨《さまよ》わせていると、肩を抱く腕に力がこもり、上から柔らかい声が降ってきた。

「うちに来いよ、美味《うま》いもん食わせてやる」

「そーそー、紘輝の料理は絶品よぉ」

後ろから三人のやりとりを眺めていた茅紘が、茶々を入れた。茅浪は運転席に乗り込んだまま、悠然と煙草《たばこ》を吹かし、ことのなりゆきを傍観しているようだ。

紘輝と史世とを交互に見やり、蘭生は気持ちを整理する。そして、史世に向き直った。

「あの……今日は……安曇野のところへ行くよ」

ニッコリと微笑んで蘭生は言った。

少しの逡巡《しゅんじゅん》は見えるものの、たしかな意志を見せた蘭生に少し驚いた顔をして、史世は極上の笑みを見せた。本当にやさしい、慈愛に満ちた微笑み。それには、さすがの紘輝も言葉を失くす。

「話は合わせてあげるから。楽しんでくるといいよ」

そして、くしゃっと蘭生の髪を撫でると、そっと耳打ちする。

「僕も出かけてくるからさ」

それに蘭生もニッコリと笑い、「気をつけてね」と返す。

どんなに腹黒くとも、恋人を陰でいびる小姑だったとしても、やはり蘭生にとっては、やさしいやさしい幼馴染なのだ。

紘輝に促されて後部座席に乗り込み、藺生は史世に手を振った。

エンジン音を轟かせて、ふたりを乗せた車が走り去る。それが通りの角を曲がって見えなくなるまで見送って、史世は少しばかりの焦燥感に身を委ねた。よかったと思う反面、巣立っていった温もりに、淋しさは否めない。

「なんだ、間に合わなかったか」

肩に鞄を担いで歩寄ってきた新見をチラリと見やり、史世は不敵な笑みを零す。そして悪友にはあえて何も言わず、史世自身も、いつもとは逆方向へ足を向けた。

そんな三人のやりとりを遠目にうかがっていた学生たちはますます沸き立ち、その一方で多くの失恋少年たちが世の儚《はかな》さを嘆いたのは言うまでもない。

クリスマスに自殺者が出なくてよかったと、新見は半ば本気で胸を撫で下ろす。

そして、美しいオーロラ姫の舞台は、その後何年も伝説となって語り継がれていくことになった。

SCENE19

「おい。大丈夫か？」

紘輝の美味しい手料理をたらふく食べ、姉たちの用意したケーキとシャンパン、そしてワインもあけて、楽しいクリスマスの一時を過ごした……まではよかったが、アルコールに耐性のない薗生は、真っ赤な顔でソファーに崩れ落ちてしまった。

ソファーの背に頬をあずけ、ぐったりとしている。ずり落ちた眼鏡が、なんとも庇護《ひご》欲をそそる姿だ。

「あらら。薗生くん酔っぱらっちゃったの～」

「くすくす。やーん。可愛いほっぺ」

油断も隙もあったものではない。

薗生を取り囲む危険因子から、慌てて紘輝が救出にかかる。

ぶーぶー文句を言い募る姉たちを押し退け、細い身体を抱き上げると、さっさと二階の自室へ避難を試みた。

「あによー。紘輝のけちー」

「そーよ。そーよ。少しぐらいいいじゃないのよ、ねー！」

——なーにが、ねー！　だ。さっさと男のところにでも消えろっ！

心中で毒づきつつも、階下から聞こえる不満気な声などスッパリ無視して、紘輝は自分のベッドに薗生を下ろす。あの姉たちのことだ。デバガメしないとも限らない。ドアに鍵をかけるのも忘れなかった。

苦しそうに荒い息を継ぐ薗生の制服のシャツの襟元を寛け、ベルトを外して楽な格好をさせてやる。

ザルも通り越してフチだのワクだの言われる安曇野家の人間のペースで呑ませてしまったのが、そもそもの間違いだった。気持ち悪くなる前に潰れてくれてよかったと、ホッと胸を撫で下ろす。

しかし、いつもは白い肌を、ほんのりと赤く染めた薗生の色っぽさといったらない。

前後不覚のところを襲うなんて……と紳士的なこ

とを考えていた紘輝の欲望が、図らずも刺激されてしまう。

無意識の痴態ほど、男を煽るものはないのだ。

――少しアルコールを抜かなきゃな。

そして、持ってきたペットボトルのスポーツ飲料のキャップを開けると、ひと口含み、蘭生の唇を塞いだ。


まどろむ意識のなか、冷たいものが喉を通り過ぎてゆく感触が気持ちいい。

もっと欲しくて、強請《ねだ》ると、また唇に冷たいものが触れ、次の瞬間、喉が潤う。それを何度か繰り返して、やっと渇きが癒《いや》されると、今度はなぜか口寂しい。

触れていた温もりが離れそうになるのを、無意識に引きとめようと身体が反応した。


「蘭生？」

酔っているのだろう。

何度か口移しでスポーツ飲料を飲ませ、離れようとした紘輝の唇を、蘭生が引き止める。

濡れた紘輝の唇をペロリと舐め、追い縋るように口づけてくる。

したいようにさせていると、今度は拙い舌が、紘輝のそれを味わうように絡みついてきた。

細い腕は、いつの間にやら紘輝の首に回され、愛しい男を引き寄せている。

「あつ……い……」

うわごとのように訴える。

アルコールで全身真っ赤なのだ。身体が熱いのだろう。

その声に誘われるように、紘輝は蘭生のシャツのボタンを外し、白い肌を露わにしてゆく。

すべてを脱がせると、今度は自分も着ているものを脱ぎ去った。

——俺のほうこそオオカミ……だよな。

独りごち、自嘲気味に笑ってみせる。

過去の行為の反省から、無理強いは絶対にしないと心に誓ってはみるものの、しかし目の前のご馳走には、そんな紳士的な感情など根こそぎ奪い去るだけのたまらない色香があった。

酔いのせいで、いつも以上に敏感になった蘭生の肢体を、紘輝は暴いてゆく。

柔らかな肌の感触を楽しむ。

「ふ…っん…ぁ…？」

やがてうっすらと開かれた瞼に口づけ、額にかかる髪を掻き上げてやる。

「大丈夫か？」

気遣いつつも、紘輝はその首筋から鎖骨に舌を這わせ、脇腹を辿る掌が、蘭生の官能を誘う。


「え…？　あず…み…？」

蘭生が自分の置かれた状況を把握できないでいるのをいいことに、紘輝の愛撫は大胆になってゆく。

「ぁ…ん…っ。やだ…どうして…」

身を捩り、与えられる快感から逃れようとしても、アルコールの抜けない頭と、痺れた身体ではどうすることもできない。

「誘ったのは蘭生だからな」

——嘘《うそ》。

声にならない訴えに、紘輝は小さく笑う。

「あんなに可愛いことして俺を挑発したんだ。覚悟はできてるんだろ？」

色づいた胸の突起を捏《こ》ね、舌先で転がすと、華奢な背がビクンと滚った。

「や…ぁ…っ」

いつも以上に強烈な感覚に、零れる嬌声を止められない。

肌を下がってゆく紘輝の口づけに、大きく開いた下肢の内側を吸われ、濡れた欲望がビクビクと反応する。しかし、紘輝の愛撫は掠めるばかりで決定的な刺激を与えてはくれなかった。

「やだ…や…あぁっ」

堪えきれない喘ぎが、暗に愛撫をねだる。その間も、蘭生の屹立《きつりつ》からは蜜が溢れつづけ、最奥までも濡らしはじめていた。

「ホントに嫌なら、やめる。蘭生……どうする?」

どうするもなにも、もう後戻りできない状態にまで追い上げられた身体は、次の刺激を待っている。いまさらやめるなんてできるわけがない。

意地悪な問いに、蘭生の目に見る見る涙が浮かんだ。睨む視線も艶っぽい。

「だって……蘭生がイヤイヤって言うから……。俺もう、おまえの嫌がることはしないって決めたんだ」

耳朶に囁く甘い声。絶対に面白《おもしろ》がっているとわかる反面、紘輝の気持ちが嬉しくもある。だからといって、自分に主導権を渡されても蘭生は困ってしまう。

「…ぁ…そんな…の…」

欲情に濡れた視線を彷徨《さまよ》わせ、蘭生は困惑を深める。その間も、愛撫の手を止められた身体は疼いて、つづきを待っているのだ。

「どうする?」と視線で問われ、答えあぐねた蘭生は、紘輝の首にぎゅっとしがみついた。

紘輝の肩に顔を埋め、震える指が背を滑る。

肩にかかる吐息の熱さに蘭生の置かれた状態を察しながらも、紘輝の手はシーツの上に置かれたままだ。

そんな恋人の仕打ちに焦れて、蘭生は細い腰を突き出し、白い太腿を淫らに絡めてきた。その拍子に、蘭生の濡れた屹立に灼熱の昂りが触れて、思わず腰が撥ねる。

「ひゃ…っ! あ…あぁっ!」

蘭生自身に触れた紘輝の牡は、硬く反り返り、触れただけで火傷《やけど》しそうなほどに熱かった。

自身を犯そうと、狙っている欲望の塊。自分がいかに求められているのかが、それに触れたことで伝わってくる。

あんなに熱くなって、紘輝は自分を欲しがっている。そう思ったら、わずかに残っていた恐怖も羞恥心も、霧が晴れるように消え去っていった。

「……して……」

やっと耳に届くくらいの小さなおねだり。

両腕を首に巻きつけた恰好で、紘輝の胸に顔を埋めて隠す。やわらかな髪から覗く耳朶は真っ赤だ。

嫌じゃない。

無理やりじゃない。

これは、自分が望んだことなのだ。

合意の上の、愛の行為なのだ。

必死にしがみつき、それでも離さないでとばかりに背に爪を立てる。

巻きついた繭生の腕を剥がし、手首を纏めて頭上に縫いとめると、紘輝は荒々しく唇を塞いだ。

食い尽くすような、深い口づけ。

舌を絡め合い、唾液を交わして、お互いの身体を弄りあう。

下肢の狭間に紘輝を迎え入れ、滾った屹立同士が擦れ合う濡れた音が響いた。

「あ…あぁ…っ…ん…っ」

絡めた舌を強く吸ってやると、紘輝の腰に絡んだ繭生の太腿がぎゅっと締めつけてくる。細い腰を振り立てて、責める男を煽るさまは、淫らのひと言に尽きる。

初心で可愛い恋人は……しかし、まっさらなだけに与えるものを柔軟に吸収する。

紘輝が与える愛撫によがり、白い喉から甘い嬌声を惜しげもなく迸らせる計算のない痴態に、紘輝も徐々に余裕をなくしていった。

「繭生……愛してる……。俺が絶対に守ってやる……」

口づけの隙間の睦言《むつごと》は、さらに深まる口づけによってかき消されてゆく。

荒い息に上下する胸。

過度の悦楽に苦し気に息を継ぐ桜色の唇。

そして、しとどに濡れ、先端から甘い蜜を零す屹立。

それらすべてに口づけ、所有の証《あかし》を刻んでゆく。

白い肌に散る、薔薇色の痕跡。

そのすべてが、紘輝の残した愛情の証。

そして、蘭生の一番深い場所に自身の痕跡を残すべく、紘輝は白い下肢の最奥に指先を滑らせた。

淡い色の屹立の奥に息づく、蕾。

まだまだ可憐な色合いを残すその場所を、己の欲望で踏み躙《にじ》り、掻き乱す、この快感。

初心な肌を自分色に変えてゆくことへの、歓喜。

牡の原初的な欲望に突き動かされるままに、紘輝は蘭生の身体を拓いてゆく。

くちゅと濡れた音をたてて紘輝の指を咥《くわ》えこみ、絡む内壁は濡れそぼっている。蘭生の身体は、はじめて抱かれた日の恐怖ではなく、歓喜のみを呼び起こそうとしているようだ。

そこを穿《うが》たれる悦《よろこ》びを思い出し、狭い肉壁が蠢く。感じる場所を責める指に、細い腰は跳ね、しとどに蜜を零しつづける可憐な屹立は、ビクビクと打ち震えていた。

「は…ぁ…あぁんっ！」

三本に増やされた長い指が、蘭生の前立腺《ぜんりつせん》を容赦なく押し上げる。その間にも、ぷっくりと色づいた胸の突起を含まれ、蘭生はシーツを摑んでいた指を離すと、紘輝の髪を掻き乱し、もっととねだるように頭を抱き寄せた。

左右の突起を交互に弄られ、濡れた舌に捏ねられると、背をゾクゾクとした快感が突き抜ける。と同時に、下肢から湧き起こるジワジワと身体を侵食していくような快感に、蘭生は全身を震わせた。

胸への愛撫を繰り返していた紘輝が顔を上げ、先ほどさんざん貪られて濡れたままの蘭生の唇に口づけてくる。睫に溜まった涙が吸い取られ、紘輝の腰を挟み込んでいた繭生の白い太腿が抱え上げられた。

熟れた蕾に、灼熱の切っ先があてがわれる。

入り口を押し広げるように、先端をぐぃぐぃと押しつけ、お互いを煽る。

濡れた瞳が切なげに見上げてきて、紘輝の熱い視線と絡まった。そして、繭生が小さく頷くのを見て取って、紘輝は腰を進めていった。

「あぁっ！　あ…あ…あぁ…っ！」

その巨《おおき》さに馴れぬ肉壁を押し広げ、熱い切っ先が濡れた音を立てて蕾を花開かせる。

はじめ硬かった蕾は、やがて咲き綻び、自ら蜜を零して、攻め入る男を誘い込みはじめた。

切っ先が、繭生の一番感じる場所を突くと、きゅっと締まって牡を悦ばせる。紘輝の突き上げに合わせて揺れはじめた細い腰は、男を咥え込んだら放さない淫らさを持っていた。

「繭生……」

淫らで可愛い、恋人。

可愛らしい容貌の繭生が、実は感じやすくて快楽に弱いことは、はじめてのときに感じていたが、しかし、これほど淫らに咲き綻んでみせるとは、嬉しい誤算だった。

紘輝の手によって拓かれてゆく身体は、貪欲に快楽を貪っている。それこそ底の見えないほどに。

大きく腰をグラインドさせてやると、繭生は仰け反って白い喉を震わせる。

「あ…あぁ……だめ…ぇ…っ」

過ぎた悦楽に髪を振り乱し、限界を訴える。しかし、紘輝はかまわず責めつづけ、限界に震える繭生の屹立を握り込んだ。

「や…っ…あ…ぁ…っ！　や…め…はなし…て…ぇっ」

放出を塞き止められて、苦しさに繭生が泣き叫ぶ。しかし、紘輝は繭生の欲望を握り込んだまま、激しく腰を打ちつけた。

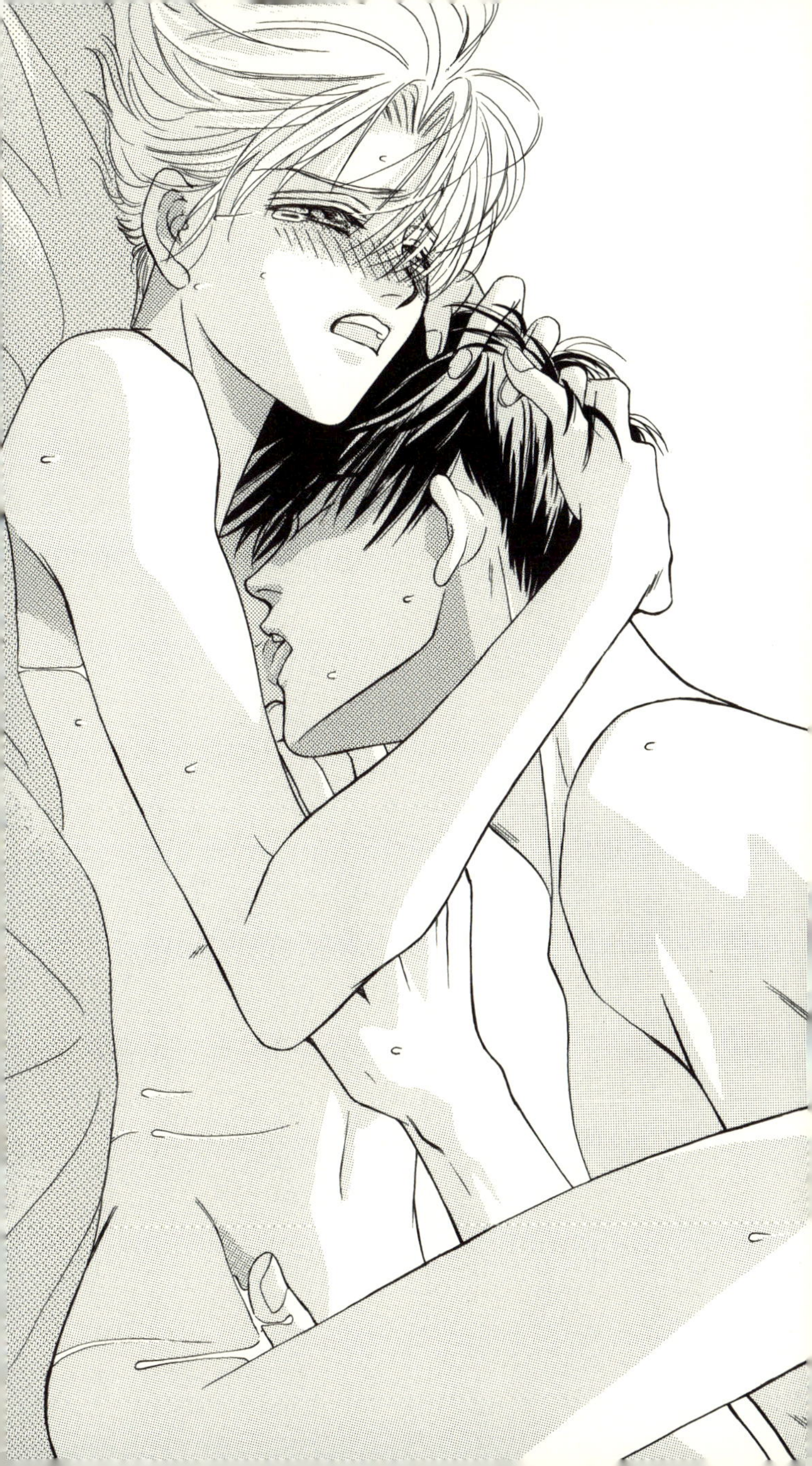

「は…ぁ…あ…あ…あぁ…っ」

「ぅ…く…ぅ」

絡みつく内壁の熱さに、紘輝の律動も頂点へ向けて早まってゆく。

「ひろ…き…」

呼ぶ声が、背を掻き抱く華奢な腕が、汗に濡れた白い太腿が、真っ赤に腫れた唇が、そして、蘭生の存在そのものが紘輝を煽り、やがてふたりは、深い深い悦楽の淵《ふち》へと落ちていく。

「蘭生……愛してる……」

「あ…あ…あぁ――――――――――っ!!」

ひときわ深い突き上げに、とうとう蘭生は意識を手放した。


気がつくと、蘭生は紘輝の腕に抱かれていた。まだ外は真っ暗だ。

「大丈夫か?」

紫煙を吹き上げていた煙草をサイドボードの灰皿に揉み消し、乱れた髪を梳《す》いてくれる。

「煙草、吸うの?」

もちろん未成年なわけでいけないことなのだが、スポーツマンの彼が煙草をたしなむことに驚いて、尋ねた。

「いや、普段は吸わない。煙、嫌だったか?」

気遣う言葉に、蘭生は首を横に振った。

そうではない。ただ煙草を咥える紘輝の姿が妙に男くさくて、少しときめいてしまっただけなのだ。

「平気か? 身体……どこか痛いところとか」

その問いには慌てて首を振って、蘭生はそれ以上の言葉を遮った。

恥ずかしくて、聞いていられない。

あれだけ激しいセックスをしたのだ、もちろん身体は悲鳴を上げている。普段使わない筋肉を使ったせいで体中が痛いし、節々がミシミシいっているほどだ。

しかし、そんな身体の痛みなど、心を覆う満たされた気持ちの前では、取るに足りないものでしかなかった。

紘輝の胸に額を擦りつけて甘える蘭生を、逞しい腕がきつく抱き締めてくる。

視線を上げると、待ちかねた口づけが落ちてきて、蘭生は満足げに喉を鳴らした。


そうして眠るとはなしにまどろんでいると、ふいに紘輝がベッドを出て行く。抱き締める腕がなくなって、その淋しさに、蘭生が抗議の声を上げようとしたとき、机の引き出しから何かを持ち出した紘輝がベッドサイドに腰を下ろした。

手に握り込んでいたものを、蘭生に手渡す。

それは、小さな、どこにでも売っている消しゴムだった。

ケースにも入っていない使い古しのその消しゴムの裏には、滲んだボールペンの文字で「がんばれ！」と書かれている。

「これって……」

書かれた字には見覚えがある。それはまぎれもなく、蘭生自身の筆跡だった。

「おまえは覚えてなかったんだもんな……だけど、俺は、ずっと大事にしてたんだぜ」

懐かしむような紘輝の声に、蘭生はすべてを悟った。


入試の日。

たまたま隣の席になったのは、ほんの偶然。

すでにバスケ推薦で私立の有名校への入学が決まっていた紘輝にとってはただの力試し、姉たちの勧めもあり、ここらで一番の進学校を受けておこうと、気軽な気持ちで受験したにすぎなかった。

　窓側から二列目の一番前の席。

　試験前の注意事項を聞きながら、ふと窓際に視線を送ると、柔和な顔立ちの少年の横顔が目に入った。白い肌。色素の薄い柔らかそうな髪。暖房の弱い室内が寒いのだろうか、少し頬が赤らんで、少女のようにさえ見える。

　背筋を正し、生真面目な表情で真っすぐ教壇を向き、試験官の話に耳を傾けているその姿からは、クラスにひとりはいるであろう、いわゆる優等生と称される類《たぐい》の生徒であることが見て取れる。

　整った容姿に目を奪われたものの、試験開始の声に、紘輝はすぐさま視線を前へと戻した。

　三教科目の数学の時間のことだった。

　規定時間の半分ほどで設問をこなし、見直しをしていたとき、紘輝の長い指に弾かれて、消しゴムが床に落ち、跳ねた。

　ちょうど、見直していた問題に計算ミスがあるのを見つけて、解答用紙に記した答えを消そうと思っていたところで、紘輝は小さく舌打ちした。

　試験官を呼ぶのも煩わしいな……と思っていたそのとき、隣から白い手が差し出され、さっと引っ込められたそのあとには、消しゴムがひとつ残されていた。

「がんばれ！」と小さな文字でメッセージの書かれた使い古しの消しゴム。

　チラリと隣を見ると、彼は何ごともなかったかのように答案用紙に向かっている。驚いたものの、残り時間が少なかったのもあって、紘輝は黙って消しゴムを借り、その場を凌《しの》いだのだ。

「これ…」

　次の教科がはじまるまでのごく短い休み時間。

　ほかの生徒たちが、わずかな時間も無駄にするまいと単語帳を捲っているなか、彼は悠然と窓の外を眺めていた。

返そうとした消しゴムを、彼は受け取らなかった。
「いいよ、あげる」
やんわりと紘輝の手に小さな消しゴムを握らせ、
そしてニッコリと微笑みながら、言ったのだ。
「がんばろうね」
と。
交わした会話は、それだけ。
しかし、紘輝にとっては忘れられない一件となった。
試験の日。
たまたま隣の席に座った少年。
黙って消しゴムを貸してくれた少年。
「がんばろうね」と、見ず知らずの自分に言ってくれた少年。
静かに、窓の外を眺めていた少年。
その横顔を、なぜか忘れられなかった。
小さな使い古しの消しゴムを、棄《す》てることができなかった。

名前もわからず、受験番号だけを確認した。

合格発表の日、自分の数人前に、その番号があることを確認した。

ランク的に見て、公立私立含めても近隣にこの学園以上の高校はない。彼は必ずここに入学してくるだろう。

確信があった。

安曇野家は代々道場を開いていて、紘輝自身も幼いころから武道全般を仕込まれていた。

いつかは道場を継がねばならない身ではあったが、紘輝は消極的だった。数々の武道大会で優勝する一方で、それに反発するかのようにはじめたバスケットボール。

中学の三年間はバスケットボールに夢中だった。

卓越した運動神経と長身とで、ユース選手としても活躍し、その結果、スポーツ推薦が取れてしまった。

特に悩む必要はなかった。スポーツ推薦で高校に行くつもりだった。

それなのに……。

人生の航路はあっけないほど簡単に、驚くほど不純な動機で決められることとなった。

名前を知ったのは、入学式の日。

桜舞い散るなか、その姿を確認したあの日の感激は、今でも忘れることができないほどだ。

入試の結果。トップ入学を果たした学生に課せられる新入生代表のあいさつ。

「一年一組、篁蘭生」

教師の呼び出しの声に静かに立ち上がった学生こそ、紘輝が捜していた張本人だったのだ。

「なのに、おまえ、ちっとも俺に気づかないし」

小さな消しゴムを掌で転がしながら、紘輝が不満気に言う。


しかし、蘭生との出会いの思い出を語る紘輝の目には、やさしい色が滲んでいた。

「おまえ、役員就任式の日に、俺になんて言ったか覚えてるか？」

聞かれて、蘭生は口ごもる。そして、おずおずと言葉を返した。

「……はじめまして……」

忘れてはいない。ハッキリと覚えている。

その直後に紘輝に暴言を吐かれたのだ。あの日は、蘭生にとっても忘れられない日だ。

チラリと紘輝を見上げると、困ったような蘭生の表情に苦笑して、肩を竦めて見せる。

「だろ？　俺が拗ねてもしょうがないと思わないか？」

ニヤリと笑いながら言う紘輝に、蘭生も唇を尖らせた。

「あれって、拗ねてたわけ？」

「それ以外に何がある？」

「僕はすっごく傷ついたのにっ！」

「俺はその何倍も傷ついたぞ」

どうやらこの言い争いは、堂々巡りにしかならないようだ。

小さくため息をついて、蘭生は消しゴムを摘《つま》み上げる。

「ねぇ、あの日の僕の顔、覚えてる？」

「顔？」

おもむろに聞かれて、紘輝が素っ頓狂《とんきょう》な声を上げた。

「そ、顔」

「顔って言われても……今と変わんねぇだろ？」

まじまじと眺めながら言う紘輝に、蘭生は目を細め、ちくちくと責めはじめた。

「ふーん。強姦までしたくせして、その程度なんだ？」

こういう可愛くないものの言い方は、どうやら史世仕込みのようだ。そんなことを頭の片隅で冷静に分析しながら、紘輝は今一度まじまじと蘭生の顔を眺め、あることに気づいて「あ！」と声を上げた。

「眼鏡！」

そうなのだ。紘輝の記憶のなかの蘭生は眼鏡をしていなかったのだ。

「そーゆーこと」

「おまえ、まさか見えてなかったのかっ⁉」

「見えてなかったの！」

蘭生の視力は、両目とも〇・三以下だ。眼鏡をしていなければ、数十センチの距離のものでもぼやけてしまう。

「なんで見えない目で受験してんだよ」

「だって、朝慌ててて、踏んじゃったんだよ」

あまりにらしくない理由に、紘輝は笑っていいのか怒っていいのか反応に困る。

紘輝のなんとも言えない奇妙な表情から、呆れられているのだと気づいた蘭生の機嫌が途端に悪くなる。

「緊張してたし……でも、答案用紙さえ見えれば問題は解けるだろ」

「そうだったのか……」

なんだか急に力が抜けて、紘輝はベッドに沈み込んだ。

「でも、隣の席のヤツが消しゴム転がしたのはなんとなく気配でわかったし、困ってるのもわかったから……」

きっと焦ってるだろうと思い、わざわざメッセージまで添えて消しゴムを貸したのだ。

実際には、力試しのつもりで受けに来ていた紘輝は少しも焦ってなどいなかったのだが、だからこそ、見ず知らずの相手の心遣いに感動できた。

「覚えてたよ」

拗ねる声が腕のなかから聞こえてくる。

「言ってくれたら、すぐに思い出したのに」

なんと間抜けな擦れ違いだったろう。

「僕は見えてなかったけど、向こうは見えてたはずだろうに誰も声かけてこなかったし……だから落ちちゃったのかと思ってた」

「そっか……」

自分がもっと早く本当のことを告げていたら、あの日から、再会を楽しみにしていたのだと正直に告白していたら、こんな遠回りはしなくてすんだに違いない。

「安曇野……？」

大きなため息をついて背を向けた紘輝に、藺生がどうしたのかと声をかける。

「どっぷり自己嫌悪中だ」

子どものように拗ねた声が返されて、藺生はコロコロと笑った。

「笑うなよ。俺は落ち込んでるんだぞ」

「機嫌直せよ。もういいじゃないか」

その言葉に、少し考えて、紘輝はちょいちょいと指先で藺生を呼ぶ。

そして、訝しげに近寄ってきた藺生の腕を取ると、いきなり身体を反転させて、身体の下に敷き込んでしまった。

「わ…っ！　ちょ…っ…な、なに？」

「さっきみたいに呼べよ」

「さっき？」

「名前、呼んだろ？」

意識の途切れる寸前、たしかに「紘輝」と名を呼んだ。

「で、でも……」

「ふたりきりのときだけでいい。学校じゃ苗字《みょうじ》で呼ぶさ」

その提案に、少し頬を染めて、そして小さな声が呼ぶ。

「紘輝……」

愛しい名を紡ぐ唇を紘輝のそれがやさしく塞ぎ、柔らかな粘膜を絡め合う。甘い口づけに酔いながら、ふたりは再び訪れた欲情の兆しに、素直に身体を任せた。


今度はやさしく甘く、まどろむように抱き合う。

緩やかな、細波《さざなみ》のような喜悦に、互いの温もりをたしかめ合うように抱き合う。

うつらうつらと波間に漂うような睡魔に襲われても、ふたりは抱き合った身体を放すことはできなかった。

エピローグ

窓から差し込む陽射しに覚醒を促され、蘭生は目を覚ました。

「起きたか？」

頭上から降ってきたやさしい声に、重い瞼を押し上げる。

「おはよう」

言葉とともに額に落とされる口づけ。

「……おはよう」

返した自分の声が嗄れていることに気づいて、その原因に思い至った。

途端、頬に朱が差す。

恥ずかしさに内心ひとりジタバタする蘭生を腕に抱いた紘輝が窓の外へと視線を促してきて、蘭生は首を巡らせた。

「……ぁ……」

窓の外は、一面の銀世界。

――どうりでいつもより明るいと思ったら……。

それは、雪の反射光だったのだ。

夜のうちに降り積もったのだろう。

この時間でも踏み荒らされることのない安曇野家の中庭は、白く彩られたまま、美しい景色を保っていた。

たしかに昨日は寒かったが、一晩中、互いを貪ることに没頭していたふたりには、気づく余裕などなかった。ずっと抱き合っていたため、寒さも感じなかったのだ。

「綺麗だね」

紘輝の胸に抱かれたまま、蘭生がうっとりと呟く。

――ホワイト・クリスマス……か。

温かい陽射しが差し込むものの、外気温は低く、それに比例して室温もさほど高くない。空気に曝されている蘭生の肩に布団を掛け、紘輝の逞しい腕がもう一度、細い身体をその腕に抱きなおす。

年内最後の行事であったクリスマス感謝祭が終わ

れば、あとは冬休み。

ゆっくりとふたりの時間を過ごすことができる。

「紘輝……?」

身体を反転させて今一度藺生を組み敷くと、紘輝はその耳元に甘く囁く。

「今日はずっとこうしていよう」

不埒《ふらち》な提案にも、今日の藺生は黙って頷く。

その上、耳朶まで赤く染め上げて、紘輝を挑発することも忘れない。

飽きるまで抱き合って、動けなくなるまで愛し合って……ふたりきりのクリスマスを過ごそう。

「俺が、どんなに藺生を愛しているか、教えてやる」

その身体に。

その唇に。

鈍くて可愛い、最愛の恋人に。

聖夜
—Mellow Christmas—

プロローグ

「で、パーティーは終わったわけ？」

　思いっきり嫌味と怒気を含んだ声色で、史世《あやせ》は佇《たたず》む男を一瞥《いちべつ》する。

　冷ややかに怒っている。

　果てしなく怒っている。

　美しい面立ちが、細められた双眸《そうぼう》によってますます妖艶《ようえん》な美貌《びぼう》を際立たせ、すぐにも貪《むさぼ》りつきたい衝動に駆られるのだが、そんなことをしようものなら腹上死は必至だ。

　貴彬《たかあき》はズキズキ痛むコメカミを押さえ、さきほどから恋人の怒りを一身に浴びていた。

SCENE1

　藺生《ゆう》を見送ったあと、史世は自宅ではなく、このマンションへと足を向けた。

　都内の一等地に立つ瀟洒《しょうしゃ》なマンション。

　恋人の持ち物だ。

　紘輝《ひろき》が聞いたらアングリするに違いないが、史世にだって恋人はいる。

　それも、うんと自慢の恋人が。

　しかし、クリスマス・イヴだというのに部屋にひとりで待たされる身の史世は、少しだけご機嫌斜めだった。

　しかたなく、テーブルに用意されたシャンパンの栓を抜く。

　史世が訪れたときには、ケータリングでも頼んだのだろう、すでにテーブルセッティングがすまされていた。

　もう三十分もすれば恋人は帰ってくる。

仕事関係のパーティーをどうしても抜けられず、ホテルでのディナーはお流れになってしまったが、こうして自分と過ごす時間をつくってくれた。

いくらでも自分を甘やかしてくれる恋人に、今日は話したいことがたくさんある。

自分の腕をすり抜け、別の男の手を取ることを選んだ幼馴染《おさななじみ》。

何も知らず守られてきて、でも、やっと自らの意志でその相手を選んだ少年は、いつの間にやら強い瞳《ひとみ》をするようになっていた。

——いつもいつも、俺のうしろに隠れていたのに……。

思い出す。

すべてに守られ愛されていた、小さな子どもだったころ。

SCENE2

史世が藺生にはじめて会ったのは、小学校二年生に上がる年の春のことだった。

お向かいに新しく建った家に引っ越してきた家族。やさしい面立ちの父親と、可愛《かわい》らしい母親。そして、その母親によく似た小さな少年。

不安気な表情で母に手を引かれ、そのうしろに隠れるようにして、ペコリと頭を下げた少年。

頭上では、大人同士のあいさつが交わされている。

「藺生、ごあいさつして」

母親に促され、しばし躊躇《ため》らったあと、少年は小さく言葉を発した。

「こ、コンニチハ」

微妙なアクセントのズレ。

それだけ言って、すぐに母親のうしろに隠れてしまう。

「ごめんなさいね。この子、日本語がほとんど話せないの」

すまなそうに、自分と自分の母に頭を下げる少年の母親。

「ちゃんと教えたんですけど……」

父親の仕事の関係と、少年の小学校入学を機にイギリスから帰国したという一家は、洗練され、忙《せわ》しない日本の空気とはどこか異質な雰囲気を醸し出していた。


入学式の日。

二年生である史世にとっては始業式の日。

蘭生と紹介された少年は、母親に手を引かれ、学校に現れた。

可愛らしい親子の周りを、大人たちが取り囲む。

しかし、理解できない会話に怯《おび》えたらしき少年は、自分を囲む大人や同級生たちに対して、一度たりとも笑いかけることはなかった。


それから一週間ほどが経ったある日のこと。

史世は学校帰りにたまたま立ち寄った小さな公園で、蘭生を見かけた。

いつも学校への行き帰りに通る通学路からは、少し外れた場所にある公園。たまたま野良猫を追いかけていて迷い込んだだけの公園で、ブランコに腰かけ、泣く蘭生を見つけたのだ。

近寄ると、濡れた大きな瞳を上げて、驚いた顔をする。

それから、少し気まずそうに、頬《ほお》を濡らす涙を拭《ぬぐ》った。

強く擦《こす》ったせいで頬と目尻が赤くなり、ますます泣いたことがわかる顔になってしまうが、そんな顔も可愛らしい。

「どうしたの？」

思いきって声をかけた。

「……」

返事はない。

自分の言っていることがわからないのだろうか？

だが、七歳の史世には英語は話せない。

母親の趣味で幼児英語教室に通わされていたこともあったが、そんな場所で身につくものといえば、少々のあいさつと単語くらいのものだ。

英語に対して身構えることはなくなるのだろうが、会話となると話が違う。

「え……と」

どうしたものかと考えを巡らせていると、俯《うつむ》いていた藺生は、くぐもった声を出した。

「ゴメンナサイ」

「……え？」

何を謝られているのかわからない史世が聞き返すと、藺生のほうがビクリと震えた。


「ワカラナイの…ゴメンナサイ…」

入学式から一週間。

言葉が通じない不安や心細さがどんなものなのか、このときの史世にはわからなかったけれど、藺生の置かれている状況は、幼いころから聡《さと》く、頭の回転の速かった史世には、容易に推察可能だった。

始業前のオリエンテーションでも、はじまってしまった授業でも、教壇に立つ教師が何を喋《しゃべ》っているのか、ほとんど何もわからないのに違いない。クラスメイトたちに囲まれても、きっとまともに返事ひとつできなかったのだろう。

子どもは好奇心旺盛《おうせい》で柔軟だ。

打ち解けようとすれば、言葉など通じなくてもいくらでもコミュニケーションはとれる。

だが、差し伸べた手が払われ、相手が自分たちの世界に溶け込む気がないとわかった瞬間から、非情にも排除しようとしはじめる。

子どもの一番純粋で残酷なところだ。

「謝らなくていいんだよ」

ニッコリと微笑《ほほえ》んでやる。

すると、蘭生は涙に濡れた顔を上げ、なんとも言えない表情をした。

「笑って」

ポケットからハンカチを取り出し、溢《あふ》れる涙を拭ってやる。

「スマイル、スマイル！　ね！」

足元にしゃがみ込んで、恥ずかし気に俯いてしまう顔を覗き込む。

「わかんなかったら、ニッコリ笑えばいいよ。そしたらきっとみんな助けてくれるからね」

自分の日本語は、多分ほとんど伝わってはいないだろう。

それでもよかった。

目の前で不安に震える小さな少年を安心させてやれれば、それでよかったのだ。

小さな手を引いて、自宅までの道を辿《たど》る。


何か話をしなくては…と思い、尋ねた。

「蘭生くん、お誕生日、いつ？」

「お…たんじょ…び？」

先ほどから史世の口を真似《まね》ている蘭生は、史世の質問を復唱する。

どうやら、耳から聞いた言葉を口に出すことが、言葉を覚える方法として一番有効であることを幼いながらに知っているらしい。

「おたんじょうび」

蘭生にわかるように、ゆっくりと言う。

「オタンジョウビ」

史世がニッコリ微笑むと、蘭生も嬉《うれ》しそうに微笑んだ。

「えっと…なんだっけ…。バースデーだよ、バースデー」

「Birthday?」

さすがにホンモノの発音は違う。

「そうそう、蘭生くんのバースデー。ユア・バース

デーは?」

「My Birthday?」

今一度尋ねる蘭生に、史世は大きく頷く。

「March ,29」

「マーチって……三月? 三月二十九日……なんだ」

そっか…と、少し驚いた顔をして、史世は淋《さび》し気に微笑んだ。

蘭生の英語を日本語に直しながら話す史世の言葉を、蘭生はやっぱり復唱する。

「さん…がつ?」

「そ。さんがつにじゅうくにち」

「さ…さん…がつ…じゅうく…」

たどたどしい口調が無性に可愛らしい。

「違う違う。にじゅう、だよ」

「にじゅう…くにち」

「そう! えらいねー。すぐに覚えちゃうんだー」

柔らかそうな髪をくしゃくしゃっと撫《な》でてやると、小さな手が史世の制服のセーラーカラーにしがみついてくる。

「どうしたの?」

しかし、蘭生はプルプルと頭《かぶり》を振るばかりで、答えは返ってこない。

このときの蘭生が、はじめて日本語の怖さから解放され、不安だらけだった心がふっと軽くなったのが嬉しくてしかたなかったのだということを、史世はずいぶんあとになってから聞いた。

自分に微笑んでくれる、自分にやさしくしてくれるお兄ちゃんの存在が、嬉しくて頼もしくて……ついつい縋りついてしまったのだ。

「蘭生くん」

呼ばれて顔を上げた小さな少年の手を取り、史世は言った。

「今日から僕がお兄ちゃんだよ。僕がずっと守ってあげるからね」

きっとわかっていないだろうに、史世の言葉にコックリと頷き、蘭生はそのときはじめて、満面の笑みを見せたのだった。

SCENE3

史世には妹がいた。

過去形だ。

ひとつ下の年子の妹、七世《なせ》。

しかし彼女は、小学校入学前に他界した。

交通事故だった。


いつもいつも自分のうしろをついて歩いていた、妹。

可愛くて、でもときには疎ましくて、大切だった、たったひとり守るべき存在。

「お兄ちゃんなんだから」

物心ついたときには、母からそう言われていた。

お兄ちゃんなんだから、七世を守ってやらなきゃいけない。それが自分に課せられた使命なんだと信じていた。

小さな手を握って歩いた。

柔らかな髪をくしゃくしゃと撫でてやった。

嫌いなピーマンを、一緒に我慢して食べてやった。

転んでできた膝っ小僧のケガに絆創膏《ばんそうこう》を貼《は》ってやった。

ひらがなを教えてやった。

小学校にあがる前に、補助輪なしで自転車に乗れるようになりたいと言った七世のために、練習に付き合ってやった。


その日も……練習に付き合ってやればよかった。

サッカーの誘いなんて、断ってしまえばよかった。

「やくそくしたのにっ」

責める声。

そうだ。


乗れるようになるまで、練習に付き合ってやると約束した。

それなのに、自分はその約束をやぶって、友だちとサッカーをしに行ってしまった。

無邪気で残酷な子ども。

目の前の誘惑に、子どもの自分は妹を切り捨てたのだ。

いつまでたっても補助輪の取れない妹に、イライラしていた。

「あとはひとりでやれよっ」

約束は、簡単にやぶられた。


夕方まで友だちとサッカーを楽しんで、家に帰ったとき、そこには夕飯の支度をする母の姿も、その足元に纏《まと》わりつく妹の姿もなかった。

「史世ちゃん、どこ行ってたの！　大変だったのよっ！」

近所のおばさんに連れられて病院へ行ったときには、七世には、白い布が被せられていた。

　補助輪なしの自転車に乗る練習をしていた七世は、公園からヨロヨロと車道へ漕ぎ出し、車に撥ねられた。

　公園でその様子を見ていた主婦の話によれば、ようやっとひとりで乗れるようになり、しばらくは公園のなかを走っていたらしかった。

　乗れるようになっても、まだまだ車輪は危うい様子で、ブレーキのかけ方もたどたどしかったという。

　それなのに……。

「お兄ちゃんにみせにいくの！」

見ていた主婦に「どこへ行くの？」と尋ねられた七世は、無邪気に答えた。

　約束をやぶった兄に、「すごいでしょ！」と自慢しに行こうとしていたのだ。

　そして、車道に出たところを、撥ねられた。

かわすことなどできるはずもなかった。

　七世は自転車に乗れるようになったばかりだったのだから。


「お兄ちゃん！」

　しがみついてくる小さな手と、自分を呼ぶ無邪気な声。

　甲高い笑い声。

　満面の笑顔。

　今でも思い出す。

　最後に見た、拗《す》ねた半泣きの顔。

　その顔が、今でも史世を責める。

　なぜ、ついていなかったのか。

　なぜ、約束をやぶったのか。

　自分が七世についてさえいれば、妹は死なずにすんだに違いない。

自責の念と、襲いくる淋しさと、周囲の哀《あわ》れみの視線。

それらすべてが、幼かった史世の精神に負担をかけた。

毎夜、妹の名を呼び、悪夢に魘《うな》される。

闇が怖かった。

ひとりが怖かった。

言いようもなく、淋しかったのだ。


「三月二十九日……」

史世は薗生に確認した。

これは偶然か……それとも……。

今思えば、声も上げず涙も流さず泣く兄を心配した妹が、仕向けてくれたことだったのかもしれない。

「今年は祝ってあげられなかったね」

――七世……。


来年は、きっと盛大にお祝いをしよう、ふたり分。

「あ…ちゃん…は?」

たどたどしい日本語が尋ねてくる。

「あっちゃんはね、八月だよ。だから一緒にお祝いしてね」

腕に絡む小さな手。

――今度こそ、守ってあげる。

この小さな手を。


そのときから、史世は全身全霊をかけて薗生を守ってきた。

守れなかった妹の分まで。

頼ってくる手が愛しかった。

この手を守るためにも、自分が強くならなくてはと幼心に決意した。

しかし、史世は、決して自分が強い人間ではないことを知っている。

守らなくては…と思う一方で、その対象をつくること、自分は強いのだと思い込むことによって、自分自身が守られていたことを、知っている。

ひとりでいられなかったのは、自分のほう。

頼られることが嬉しくて、自分がいないとダメなのだと言い聞かせて、自分の存在意義を蘭生に植えつけたのは自分。

ひとりが淋しかったのは、不安だったのは、蘭生ではなく史世だった。

小さな手を離したくなかったのは、自分。

小さな手に頼られたかったのは、ひとりが淋しい、自分だった。


解放してやらなくては、と思っていた。

自分のために犠牲になった蘭生を。

ずっと、そばで温めてくれた、可愛い幼馴染を。

自分が、自分のすべてを受け入れ温めてくれる存在に出会えたように、蘭生にも、そんな相手が現れたら……自分でつくった役目から身を引くつもりだった。

——潮時だよな。

蘭生の笑顔。

紘輝に肩を抱かれ微笑む蘭生は、とても幸せそうだった。

——よかった。

蘭生に愛する人ができて。

蘭生を、愛してくれる人が現れて……。

SCENE4

シャンパンを開けながら過去の思い出に浸っていた史世は、ふと時計を見て眉を顰《ひそ》める。

——遅い。

約束の時間を三十分も過ぎている。

しかし、相手は多忙な身の上だ。そうそう我が儘も言ってられないと、ため息をつく。

史世が貴彬と出会ったのはすでに六年近くも前のこと。

史世が中学一年。十三歳になる前だった。

那珂川《なかがわ》貴彬。

会ったことはなくても、その名前だけは、史世の耳にも届いていていた。

悪い仲間と付き合っていたわけではなかったが、幼いころから身につけさせられた護身術の数々が功を奏して、たまたま売られた喧嘩《けんか》を買ったら（相手はここら一帯を仕切っている族だかチームだかのリーダーだったらしいのだが）勝ってしまい、それ以来、裏道を歩いても危険どころか道を開けられるようになってしまっていた。

だから、そういった徒党を組む少年たちの、そのさらにうしろにある組織についても、知らずと情報が入るようになってしまっていたのだ。

——ったく。めんどくせー。

史世は、自分を取り囲むいかにも頭の悪そうな三人組に、舌打ちした。

ここ数カ月で顔と評判が知れ渡ってからというもの、絡まれることも少なかったのだが、粋《いき》がるだけのバカに出くわしてしまったのは、運が悪かったとしか言いようがない。

「可愛いねー、おじょーちゃん」

最初に口を開いたのは、リーダー格らしき男。

「びびっちゃって声も出ないかなー」

——阿呆《あほ》が。おまえらなんぞにびびるかっ。

「ちょっとでいいからさー。金貸してほしいんだよなー」

——おまえらに貸すくらいなら、ドブに捨てたほうが百倍マシだっ。

少女のように可愛らしい容姿の史世を見て、たやすくカツアゲできると踏んだのだろう。

できることなら面倒は避けたいが、言って聞く頭があるとも思えない。

大きくため息をついた史世の視界の端に、見て見ぬふりをしてビルの陰に駆け込む少年の姿が映る。

だが彼は、このチンピラのような学生たちから逃げたわけではない。今にも爆発しそうな史世から逃げたのだ。

多分、目の前のバカ三人組とは違い、史世の顔も評判も知っていて、あえて逃げたに違いない。

——得策だ。

不細工な顔を近づけられて、さきほどからすこぶる機嫌が悪い。

せっかく、穏便にすませてやろうかと思っていたのに、いいかげんしつこい。

「消えろよ」

可憐《かれん》な唇から吐き出された、思ったより低い声に、三人はニヤけた顔を固まらせた。

「……なんだとぉ」

「てめぇ、自分の立場がわかってないらしいな」

男が吠《ほ》える。

一応ガクランを着ているところを見ると高校生のようだが、学生の爽《さわ》やかさなどかけらもうかがえない姿だ。

「立場？」

口の端を上げてニヤリと笑った史世の嘲笑《ちょうしょう》ともと

れる笑みに、男の握り締めた拳がワナワナと震えはじめる。

「小遣いが欲しけりゃ、ママんとこ帰りな」

わざと男たちを煽《あお》った史世の嘲《あざけ》りに、真ん中の男の拳《こぶし》が振り上がった。

だが、まるでスローモーションのように映る鈍い動きに、史世は貼りつかせた笑みを崩しはしなかった。

「うげぇっ!!」

呻《うめ》き声と、物を薙《な》ぎ倒す音とがあたりを騒然とさせる。

近くにあったごみ箱だのポリバケツだのビールケースだのを押し倒し、男が壁に叩きつけられたのだ。

勝負は一瞬。

小動物をいたぶるような気持ちでいた男たちは、思わぬ反撃に毒気を抜かれている。

しかも、リーダー格のひとりは片手で投げ倒され、失神しているのだ。

「う……うわ……」

「あ……わぁっ」

残されたふたりは、引けた腰つきで後ずさる。

「消えろ」

最後通牒が下った。

だが、一目散に逃げ去ろうとしたその瞬間、ふたりは後ろから現れた影に襟首を摑《つか》まれ、今度こそ悲鳴を上げていた。

SCENE5

「い、痛いっ。何すんだよ。放せってばっ！」

史世の腕を掴み前を歩く長身の男は、史世の罵声《ばせい》など右から左に聞き流し、振り返りもしない。

辿り着いた場所は、繁華街の外れに建つこぢんまりとしたホテル。その一室に連れ込まれるに至ってやっと男の目的を察し、史世はぎょっと目を見開いた。

「や、やだっ。放せってっ！　ちくしょう！　強姦《ごうかん》魔《ま》っ!!」

渾身《こんしん》の力で抗っても、持てる限りの技を振りかざしても、男の腕から逃れることはできなかった。

怯え震える学生ふたりの襟首を掴み、軽々と持ち上げる。突然現れた長身の影の主に、史世も表情を強張《こわば》らせた。

「ガキが暴れる場所じゃーねぇんだ。散れ」

いかにもわざとらしいチンピラ口調で学生たちの恐怖を煽り、ふたりを路地から表通りに投げ捨てる。そして芝居がかった仕種でパンパンと両手を払った。

男に投げ捨てられたふたりは、気絶したままの仲間もそのままに、その場を逃げ去った。

史世たちのやりとりを物陰から見つめていたストリートの少年や、開店準備をしているパブのバーテンやらが、青い顔で現れた男から視線を外す気配を察し、史世自身も、目の前の男がさきほどの三人組のような小者ではないことに気づく。

だいたい、まとう気配が尋常ではない。

とっさに臨戦態勢を取る史世に対して、男は悠然と佇んでいる。逆光で表情はうかがい知れない。だがその中心で鋭い眼差しが史世を値踏みするように細められているのがわかった。

スーツの胸ポケットからタバコを取り出し、一本を咥《くわ》えて、火をつける。紫煙を吐き出す姿もさまになる、大人の男だ。

「名前は」

史世に向き直ると、男は静かに尋ねた。低い声には、言い知れぬ迫力がある。

だが、相手が何者であろうと、簡単に負けを認めるわけにはいかない。

「……あんた、誰?」

震える声を抑えつけ、精いっぱい睨んでみせる。

今はまだ愛らしい印象が強いものの、もう数年も経てばぞっとするほど美しく成長するであろう少年の、強い光を宿す瞳に何を見たのか、男は小さく笑った。

そして、史世の質問に答える。

「那珂川貴彬」

「……那珂川……?　……!!」

ヤバイ。

史世の脳裏に、突如として警鐘が鳴り響く。

聞き覚えのある名前。

それは、ここら一帯を治めるヤクザの坊《ぼん》、次期組長となるべきことを約束された男の名だった。

史世の表情から、自分が何者であるか知ってることを見抜き、男が再度尋ねる。

「君はなかなか頭がいいようだな。……名前は?」

史世が抗《あらが》えないことを知っていて、答えを促す。

「花邑《はなむら》史世」

敵か味方かわからない男を全身で警戒しながらも、史世は重い口を開いた。

「史世か。いい名だ」

従業員たちがここで一服しているのだろう、店の裏口に置かれた灰皿に短くなったタバコを揉み消し、男がうっすらと笑う。

その危険な笑みに、場慣れしているはずの史世の背筋が凍りついた。

子どもの喧嘩ではない。

粋がるだけのチンピラでもない。

ホンモノだ。

本当の危険を背負った男が、目の前にいる。

それは、今まで感じたことのない恐怖だった。

今まで史世に絡んできた、街の少年たちなどとは、わけが違う。

流れる血が、違うのだ。

——どうする？

自問する。

目の前の男が、なぜ自分の名を尋ねたのか、真意はわからない。しかし、逃げなくてはいけない。

史世の敏感なアンテナが、危険を嗅《か》ぎつけていた。

突然男の手が、史世の二の腕を捕らえた。

しまったと思ったときには遅かった。

「来い」

強く引かれて、恐怖に胸が軋む。

「放せよっ」

罵声も懇願も、すべてが無駄だとわかっていて、でも止められなかった。


「煩せぇな。少し黙ってろ」

肩を抱き竦められ、全身がビクリと固まった。

それでも視線だけは、決して逸らさずに、男を睨《にら》みつづける。

冥い光を宿した男の目に呑《の》み込まれそうになりながらも、史世は気丈にも大きな瞳を見開いていた。

「いい目だ」

ふっと男が表情を崩す。

「あんた……」

その瞳に魅入られた、ほんの一瞬。

「貴彬だ」

名前で呼ぶといい。そう言って、貴彬は史世の腕を引いて歩きはじめた。

そのときの史世には、抗う術《すべ》など、ありはしなかった。

「や…っ！　何すんだよ!!　ヘンタイ野郎っ!!」

まだ柔らかい少年の肢体をベッドに押さえつけ、貴彬は喚《わめ》く美貌を悠然と眺める。

さすがの史世もこの状況では、落ち着いてなどいられるわけがない。

そんな史世の抵抗など、仔猫《こねこ》がじゃれている程度にしか感じないのだろう。貴彬は楽しそうに史世の罵声を受け流している。

「助けてやっただろう？　礼くらいしてくれてもいいじゃないか」

ニヤリと嫌な笑みを口元に浮かべ、声には笑いが含まれている。

――冗談じゃないっ！

こんなところで男の慰みものになどなってたまるかっ！

相手が悪すぎることなど百も承知。だからといって、力で捻じ伏せられることなど、絶対に受け入れられない。

「助けてなんてもらわなくったって平気だったんだっ!!」

事実、あの時点で、勝負の決着などとうについていた。

貴彬が現れなくても、史世をいたぶろうとしていた浅はかな男たちは、己の失態に気づき、逃げ去っていたのは明白だ。

――それを……恩を売るような真似しやがってっ！

「なかなかいい腕だったな。あれならここらのガキどもが束になってかかってきたところで、相手にはならんだろうが……」

「あったりまえだっ！」

咄嗟に嚙《か》みついた史世に、しかし、貴彬は悠然と言い放った。

「俺には通じん」

「……!!」

悔しさに唇を嚙み締め、自分を見下ろす男を睨む。

「おとなしくしてろ」

言葉とともに、貴彬の大きな手が、史世の制服を剝《は》ぎはじめた。

力では敵わない。わかってる。

でも……!!

「や、やだ…っ」

必死に身を捩るが、力の差はいかんともしがたかった。

史世の両手首を、片手でやすやすと頭上に縫いとめ、露わになった肌に手を這わす。

幼さの残る、薄桃色の肌理《きめ》細やかな肌だ。

その上で微《かす》かに色づく突起をペロリと舐《な》めると、強張った身体が逃げを打つ。しかし貴彬の腕に拘束されて自由にならない身体は、わずかに身じろいだだけにすぎなかった。

淫猥《いんわい》さなど欠片もないはずの少年の肢体から、いいようもない色香が立ち昇る。

「小悪魔め」

小さく呟いて、貴彬は白い下肢を開いた。

「やめ…て…っ」

弱々しい声。

さきほどまでの威勢も吹き飛び、ただただ先の見えぬ恐怖に震える少年が、そこにはいた。

「今日からお前は俺のものだ」

耳朶《じだ》を食《は》み、囁《ささや》きを落とす。

——なんで……。いやだっ。怖いっ！

ぎゅっと閉じていた史世の瞼《まぶた》が震え、眦《まなじり》からこらえきれなかった雫《しずく》が一筋零れ落ちる。

それをやさしく吸い取りながら、貴彬は無情にも、青い瓜《うり》のような双丘の狭間に、猛《たけ》った刀身を突き刺した。

「ひぃぃぃぃ————っっ!!」

仰《の》け反《ぞ》った白い喉《のど》から迸《ほとばし》ったのは、嬌声《きょうせい》ではなく悲鳴。

身体をバラバラに切り裂かれるような衝撃に、史世は必死に突っ張った四肢を、しかし次の瞬間には、ダラリと投げ出していた。

「ひ…っ…や…ぁ…あぁ…っ」

すでに感覚をなくした下肢の奥まった場所に貴彬を受け入れ、うしろから抱きかかえられるような恰《かっ》好《こう》で、前を大きな手に弄られる。

労りのない無茶な挿入だったが、史世の身体は傷つくことなく貴彬を受け入れていた。

衝撃に意識を飛ばしかけた史世を膝《ひざ》に抱き上げ、深く繋がったまま、貴彬は根気よく史世の官能を呼び覚ましていった。

力を失くした腕を背に回させ、「つらかったら爪《つめ》を立てろ」と言う。

そして、はじめて与えられた温かい口づけに、史世の脳は考えることをやめてしまっていた。

——なんで？

ぼんやりと、ただ思う。

考えているわけではない。

——なんでこんなことするの？

酷《ひど》い男。

無理やり力で押さえつけて、身体を引き裂いた。

なのに……。

口づけがやさしいのはなぜだろう……。

囁く声がやさしいのは、なぜだろう……。

史世の身体が馴染んだのを確認すると、貴彬はゆっくりと動きはじめた。

「や…は…ぅ…んっ」

裂けるような痛みはないものの、鈍く引き攣《つ》るような痛みがあった。

しかし、その痛みも次第に官能に摩《す》り替わってゆく。

与えられる口づけに酔い、繋がった場所がジンジンと熱を孕《はら》むに至って、史世の身体は男を受け入れる歓喜に酔いはじめていた。

「あ…は…っ…あ…あぁっ」

あられもない喘《あえ》ぎ声を零しながら、史世ははじめて知る快楽に溺《おぼ》れ、貴彬の手に煽られて、欲望を迸らせた。

「はじめてとは思えん。イイ身体だ」

果てた史世の中で、貴彬の欲望も弾け、熱い飛沫が注がれる。

ぐったりと倒れ込む史世の身体の向きを変えると、貴彬は再び史世の中に押し入った。

「ひ…あ…ぁっ」

濡れた内壁は、もはや男の侵入を拒まない。

そうして、その日一晩かけて、史世は「俺のものだ」と言った貴彬の言葉の意味を知ることとなった。

SCENE6

「遅いっっ‼」

ダンっと繊細なシャンパングラスをテーブルに乱暴に置き、史世は怒り心頭で喚《わめ》いた。

ふたりでクリスマスを楽しむために用意されたはずのシャンパンもワインも、セッティングされた料理の数々も、荒されてしまって見る影もない。

あれから六年近く。

無理やり貴彬のものにされた史世が、おとなしく貴彬のオンナになってやったのかといえば、とんでもないことだ。

貴彬の腕枕で迎えた翌朝は、史世にとっては人生で最低最悪の朝だった。

不覚にも、自分を抱く逞《たくま》しい腕にときめいてしまったから、始末が悪い。

眠る貴彬に闇討《やみう》ちを食らわそうとして阻止され、あまつさえ昨晩は前後不覚であまり覚えのなかった甘ったるい口づけに酔わされ、その隙に再びシーツに縫いとめられてしまったのは、大失態以外のなにものでもない。

それでも憎たらしい笑みを浮かべる貴彬に渾身の一発を食らわしてホテルをあとにしたのは、史世のなけなしのプライドだった。

その後もことあるごとに姿を現す貴彬を、うっとうしげに追い払い追い払い、それでもなぜだか気になって、一悶着《もんちゃく》も二悶着もあって、やっと今の鞘《さや》に収まることになる。

ふたりが真に恋人同士と言える関係に収まったのは、史世が高校に入ってからのこと。

貴彬のものになって六年近く。

恋人と呼べる関係になって三年弱。

貴彬のほうは、史世を抱いた時点で恋人になったつもりでいたらしいが、史世のほうにはそんな気はサラサラなかった。

貴彬の本心が見えなくて、怒らせるようなこともたくさんした。

ずいぶん遠回りして、だからこそ、今はふたりでいられる時間を大切にしたいと思っている。

——それなのにっっ!!

パーティーに呼ばれていると聞いたのは、ふたりが約束したあと。

ヤクザといっても、今や会社組織のようなもので(実際、黒龍会《こくりゅうかい》はいくつかの会社を経営している)、トップに立つ貴彬は会社でいえば社長か会長のようなものだ。

社長が会社のパーティーに顔を出さないわけにはいかないという貴彬の都合もわかる。

だから、ホテルのディナーもキャンセルして、貴彬個人所有のマンションでふたりですごそうとセッティングまでしたのに……。

当の貴彬は、約束の時間を過ぎても帰ってこない。

酒と料理を散々荒らして多少気分が落ち着いてくると、今度はなんだか無性に虚しくなってくる。

──悪役も楽じゃーないんだよなー。

幼馴染とその肩を抱く恋人を思い出す。

蘭生はともかく、紘輝のほうは、相当自分を嫌っていることだろう。

「いいんだ。俺も嫌いだし」

大事な大事な蘭生を奪った男。憎くないわけがない。

貴彬とは別次元で、大切な存在だった蘭生。

自分の支えだった蘭生。

「そうそう簡単にやれるかって」

まだまだ苛《いじ》め足りないくらいだ。


蘭生に史世が必要だったのではない。

史世に蘭生が必要だったのだ。

わかっていたから……ずいぶん前から気づいていたから……だからその手を放した。


「あーあ、せっかく可愛いお嫁さん、探してやろうと思ってたのに」

男に取られるなんて……。

自分も同じ道を歩んでいるのだから、蘭生を窘《たしな》めることもできないのが悔しい。

「選択を間違ったかな……ねぇ七世。どう思う?」

閉じた瞼の裏に、六歳のままの妹の姿が浮かぶ。

小さな手のままの妹は、史世の記憶のなかで、ニッコリと微笑んだ。

お兄ちゃん。

呼ぶ声が、幼かったころの蘭生とダブる。

「なんかちょっと立ち直れなさそー」

たとえ貴彬にも、洩らさない弱音。

ひとりが淋しくて、ついつい口をついて出てしまう。

普段はぐっと心の奥底にしまい込んで出さない、心の柔襞《やわひだ》。

大きなため息をついて史世が広いベッドにパフッと身を落としたとき、玄関チャイムが鳴った。

SCENE7

そして、冒頭へ戻る。

パーティーから急いで帰ってきた貴彬だったが、ダイニングのドアを開けた途端、眉を顰めた。

テーブルの上には、空になったシャンパンとワインの瓶が転がり、綺麗《きれい》にセッティングされていたはずのクリスマス料理の数々は、見るも無残に食い荒らされている。

――しくじった。

いまさらズキズキ痛むこめかみを押さえて後悔したところで、すべては後の祭りだ。

貴彬の立場と容姿に惹かれて群がる女たちを蹴散らし蹴散らし、これでも必死にパーティーを抜け出してきたのだが、努力は徒労に終わったらしかった。

「若！　お立場をお考えください！」

泣きつく爺《じい》を見て見ぬふりをし、

「社長がいないパーティーになんの意味がありますか！」

怒る若頭……じゃなかった、秘書の帯刀《たてわき》の腕を振り払い、ひたすら逃げてきた自分の努力はいったいなんだったのだろう。

――……ったく。

姿のない史世を捜してベッドルームのドアを開ければ、ワイングラスを片手にベッドに腰かけ、怒りのオーラを発散しつづける恋人の姿があった。

造作が整っているだけに、冷ややかな表情をすると、それはそれは空恐ろしいほどの美貌にさらに輪がかかる。

――やっぱり。

ゲッソリと内心毒づく。

貴彬の帰りを心待ちにしていたにもかかわらず、そんな態度など噯《おくび》にも出さず、史世は約束をやぶった恋人を睨みつけた。

最初は力で無理やり史世を自分のものにした貴彬だったが、この六年間でふたりの関係はずいぶんと変化を遂げていた。

出会った当初、ひと目で貴彬を虜《とりこ》にした美しく気丈な少年は、視覚の犯罪とも言えるほど妖艶な美貌の持ち主へと成長し、貴彬を囚《とら》えて離さない。

あの日、史世本人にはわけがわからないと映った貴彬の行動も、貴彬本人のなかでは、至極理にかなったものだった。

要するにひと目惚《ぼ》れしたのだ。

ひとまわり近くも年下の、当時中学生に。

言葉にすれば身も蓋もないが、しかし、拘われてしまったものは仕方ない。子どものような少年の醸《かも》し出す強烈な魅惑に、貴彬は撃ち抜かれてしまったのだ。


だから、手に入れた。

放って置けば、少年は瞬く間にその美貌をもって周囲を圧倒するようになるだろう。

自分のように手に入れたい衝動に駆られる者は吐いて捨てるほど出てくるに違いない。

そうなる前に、さっさと自分のものにしたかったのだ。

——さて。どうしたものか。

目の前のお姫様……、いや、女王様は、さきほどから大変不機嫌だ。

まずは機嫌を直してもらわなくては、話が進まない。

意を決して、そっと手を伸ばしグラスを取り上げると、ベッドサイドのローテーブルに置く。史世は特別抗うこともなく、その様子を冷ややかに見つめていた。

ベッドに腰かける史世の顎を捕らえると、屈み込み、口づける。

それは、謝罪と忠誠のキス。

だが……。

「……痛っっ！」

舌に嚙みつかれ、貴彬は抱く手を離した。

怒りの双眸が貴彬を睨み上げ、白い手がドンっとその胸を突き飛ばす。

「女抱いた手で、触らないでよ」

「女？」

謂れのない濡《ぬ》れ衣《ぎぬ》だ。パーティーの席上、特定の女と親しくしていた覚えはない。多くの女が勝手に群がってはいたが、しかし、それだけだ。

「なんだよ、その甘ったるい香水の匂《にお》い。サイテーだ」

吐き出すように言って、ぷいっと横を向いてしまう。

とはいっても、可愛らしく拗《す》ねた表情をしているわけではない。顎を上げ、ふんぞり返った女王様の表情で、ツンっとそっぽを向いているのだ。

とはいえ、それでも拗ねていることに変わりはないのだが……。

——カンベンしてくれ。

どこかの誰かの移り香が、史世の怒りに油を注いだらしかった。

自分にしなだれかかっていた女たちのなかの誰か……顔さえ思い出せないその誰かに毒づきながら、貴彬はため息をつく。

「俺が女と浮気してたっていうのか？　おまえに会うために、これでも必死に切り上げて帰ってきたんだぞ」

次に出社したときに、秘書の帯刀になんと言われるか……。考えただけでもウンザリだ。それなのに、史世の機嫌は一向に直る気配もない。

それどころか「どーだか」と貴彬を一瞥して、またそっぽを向いてしまう。

自分を信じようとしない史世の可愛い気のない言葉に、さすがの貴彬もキレた。

「いいかげんにしないかっ」

細い腕を引き寄せ、荒々しく口づける。

腹の奥から、抑えた劣情が湧き上がるのがわかった。

「……っ。ん…んんん…っ！」

抵抗する腕を払い、逃げられないように後頭部を固定して、厚い舌が歯列を割る。

背に回った史世の手が拳を握り、何度となく叩《たた》いても、貴彬の身体はビクともしない。

やがて背を叩いていた手が、切なげに貴彬のスーツに皺《しわ》を寄せ、細い腕がその上を滑りはじめる。

口づけの隙間に零れる吐息にも熱が帯びる。

着崩された学生服の下のシャツをはだけ、白い胸に手を這わせると、息苦しさに史世が喘いだ。

「ん…やだ…っ」

性急に煽られ艶を帯びはじめた肢体を押さえ込み、抵抗する言葉さえも奪い取る。深まる口づけと、体中を這い回る貴彬の手に追いたてられて、史世の呼吸も荒くなっていく。


その媚態《びたい》に煽られ、組み敷いた華奢《きゃしゃ》な身体から荒々しく衣類を剝ぎ取ると、貴彬はろくな前戯《ぜんぎ》もないまま暴いた下肢に昂った欲望を突きつけた。

「痛…っ!!　バ…カヤロ…放せ…よ。あぁ…っ！」

無理な挿入に悲鳴を上げた狭い器官が、引き攣れたように痛む。

しかし、貴彬に慣らされた身体は、それでも忙しなく蠕動《ぜんどう》を繰り返して、はじめ固く拒んだ秘孔はやがて柔らかく解《ほぐ》れ、しっとりと潤んで貴彬を包み込みはじめた。

「は…っ…あ…ふ…ぅ…んっ」

激しく突き動かされ、一番深いところまで合わされて、空虚だった史世の心がしだいに潤ってゆく。

ジワジワと満たされてゆく。


力ずくの行為に溺れ、史世は嫌悪と同時に言い知れぬ高揚感を味わっていた。

乱暴にされるのが好きなわけではない。

けれど、もはや自分を組み敷いてくれるほどの力を持った男は貴彬以外にはないだろう。

力強い腕と広い背中、厚い胸、そして逞しい貴彬自身に犯され支配されることに、この上ない悦びを感じているのも事実だった。

「史世……おまえだけだ」

わかっていても聞きたい言葉。

それに、できる限りの甘ったるい声を上げて、満たされた自分を曝《さら》してみせる。

「ん…あぁ…は…ぁ…っ」

抑えない嬌声。隠さない痴態。

やがて、

「愛してるよ」

唇に直接伝えられる愛の言葉。

それに返す言葉は、深い口づけに攫《さら》われた。

——愛してる。


貴彬だけ。

たったひとり、自分を支配できる男。

言葉に応えるように下肢を大きく開いて貴彬を受け入れ、中を苛むその熱さに、史世はさきほどまでの怒りも焦燥も、すべてが浄化されるほどの快楽に侵されてゆく。

数えきれないほど重ねてきた行為。

しかし、貴彬はいつも激しく史世を求め、飽きさせない。

史世という魔性に囚われた哀れな男は、気が狂うほどの激情に犯されつづける。その存在が妖《あや》かしのものでないことをたしかめようと、その身体を繋ぐのかもしれない。

「史世……っ」

刹那の声。

「あ…あぁ————っ!!」

絶頂の瞬間、欲情に烟《けぶ》る視界に、史世は己を支配する男の苦悩を見て取った。

SCENE8

行為の最中（はじめはともかく）貴彬に従順だった史世も、いったん冷静になってしまえば、すべては元の木阿弥《もくあみ》。

貴彬の腕枕で胸元に抱かれながらも、やはり無言で怒りのオーラを発しつづけていた。

約束に遅れたことに怒っているのか、無理やりやってしまったことを怒っているのか……。ここまでくると貴彬にも判別がつかない。

これはもう、史世の怒りが過ぎ去るのを待つしかないと、貴彬も腹を決めていた。

すると、突然史世が腕のなかで身を捩り、貴彬に向き直る。

「ね、キスして」

艶《つや》を含んだ声色で、恋人を誘惑する。

細い腕を逞しい首に巻きつけ、キスをねだる。

急にどうしたのかと訝《いぶか》りつつも、貴彬は誘われるままに、濡れた唇を攫う。

が、瞬間よぎった殺気に、反射的に身を離し、史世を見下ろした。

「なーんだ、バレたか」

ペロリと舌を出して、小悪魔の表情をしてみせる。

「おまえ、また舌を噛むつもりだったな」

さすがに二度は引っかからない。

いかに恋に溺れる哀れな男でも、組織の頂点に立つ器量の持ち主だ。

何を思って貴彬を試したのか、当の史世は飄々《ひょうひょう》と「まーね」と言い放った。

「これでチャラにしてあげようかと思ったのに」

ひとりで待つ時間の淋しさを思い出し、翳った心。

しかし、高飛車な態度に隠して、笑ってみせる。

「……おまえというヤツは……」

あまりといえばあまりな言い草に、貴彬は眉を顰めた。

「嘘《うそ》。今度は噛んだりしないから、ちゃんとキスして」

口許に浮かぶ笑みが気にかからないでもなかったが、貴彬は諦めの境地で肩を竦め、今一度キスを落とす。

史世は今度こそその口づけを受け入れ、広い背に縋《すが》ってその甘さを貪った。


本当は女なんか気にしちゃいない。

貴彬が自分しか見ていないことくらい自覚がある。

繰り返し与えられる口づけに、史世は酔いしれ、その存在そのもので貴彬を誘惑しつづける。

熱い夜ははじまったばかり。

いつも以上に激しい愛の行為に、史世は底知れぬ幸福とわずかばかりの淋しさを感じていた。

エピローグ

コーヒーのいい香りに、史世の意識が目覚めへと向かう。

エアコンのきいた部屋は暖かく、その上、窓から差し込む陽射しも暖かい。

「……ん……」

寝返りを打った拍子にうっすらと瞼を開けた史世の視界に飛び込んできたものは、ベランダに降り積もった天からの贈り物だった。

「……ぁ……」

高層マンションの最上階にあるこの部屋からは、眼下に白く染まった街並みが見下ろせる。

一面の銀世界を見ようとベッドから起き上がろうとして、しかし、史世は自身を襲った鈍痛に、美麗《びれい》な眉を顰めた。

「……つっ」

痛みの原因はわかりすぎるほどわかっている。

昨夜は熱にうかされたように互いを貪り、朝まで求め合った。

起き上がろうとした拍子に内腿を伝った昨夜の名残に、史世は小さく毒づく。

しかたない。

さっさとシャワーを浴びて、すべて洗い流してしまうしかない。

ノロノロと起き上がると、勝手知ったる恋人の部屋で、クローゼットを漁ってガウンを取り出し、羽織る。

すると、ドアをノックする音がして、湯気の上がるコーヒーカップをふたつトレーに載せた貴彬が姿を現した。

「起きたのか」

「……ん」

何度も迎えたはずの朝なのに、今朝はどういうわけか気恥ずかしい。

ベッドサイドのテーブルにトレーを置くと、貴彬は飲むように勧めてくる。

シャワーを浴びようとしていた史世はどうしようかと考えて、もう一度ベッドに腰かける。

豆から挽いて貴彬が淹《い》れてくれるコーヒーは絶品だ。疲れきった朝などは（理由は言わずもがな）、これがないと身体が起きない。

貴彬も、史世の隣に腰を下ろして、窓の外を眺めている。

「何年ぶりかな」

ホワイト・クリスマス。

「そうだね。十二月って結構あったかいし」

それっきり会話が途切れる。

しかし、息苦しいような沈黙ではない。

言葉など要らない沈黙だ。

そんなまどろんだ空気をやぶったのは、貴彬だった。

「史世……」

「……ん？」

「淋しいか？」

コーヒーを飲む手が止まる。

「……え？」

史世の手から、ほとんど空になったコーヒーカップを取り、自分の分と一緒にテーブルに戻すと、貴彬は、怪訝な表情《かお》をする小さな頭をその肩に抱き寄せた。

「もっと甘えていいんだぞ」

強まる抱擁に、史世は言葉を失う。

「もう、自分のためだけ考えていいんだ」

鋭い男。

どんなに自分が粋がってみたところで、貴彬にとってみれば仔猫が尻尾を逆立てているぐらいにしか映らないのだろう。

——悔しい。

でも……。

不覚にも視界が滲《にじ》みそうになるのをこらえ、史世は広い背に腕を回す。

自分のもとを旅立っていった、ふたつの小さな手を思い、史世は泣き笑いの顔を広い胸に埋《うず》めた。

——ば…か。なーんにも知らないくせに。

なのに、自分の淋しさを感じ取ってしまう恋人。

大人で、人の心を読むことに長けた貴彬には、史世がひた隠しにしたい弱さも、ホントは曝け出してしまいたい淋しさも、すべてお見通しなのかもしれない。

クスっと笑って、史世は抱き締める男の腕から身を離す。

そして、口許に浮かべた不敵な笑みとはうらはら、茶化した口調で言ってのけた。

「じゃあ、誰かさんのことも考えるのやめちゃおっかな」

一瞬の間。

ほうけた貴彬の腕からすり抜けると、史世はさっさとバスルームへ消えてゆく。

「お、おいっ！」

焦《あせ》った男があとを追っても、その眼前で、寝室のドアは閉められた。

そのあとに残ったものは、白銀の反射光に照らされた広いベッドと、その脇に佇む、項垂《うなだ》れたハンサムが若干一名。

下克上を成し遂《と》げた女王様の、隙間《すきま》を埋めた、愛しい恋人。

甘い束縛

SWEET RESTRICTION

プロローグ

勝つために在る、強い存在感。

目も眩《くら》むような、激しいオーラ。

囚《とら》われる、恐怖。

縛られる、歓喜。

それは、甘い、誘惑。

それは、甘い……束縛。


執拗《しつよう》に肌を辿《たど》る指先が、疲れ果てた身体に情欲という名の熱を呼び覚ます。

余すところなく暴かれた肌は薄く色づいて、果てなく男を誘った。

「ん…もう、やめてよ…っ」

抗議の声も弱々しい。

その隙間《すきま》に吐き出される濡《ぬ》れた吐息が、燻《くすぶ》る熱を知らしめる。

「藺生《ゆう》…」

抱き締める力強い腕。繰り返し囁《ささや》かれる甘い睦言《むつごと》。

「紘輝《ひろき》…」

口づけに酔いながら、もうどれくらいこうして抱き合っているだろう。

求めても求めても、尽きることのない欲情と、それに比例するように深まる愛情。

ロンドンに留学時代の恩師を訪ねた藺生の両親が、向こうでクリスマスを迎えたまま帰ってこないのをいいことに、冬休みに入ってからというもの、ふたりは連日お互いの自宅を行き来しては、愛の行為に耽《ふけ》っていた。

生徒会長を務める蘭生と、空手部部長で全運動部系部長を束ねる、運動部長職に就く紘輝は、このクリスマスにやっと互いの想いを確認し合ったばかり。

紘輝に嫌われていると思い込み、なぜだか切ない想いを抱えていた蘭生に、実は入試のときから蘭生を見初め、口説く機会を狙っていた紘輝。無理やりの行為からはじまったふたりの関係だったが、すったもんだの挙句、学校行事のひとつであるクリスマス感謝祭で、学校中を巻き込んで全校生徒公認の仲にまで持ち込み、そのまま冬休みに突入してしまったのだ。

およそ二年分の想いを余すところなくぶつけてくる紘輝に、覚えたばかりの悦楽を拒みきれない蘭生。抱き合って口づければ、おのずと欲情が刺激されてしまう。

今日も、当初の目的は冬休みの宿題を片づけることだったのに、気づけば裸でベッドのなか。陽《ひ》はもう傾きはじめている。

「ちょ…紘輝っ。もう無理だって」

まだまだ足りないとばかりに肌を貪《むさぼ》る紘輝の唇に煽《あお》られて、蘭生が白旗をあげる。連日繰り返される激しい愛の行為に、いい加減身体も悲鳴を上げはじめていた。

「そんな、何回もしてないだろ」

不満気な声が胸元から聞こえたかと思うと、まだ欲情の名残の見える突起を舐《な》められて、蘭生の背が撓《しな》った。

「や…あぁっ」

柔らかな髪がパサリと乱れシーツに舞う。頬《ほお》にかかる髪を梳《す》いてやりながら、紘輝は空いたほうの掌《てのひら》を、脇腹から細い腰へと滑らせる。たしかな意図を持って肌を辿る大きな掌に、蘭生の肌が色づいていく。

「足りない。おまえが足りないんだ」

抱いても抱いても、足りない。底なし沼に囚われた旅人のように、逃れられない、魅惑。

食い尽くされてしまうのではないかと恐怖するほどの、深すぎる愛情。怖くて…愛しくて…逃れられない、悦楽。

「ひろ…き…」

「愛してる」

情事の最中に繰り返し囁かれる、言葉。

「僕も」と、そのひと言を返すのが恥ずかしくて、ついつい首を竦《すく》めて視線を外してしまう。そんな蘭生の気恥ずかしげな表情にも煽られて、紘輝はこの日何度目かの欲情に身を任す。

すでに何度も貪った白い肌は、桜色に上気してあちらこちらに薔薇《ばら》色の鬱血《うっけつ》の痕《あと》が滲《にじ》む。その肌に余すところなく口づけ、本人すら知らないような場所にまで、所有の証《あかし》を刻みつけた。

大きな掌がしなやかな身体を撫《な》で上げ、ツンと引っかかる胸の突起を捏《こ》ねる。片方を指先で転がしながら、もう片方に舌を這《は》わす。すると白い喉《のど》を仰《の》け反《ぞ》らせて、蘭生が切なげに喘《あえ》いだ。

「ふ…あ…ぁ…っ」

紘輝の腹筋には、すでに蜜《みつ》を零《こぼ》し濡れはじめた蘭生の屹立が擦《こす》れて震えている。そこにわざと緩慢な刺激を送りながら、紘輝はぷっくりと尖った突起を貪りつづける。

やがて焦《じ》れた蘭生が、無意識に細い太腿《ふともも》で紘輝の腰を締めつけはじめ、限界が近いことを訴える。スラリとした足を淫《みだ》らに絡め、男を誘う。

誰《だれ》が教えたわけでもないのに、蘭生は無意識の痴態で紘輝を煽る。感じやすい肌に感嘆する一方で紘輝は、そんな蘭生に溺《おぼ》れる自分を認識する。

この身体を知ってしまったら、もうほかの誰でも満足できないに違いない。そして、紘輝は灼熱の昂《たかぶ》りを、すでに何度も貫き苛《さいな》んだ、蕩《とろ》けた秘孔へと突き立てた。

「あ…っ…は…ぁ…っ」

待ちかねた熱さに満足げに喘ぐ繭生の、華奢《きゃしゃ》な下肢が紘輝の腰に絡みついてくる。押し寄せる悦楽の波に流されまいと、広い背に縋《すが》る指先が、爪《つめ》を立てる。

濡れた音を立てて、紘輝の欲望が繭生の秘孔を責め苛む。紘輝によって慣らされた狭い器官は、しとどに濡れ、柔らかく蕩けて、灼熱の肉棒に淫らに絡みついた。

犯される悦《よろこ》びを覚えたばかりの感じやすい肢体の反応に気をよくして、紘輝はぐぃっと最奥まで突き入れ、その拍子に仰け反った繭生の白い喉元に、嚙《か》みついた。

「あ…あ…あぁ――――っ！」

熱い飛沫《ひまつ》が迸《ほとばし》る。紘輝の腹筋に擦れて繭生の欲望が弾けるのを感じた瞬間、その締めつけに、紘輝も繭生の中に愛情のすべてを吐き出していた。

荒い息を整えながら、紘輝の腕のなかで繭生が身じろぐ。

「ね、もう……」

言いにくそうに、紘輝の肩を押し上げ、口を尖らせる。

目元は赤く染まり、長い睫《まつげ》には生理的な涙が滲んだままだ。

繭生に覆いかぶさったままだった紘輝は、繭生の訴えが聞こえているのかいないのか、自分の腕で体重を支えるようにして、繭生の柔らかな髪に口づけを繰り返している。

「紘輝っ」

「……………」

どうやら繭生の訴えたいことはわかった上で、無視しているらしい。

「おいって！」

「なんだよ、怖い声出して」

「無視するからだろっ！」

今度は顔中にキスを落としはじめた紘輝に、繭生は怒りながらも抵抗する。

「余韻に浸るくらい、いいだろ？」

蘭生の抵抗など意に介さず、肩を押しのけようとする腕をやすやすとシーツに縫いとめ、ベタベタとかまいつづける紘輝に、蘭生がキレた。

「だからっ！　出てけよっ！」

真っ赤になって怒鳴る蘭生をまじまじと見下ろして、それから紘輝はニヤリと不敵に笑ってみせる。

「どこから？　ベッドか？　部屋か？」

その切り返しに、蘭生は言葉を失い、涙さえ滲む瞳《ひとみ》で、必死に紘輝を睨《にら》みつけてくる。

要は…まだ蘭生の中にいる紘輝自身に「出て行け」と言いたかったわけだが、「どこ」から「何」を？と訊かれて、蘭生にまともに返せるわけがない。

紘輝に教え込まれた悦楽に行為の最中は流されていても、本来こういったことには疎く、紘輝以外を知らない蘭生にとっては、許容範囲をはるかに超えた状況だ。

中にいる紘輝自身は、萎《な》えた状態でも充分に蘭生の狭く敏感な柔襞《やわひだ》を刺激する。ダメだと抵抗しつつも、煽られて際限なく乱れてしまう自分に畏怖《いふ》すら覚える。

清楚さが際立つ普段の蘭生からは想像もできないほど、人一倍感じやすく敏感で、淫らに悶《もだ》える姿は容赦なく男を刺激する。そんな蘭生に煽られて、ただでさえ元気な紘輝の欲望は、極めても極めても、滾《たぎ》ってくるのだ。

これ以上求められたら……欲しくなったら、本当に起き上がれなくなってしまう。

「泣くなよ。悪かった」

初心《うぶ》な蘭生を苛《いじ》めすぎたことを素直に詫《わ》びて、紘輝は蘭生から身を離す。

「や……んっ」

その刺激に身震いする細い背をぎゅっと抱き締め、熱い息を吐き出す唇を塞《ふさ》いだ。

このとき、濃密な蜜月《みつげつ》を過ごすふたりは、すっかり忘れ去っていた。

今日が十二月二十七日で、夕方には蘭生の両親がロンドンから帰国することになっているのだということを。

時計の針は午後五時三十分を差している。

あと一時間もすれば、玄関ドアが開けられることを蘭生が思い出したのは、さらに三十分以上経ったあとのことだった。

SCENE1

『ユウ!!』

玄関を開けるなり飛びついてきた人物に、蘭生は声を失くした。

視界いっぱいに広がるのは、煌くばかりの金色。

——え、えぇっ!?

『ユウ、ユウ、会いたかった!』

——まさかっ!?

『キ、キースっっ!?』

抱き締める腕を緩め、見下ろす相貌には、たしかに見覚えがあった。

眩《まばゆ》い金髪。透き通った珊瑚礁《さんごしょう》の海のような青い瞳。

「教授《プロフェッサー》のお宅で久しぶりに会ってね。蘭生ちゃんに会いたいって言うから、連れてきちゃったの〜」

ふたりの様子をにこにこと眺めていた母が、ボストンバッグを玄関に置きながら説明する。そのうしろから、タクシーの清算を終えた父が、苦笑ぎみに姿を現した。

「ただいま」

「お、おかえり…ちょっと、ママ！　連れてきちゃったって…え⁉」

当惑顔の息子に、能天気な母は微笑《ほほえ》む。

「日本のお正月を満喫させてあげようと思って！」

母の横で、父はこの手に負えない妻の暴走ぶりをただ眺めるしかない。

そうして、一週間ぶりの家族団欒《だんらん》は、思いもよらぬ存在とともに、訪れたのだ。


蘭生に抱きついてきたのは、蘭生が六歳まで過ごしたロンドンでの幼馴染《おさななじみ》、キース・マクアートだった。

ロンドンの大学で大学院にまで進んでいた蘭生の両親は、学業に勤しむ傍《かたわ》ら、子育てにも四苦八苦していた。留学して一年も経たないうちに蘭生が生まれ、ふたりは蘭生を育てながら大学に通っていたのだ。

慣れない土地での慣れない子育て。何度も、日本で待つ両親、つまりは蘭生の祖父母に帰国するように勧められても、意外と頑固な両親は、頑として譲らず、休学さえすることなく大学に通いつづけたのだという。

そんなふたりを見るに見かねて助け舟を出してくれたのが、キースの母親、ふたりが世話になっていた教授のひとり娘のアンジェラだったのだ。

諸般の事情から、キースをひとりで生み育てていたアンジェラが、ふたりが大学にいる時間、蘭生をあずかろうと言ってくれたのだ。ちょうど自分にも同じ年ごろの息子がいる。面倒を見るのがふたりに増えたところで、さして手間でもない。

そんな事情から、蘭生は両親が大学にいる時間はマクアート家にあずけられ、物心つく前から、キー

スとともにアンジェラに育てられた。

　つまり、蘭生にとってキースは幼馴染…いや、兄弟と言っても過言ではないほどの、大事な存在だったのだ。


『もうびっくり。見違えちゃったよ』

　はじめは手紙、ここ数年はメールに変わったが、連絡は取り合っていた。しかし、いざ成長した実物を目の前にすると、もうため息しか出てこない。

　蘭生の記憶のなかのキースは、金髪碧眼《へきがん》の可愛《かわい》らしい少年だった。蘭生と並んで、いつでも、「まあ、お人形さんみたい」と花屋のマダムにも、パン屋のマスターにも可愛がられていた。黒髪と金髪のふたりの天使は、ご近所でも有名な街の人気者だったのだ。

「もう、どこへ行っても、可愛いお嬢ちゃんね〜！って言ってもらえてねー。ママ嬉《うれ》しくって、もう、アンジェラとふたり、鼻高々だったのよ〜」

　十数年前を思い出し、うっとりと頬を染めながら当時の話をする母に、蘭生は恥ずかしさを隠しきれない。

　——お嬢ちゃんって…それ、喜ぶようなことじゃないと思うんだけど……。

　成長期に見放されたらしき息子にとって、女の子みたいと言われることがどんなに傷つくか、このアイドル大好き、バリバリミーハーな母親にはどうにも理解してもらえないらしい。

　内心ため息をつきながら、蘭生はさきほどからあることが気にかかって気にかかってしかたなかった。目の前には、金髪。そして、視界の端には……ムスッと押し黙った、紘輝の姿。

　あまりに甘いときを過ごしていたために時間の感覚が狂い、両親の帰国をすっかり忘れ去っていた親不孝者の蘭生がそのことを思い出したとき、紘輝はまたもや蘭生の身体を拓こうとしているところだった。

まだまだ夜は長い。たっぷり可愛がってやれると目論《もくろ》んでいたところへ、「あぁ――っ！」と蘭生が奇声を上げ、突如押しのけられた紘輝は、要するに寸止めを食らってしまったのだ。

――怒ってるよな、やっぱり……。

表だって不機嫌を露わにしているわけではなかったが、しかし、蘭生にはわかっていた。紘輝がこの上なく不機嫌だということが。

理由もだいたい察しはついている。キースが蘭生に抱きついたことが気に食わないのだろう。ただでさえ理不尽なおあずけを食らったうえに、予期せぬ第三者の登場。そして、はじめて聞かされた幼馴染の存在。

蘭生が兄のように慕っている幼馴染の史世《あやせ》に対してでさえ、紘輝は独占欲剝《む》き出しで、その牽制ぶりには蘭生も呆《あき》れてしまうほどだ。

もちろん、ヤキモチを焼かれることが嬉しくもあるのだが、苦笑を禁じえないというのが、正直なところだった。

しかし、幼馴染の突然の来日に、紘輝とふたり、密《ひそ》かに立てていた冬休みの予定の多くは、変更せざるを得ない状況になったことは明白で、蘭生自身も内心落胆を隠せなかった。

柔らかな金髪を揺らめかせながら、青い瞳が飽きもせず蘭生を見つめている。その熱っぽい視線に思わず囚われそうになって、蘭生は視線を外し、不機嫌な色を滲ませる黒い瞳を窺《うかが》う。

しかし、蘭生を囚らえて離さない強い瞳は、そのとき、蘭生に向けられてはいなかった。

SCENE2

『ユウ、ユウ！　次は浅草《あさくさ》！　浅草に行こう！』

来日前にロンドンの空港で買ったというガイドブックを片手に、キースは朝から蘭生を連れ回していた。好奇心旺盛《おうせい》で、邪気のない笑顔でくったくなく笑うその姿は、どんなに成長しても幼いころと変わらない。

柔らかな金髪をなびかせて蘭生のうしろを追いかけてきた、幼い日のキースの記憶が、鮮やかに蘇《よみがえ》ってくる。しかし、目の前にいるのは、見違えるほどに成長した、目を見張るほどのハンサム。

さきほどから、通り過ぎる人という人がキースを振り返っていくことに、蘭生は気づいていた。しかし当のキースは、そんな周囲のあからさまな視線に慣れているのだろうか、気にする様子もない。

身長は、紘輝と変わらないか少し低いくらいだろうか。しかし、武道で鍛えた逞《たくま》しさが前面に押し出された紘輝とは違い、全体にしなやかで優雅な印象なのは、彼に半分イギリス貴族の血が混じる故だろう。

そんなことを考えながら、蘭生は自分より頭ふたつ分も成長してしまった幼馴染を、飽きることなく見上げていた。

『ホントはもっと早く日本に来たかったんだよ』

耳に心地好いクイーンズイングリッシュ。

マクアート家はアイルランド系だが、生まれたときからロンドンで暮らしているキースは、綺麗《きれい》な英語を話す。

『おばさんは元気？』

蘭生の問いに、キースはコックリと頷《うなず》いた。

篁《たかむら》一家が日本に帰国してしばらく経ったころから、キースの母、アンジェラは病気を患っていた。もともとあまり丈夫なほうではなかったらしいが、ちょくちょく入退院を繰り返していて、キースの手紙でアンジェラの容態に関する話題が出ないことはなかったほどだ。

蘭生がロンドンを離れるとき、キースは「必ず日本に行くからね」と、泣きながら小さな手を振ってくれた。蘭生もキースが来てくれるのをずっと待っていた。しかしそんな状況から、ふたりの約束は果たされることもなく、十一年という歳月が流れてしまっていたのだ。

最近になってアンジェラの病状も安定し、キースも安心してロンドンを離れることができるようになったらしい。今でも蘭生が世話になったロンドン郊外の小さな家で、祖父（つまりは蘭生の両親の恩師）と一緒に暮らしているのだという。

それにしても…と、蘭生は目の前の青年をまじまじと眺める。蘭生の視線に気づいたキースが、コーヒーを飲む手を止めて蘭生の視線を受け止めた。

『なに？』

そんなキースに、蘭生は小さく笑って白状する。

『だって、すっごくカッコよくなってるから……。背だって、昔は僕より小さかったのに……』

蘭生より一カ月ほど生まれの遅いキースは、子どものころはホントに小さくて可愛らしかったのだ。

思い出に浸りながらの蘭生の発言を、どこか艶《つや》を含んだキースの声が遮る。

『ユウは、綺麗になったね』

「え？」

思わず日本語で聞き返してしまって、蘭生は慌てて言いなおす。

「What?」

「キレイになったネって言ったの」

あまりに流暢《りゅうちょう》な日本語で返されて、蘭生は言葉を失くした。

「僕の日本語、わかる？」

わかるもなにも、完璧な日本語だ。外国人特有の妙なイントネーションすらない。流れるような標準語だった。

「キース……日本語が……？」

いつの間に……手紙でもメールでも、そんな話は聞いたことがなかった。

「日本のことを知りたくて、勉強したんだ。蘭生に会える日を楽しみにして」

深い深い、瞳。

言葉より多くを語る強い瞳を、蘭生は知っている。カフェで向かい合いながら、蘭生は、あまりにも艶やかなキースの瞳に魅入られていた。澄みきったブルーに潜むのは、どこか危険な光。

記憶のなかの幼い少年は、いつの間にか男へと成長していた。その事実に気づいて、蘭生は当惑する。目の前にいるのは、本当にあのキースなのだろうか……と。

パステルカラーに彩られた、淡い思い出のなかの彼とは、比べようもないほどの存在感。

自分の瞳に映るのがまるで知らない誰かのような、そんな気がした。

キースの手が伸びてきて、蘭生の髪を一房、指に絡めるように掬い取る。乱れてたそれを梳いていた長い指が蘭生の頬を捕らえた。

少し体温の低い指先が頬を伝い落ち、蘭生の耳のうしろを擽《くすぐ》る。

――キース？

しかし、どこか危険な情熱を孕《はら》んだ指先は、さっと掠めただけで蘭生の肌を離れていった。

「次、行こうか」

キースの言葉にハッと我に返る。

――い、今のは…いったい…。

訝《いぶか》る視線を向けるものの、蘭生を見つめるキースの瞳は、変わらず青く澄んだまま。

一瞬危険な色を宿したかに見えた瞳には、今は何の変化も見られない。

キースの言葉に小さく頷いて、蘭生は椅子《いす》の背にかけたコートに手を伸ばす。しかし、藺生が手に取るより早くキースの手がコートを摑《つか》み、至極自然な所作でそれをフワリと藺生の肩にかけた。

それは、映画のなかで紳士が淑女をエスコートする行為そのままで、藺生は呆気にとられる。しかし、当の本人は何ごともなかったかのようにあたり前の顔でレシートを手にすると、藺生の背を押した。

洗練されたフェミニストぶりに、カフェに居合わせた客という客が手を止めてふたりの様子を見守り、そして一様に感嘆のため息を漏らした。


冬休みの間、篁家に居候することになったキースの日本観光に付き合うと約束したのは昨夜。連日キースのおともをすることになりそうで、藺生は嬉しい反面、複雑だった。

キースに付き合うのが嫌なわけではない。

しかし、紘輝と会えないことが、自分にこれほどのダメージを与えるとは思いもよらなかった。

あのクリスマス・イヴから数日、誰に邪魔されることもなく、蜜月のような毎日を過ごしていたのだ。その間は、毎晩紘輝の腕に抱かれて眠った。

二十四日は紘輝の家で姉たちと楽しく過ごし、昼間のクリスマス感謝祭での大騒動の興奮の余韻もあって、明け方まで互いを貪りあい、ホワイト・クリスマスの朝を紘輝の腕のなかで迎えた。

我を忘れるほど激しく抱き合ったのははじめてのことで、身体は悲鳴を上げていたが、一方で心を満たす充足感はそれらすべてを凌駕《りょうが》して余りあるものだった。

うっすらと降り積もった雪を踏みながら、場所を藺生の部屋に移し、二十五日の晩はふたりきりのクリスマスを過ごした。紘輝の手料理に舌鼓《したつづみ》を打ち、甘い口づけに酔いしれ、逞しい腕に抱かれる悦びに浸った。そして、さらに丸二日、ふたりは熱に浮かされたように身体を繋《つな》ぎつづけたのだ。

今思い返せば、なんて爛《ただ》れた過ごし方をしてしまったのだろうかと、頬が熱くなる思いだったが、あのときは、ただただ紘輝の温もりから離れることができなかった。

嫌われていると嘆いていた時間が長すぎて、抱かれても口づけられても、繭生には紘輝の愛情を素直に受け入れることができなかった。それでも気づいてしまった想いは止められず、繭生は心も身体もすべて、紘輝に奪われてしまった。

二十四日のクリスマス感謝祭の舞台で、不本意にもオーロラ姫を演じることになってしまった繭生は、王子役の紘輝に舞台上で濃厚な口づけを受け、全校生徒の前で無理やり公認の仲にさせられてしまった。

あまりの恥ずかしさに怒り狂った繭生だったが、しかし、それでも本心は嬉しかった。

圧倒されるほどに獰猛《どうもう》な瞳をした、強い男。

すべてを屈服させて余りある、力強い体軀《たいく》。

そのくせ、繭生を抱き締める腕は温かく、囁く声は甘い。

そんな紘輝の存在すべてに毒されてしまった繭生は、その広く逞しい腕に抱かれるたび、背を突き抜ける歓喜に、酔いしれる。

気づけば、紘輝に囚われていた。

口づけの甘さに酔わされ、気づけばすべて奪われていた。

奪われた身体、奪われた心。しかしそれは、甘い痺れとともに、繭生に愛される悦びを教えてくれた。

そして、愛する不安をも、教えてくれた。


『……ユウ？　ユウ!?』

何度目かだろう呼び声に、繭生は声のほうに顔を向ける。すると、少し心配そうな青い瞳が覗《のぞ》き込んできた。

『ゴメン。僕が連れ回したから疲れちゃったよね？』

自分が案内している立場なのに、心ここにあらず状態でボンヤリしていたことに気づいて、藺生はそんな自分を叱咤《しった》した。

キースは客で大事な幼馴染なのに……。そんな彼と恋人とを天秤にかけるようなことを考えていた自分を恥じる。

——これだから僕は……。

一瞬過《よぎ》った心の翳《かげ》。

どうにも好きになれない自分自身を、藺生は自覚している。

『ううん。大丈夫だよ。僕こそゴメン。明日はもっと効率よく回れるように計画しようね』

そう言って笑った藺生に、キースは少し怪訝《けげん》そうな表情をしてみせる。

『キース？』

『ユウ、変わったね』

青い瞳が何かを訴えようと、微妙な光をたたえ、揺らめく。

『そりゃ……十年以上も経ってるんだよ』

あまり深く考えず答えた藺生の言葉に、キースが何かを返そうと口を開きかけたとき、騒々しいアナウンスがホームに響いた。轟音《ごうおん》とともに電車が駅のホームに滑り込んできて、それは紡がれることなく、キースの喉に消えていた。

SCENE3

二日目は、銀座《ぎんざ》に出てそぞろ歩く、いわゆる〝銀ブラ〟をしたいと言い出した。

キースの持っていたガイドブックを見ると、どうも日本という国を曲解している節が多く読み取れて、蘭生は笑ってしまった。

ゲイシャ、ハラキリ、スシ、シャブシャブ……東洋の小島は、エコノミックアニマルと嘲《あざけ》られるほどに発展を遂げても、結局、世界からはあまり理解されていないらしい。

インターネットでどんな情報も瞬時に入手できる時代になったというのに、こういうものがまだまだ残っているところが、人間の面白いところだ。

このアナログさが、なんだか郷愁をそそるとでもいうのだろうか…ロンドンは決して都会ではない。東京《とうきょう》などと比べたら、時間の流れも随分とゆったりしていて、歴史を身近に感じることができる、長閑《のどか》な街だ。


『行ってみたいな』

昨夜、一日の報告……というつもりでもなかったが、自室から紘輝に電話すると、少し拗《す》ねたような声でそんなことを言っていた。

『蘭生が生まれ育ったところを見てみたい』

それは、自分の知らない蘭生の思い出にさえ嫉妬《しっと》した、紘輝の独占欲が言わせた言葉。紘輝は、高校入試からのおよそ二年ほどの蘭生しか知らない。

それに対して、篁家の向かいに住む幼馴染の史世は、蘭生の小学校入学からおよそ十年、正確には十一年間の蘭生を知っている。

そう思うだけでメラメラと嫉妬の炎が燃え滾るのに、突然現れた金髪の幼馴染は、それ以前の蘭生を知っているというのだ。

当然、ただでさえ激しい嫉妬心に油を注ぐ結果となり、紘輝の機嫌は相変わらずよろしくない。あの日、憮然《ぶぜん》とした表情のまま帰って行った紘輝を気にして、蘭生がフォローの電話をかけたのだ。

——そんなあからさまに嫌そうな顔しなくたって、心配するようなことなんて何もないのに……。

電話の向こうでギラギラと怒りのオーラを立ち昇らせているだろう紘輝の姿が容易に想像できて、蘭生はちょっとムッとする。

『何を怒ってる？』

沈黙の意味を正確に汲み取って、紘輝が尋ねる。

「別に何も…」と答えようとしたそのとき、軽いノック音がして、蘭生の自室のドアが開けられた。

『ユウ、お風呂《ふろ》入ろうよ！』

いきなり現れたキースに驚いて、蘭生は思わず携帯電話を握り締める。

そして、つい素《す》っ頓狂《とんきょう》な声で聞き返してしまった。

それも日本語で。

「お、お風呂っ!?」

携帯電話の通話口から、紘輝の息を呑《の》む声が聞こえたような気がしたが、当の蘭生は動揺してしまって、それどころではない。ワタワタと落ち着かない素振りで、携帯電話を後ろ手に隠してしまう。

『あれ？　電話？』

無邪気な表情を彩る青い瞳は、なぜか楽しそうだ。

『あ…う、ううん。なんでもないよ』

キースに対しては、なんら焦る必要はないはずなのだが、なぜかうしろめたいような想いにかられて、思わず曖昧《あいまい》に返してしまった。

そして、おやすみのあいさつもなく、いきなり電源をOFFにする。きっと携帯の向こうで紘輝が喚《わめ》き散らしているのだろうが、とりあえずは目の前の事態を打破することのほうが、今の蘭生にとっては先決だった。

キースは六歳のころのままの感覚なのだ。子どものころは一緒にシャワーも浴びたし、ひとつのベッドで手を握り合って眠った。

けれど今は……マズイ。非常～にマズイ状況だ。

ただひとりを除いて、ヒトサマの前には、肌を曝《さら》すことなどできない特別な事情がある。

短い蜜月の間に、紘輝につけられた痕。

紘輝の愛情の証。

身体中に散らばった薔薇色の鬱血の痕が、まだ消えずに残っている。白く皮膚の薄い蘭生の肌は、軽く触れただけでも色合いを変えてしまうのだ。痛みを感じるほどに強く吸われ、噛まれた痕は、容易に消えるものではない。

『ね、日本のお風呂に入りたいよ。ユウ、一緒に入ろう！』

無邪気な瞳に見つめられて、蘭生は困り果てる。

『どうしたの？　嫌なの？　昔は一緒にシャワー浴びたりしたのに……』

淋《さび》しげなキースの顔に、蘭生はますますいたたまれなくなって、口ごもる。

――ど、どうしよう～。

『い、嫌じゃないけど…その……』

蘭生が返答に窮したとき、廊下から母の声がキースを呼んだ。

『キース！　お風呂入っちゃった？』

その声に、慌ててキースが部屋を出て行く。

『ここだよ。何？』

『国際電話よ、アンジェラから』

『ママから？』

母に呼ばれ、電話に出るために階段を下りていく足音が聞こえて、蘭生は大きなため息とともに、その場にへたり込んだ。

まさに間一髪。

そしてハタと我に返り、ここぞとばかり、キースが母からの電話に出ている隙《すき》に慌てて風呂に入り、烏《からす》の行水《ぎょうずい》状態で湯を浴び、部屋に逃げ込んでしまう。

言い訳ならあとでいくらでも考えればいい。

この肌さえ見られなければ、それでいいのだ。

しかし『一緒に入ろう』と誘われたのを無視して先に風呂を使ってしまったことを拗ねるかと思っていたキースは、昨夜も今朝も取り立てて何も言ってはこなかった。

それにホッと安堵《あんど》して、蘭生は今日もまた、朝からキースに付き合っていた。


いろいろと見て回りたがった昨日と違い、今日のキースは歩みがゆったりだ。

もしかして、昨日疲れてしまった自分に気兼ねしているのかと思い、『次、どこ行く?』とこちらから聞いてみても、曖昧な返事しか返ってこない。そのかわり、ときおり何かを探るような眼差しでじっと蘭生を見つめ、蘭生の心を粟立たせた。

どうしたのかと問いたくても、問えない空気が、蘭生の口を閉じさせる。蘭生の心の深いところまで見透かすような青い瞳に、蘭生は魅入られるしかなかった。


ごく普通の友人同士やカップルのように、ショーウインドーを眺めながら銀座の街を歩く。

『凄《すご》いね、日本って国は』

ポツリと放たれたキースの言葉に、蘭生は不思議そうな顔でキースを見上げた。

『活気に溢《あふ》れてて、騒々しくて、目まぐるしくて……ロンドンとは時間の流れ方が違うみたいだ。人混みに流されてどこかへ消え去ってしまいそうで……なんだか怖いよ』

銀座の大きな交差点。片方の通りは、休日は歩行者天国になっていて、道路にテーブルまで置かれ、少しばかりハイソな大人たちが闊歩《かっぽ》する、リッチな街。

最近は随分と様変わりしてきたが、それでも渋谷《しぶや》や新宿《しんじゅく》などとは、景色が違って見える街だ。

『どっちかっていうと、東京では落ち着いた街なんだけどね、これでも。でも……そうだね。このなかから自分ひとりいなくなっても、街の景色は変わらない。そう考えるとちょっと怖いね』

ふたりが幼いころを過ごしたロンドンは、少し郊外へ出れば長い歴史を感じさせる街並みと自然が出迎えてくれる長閑な土地だ。人ひとりが消えても、風景が変わって見えるに違いない。

広い大地に根差した存在感。

そこでは誰もが温かで、ゆったりとした時間を過ごしていた。

キースと野原を駆けずりまわり、花を摘《つ》み、小川で魚を追った。母たちと一緒に、よくピクニックに出かけた。あのころの自分は、今よりもずっと大らかに笑っていたような気がする。

——ま、子どもだったしな。

大人になったとは思わないが、十七年近くも生きていれば、それなりに人間変わるものだ。

キースとふたり、銀座を往《ゆ》き交《か》う人の群れを、しばし眺める。

いつの間にやらキースの手が藺生の手を取り、幼いころの思い出のままに握り締めていた。一瞬戸惑ったものの、くすぐったい郷愁にそそられて、それを許してしまう。

キースと過ごす時間は、驚くほどゆったりと流れて、藺生の心を十数年も昔へとトリップさせていた。

切り離される、過去と現在。

その間に横たわる、大きな溝の存在。

漠然とカタチを成していなかったそれが、徐々に藺生のなかでハッキリとしたものへと成長していく感覚に、なぜかしら心が重くなってゆくのを感じる。

過去の思い出が美しすぎて、今の自分が、この汚れた都会の空にダブって見えた。幼い日を過ごした街の上に広がっていた空は、もっと青く澄んで、美しかったのに……。

あの澄みきった空は、今もあの街の上空に横たわっているのだろうか…。

あのままの色合いで、あのままの姿で、今でもそこに存在するのだろうか…。

しかし、今、蘭生の視界に映るのは、薄汚れた東京の空だけだった。

SCENE4

家の前に帰り着くと、待ちかねたように向かいの玄関から史世が顔を出す。

「蘭生！」

ジーンズにざっくりと編んだセーターというラフな格好で、蘭生に手を振る。

お向かいに住む花邑《はなむら》史世は、蘭生が帰国した六歳の春からずっと、蘭生の兄代わりのような存在で、いつでも蘭生を守り慈しんでくれた人だ。

「あっちゃん！」

冬休みに入ってから、はじめの数日間は紘輝とずっと家のなかで、そのあとはキースと出かけていた蘭生は、史世と顔を合わせるのはずいぶんと久しぶりのような気がして、思わず駆け寄っていた。

「久しぶりだね、蘭生」

「あっちゃんも、出かけてたんだよね？」

史世が恋人のもとでこの数日間を過ごしていたこ

とは、蘭生も知っている。その相手が、いささか大きな声では言えない職業の強面《こわもて》の二枚目であることも、承知していた。

「まぁね。そういう蘭生だって、安曇野《あずみの》と一緒だったんだろ？」

訊かれて、曖昧な笑みで返す蘭生の表情から微妙な翳りを見て取って、史世はチラリと篁家の玄関前に佇む、金髪の青年に視線を投げた。

——蜜月を邪魔されたってとこかな。

可愛い蘭生を、どうにも可愛くない紘輝と引き剝がしてくれて喜ぶべきなのか、はたまた……。

しかし、当の蘭生自身がガッカリしているとなれば、これはどうやらキースの味方をするわけにもいかないようだ。

「彼がロンドンにいたころの友だち？」

蘭生の母からロンドンから客が来ていると聞いたのだろう。史世に促されてはじめて、まだキースを紹介していなかったことに思い至る。

「あ、ゴメン。紹介するよ。ロンドンにいたころの幼馴染で、キース。キース・マクアートっていうんだ」

〝幼馴染〟という単語に、ピクリと史世の眉《まゆ》が反応したが、蘭生は気づかない。

『キース。紹介したい人がいるんだけど、いい？』

蘭生に呼ばれて、キースがゆったりと歩み寄ってくる。英国紳士を思わせるその優雅な仕種に、あのケダモノなどよりはよっぽど蘭生に似合いだな、などとかなり失礼な印象を史世は覚えた。

しかし……。

『キース、彼は花邑史世。僕の幼馴染で……お兄さんみたいな人…かな』

少し照れくさそうな蘭生の紹介を受けて、キースはしばし沈黙し、史世を見やった。目を見張るほどの美しい容姿をした青年は、どこか毒々しい棘《とげ》を持っている印象を、キースに与える。

『はじめまして』

「はじめまして」

簡単な英語であいさつした史世に対して、キースは流暢な日本語でそっくりそのまま返してみせた。

一見にこやかに握手を交わしながらも、しかし、その実、ふたりの目は笑ってはいなかった。

互いの立場を一瞬にして理解した結果、ふたりは互いの存在を、好意的には受け取らなかったのだ。

だが、そんな水面下の攻防も、藺生には伝わっていない。

「あっちゃん、大丈夫だよ。キースは日本語が話せるんだ」

先に言っておかなかったために、史世に要らぬ気遣いをさせてしまったと思った藺生が、いまさらながらフォローに回る。

「そう」

しかし、気にした様子もなく、史世は握った手を離した。

その声が、いつも自分に向けているものより幾分か低いような気がして、藺生が怪訝な顔をする。

「あっちゃん？」

その呼び声に、史世はふっと表情をやわらげ、藺生を振り返る。そして、その髪をくしゃっと撫でて、小さな頭を抱き寄せた。

「お正月は安曇野と初詣《はつもうで》？」

「……まだ決めてない」

史世に撫でられながら、藺生は素直に返す。本当は「決めていない」のではなく「決められない」というのが正しいのだけれど……。

キースが来てからというもの、家族団欒の時間が長くて、なかなか自室にも引きこもれない状態にある。しかも、ちょっと油断すると昨夜のような事態に陥る危険があるため、おちおちと電話もしていられないのだ。

そういえば、昨夜のフォローをしておかなくちゃな…と、いきなり電源ごとＯＦＦにしてしまった携帯電話のことを思い出した。

『初詣って何？』

そんなふたりの間に割り込むように、キースが会話に入ってくる。

『あぁ、えっとね、ニューイヤーに神社にお参りに行くことだよ』

新年のはじまりに、大切な家族や恋人などと一緒に、一年間の多幸を祈るのだと教えてやる。

『ふーん……』

何か考え込むような素振りをしていたキースは、いきなりニコッと微笑むと、蘭生の肩を抱き寄せ、言った。

『日本のこと、もっと知りたいな。お休み中はずっと一緒にいてくれるよね？　初詣っての、一緒に行こうね』

その言葉に蘭生は曖昧に頷くしかない。

紘輝とふたり、初日の出を見ながら……なんてことを考えなくもなかったが、今の状況ではなんとも答えることはできなかった。


蘭生の返事に満足したのか、キースはさっさと玄関へと向かってしまった。

肩を竦めて史世を見やると、史世はどこか神妙な顔つきをして、キースの消えた玄関を見据えていた。

その瞳は、蘭生の知っている、いつものやさしい史世のものでも、すべてを平伏させるだけの強さを秘めた、昨年生徒会長をしていたときにときおり見せたような強いものでもなく……今まで蘭生が見たことのない、鋭さを感じさせる色をたたえていた。

――あっちゃん？

ずっと自分を守ってくれたやさしい幼馴染の内面に知らない部分を見つけ、蘭生は胸を粟立たせる少し苦い想いに、きゅっと唇を噛み締める。

それは、先ほど、銀座の街並を眺めていたときに胸に去来した翳りに似ているような気がして、蘭生は気づかないふりで視線を落とした。

SCENE5

蘭生が玄関を出たとき、ちょうど史世が自宅に入ろうとしているところに出くわした。

「あれ？　どこ行くの？」

聞かれて、蘭生は「うっ」とつまる。

蘭生の表情にニヤリと笑って、史世は耳元に囁いた。

「そんなに慌てなくたって、安曇野は逃げないよ」

「あっちゃん！」

怒ったような拗ねたような声で、蘭生が睨む。

史世には何を言っても無駄。すべてお見通しだとわかってはいても、紘輝との関係をからかわれるのは、やっぱり恥ずかしかった。

普段の、優等生面で生徒会長を務める自分と、知ったばかりの恋に右往左往している自分。

淡白だと思っていた自分の感情が、コントロールを失うほど激しいものだったことを、蘭生は紘輝に出会ってはじめて気づいた。

そんな自分を認めるのは、やっぱりまだ恥ずかしい。

想いが深まれば深まるほど、自分がひどく淫らな顔をしているような気がして、蘭生は顔を上げられなくなるのだ。

「ごめんごめん。早く行っておいで。ナイショなんだろ？」

夜も深まりつつある時間に家族に内緒の逢瀬《おうせ》。あまり大きな声で言えるものではない。

史世の言葉に小さく頷いて、蘭生は駆け出した。

待ち合わせは角を曲がったところにある児童公園。通りからは少し奥に入った、夜になれば人影などまったくない、小さな公園だ。


夕食後、まだまだポーカーで盛り上がる両親とキースの目を盗んで自室に入ったところに、タイミングよく携帯電話に紘輝からの着信が入った。

「出てこられるか？」と聞かれて、二つ返事でＯＫした。

もう丸二日も会っていない。ろくろく話もしていない。

——会いたい。

素直に言えなくて、でも嬉しくて、ただ頷いた。

待ち合わせた場所は、小さなベンチが二つ三つと砂場、それにブランコがあるくらいの、ホントに小さな公園だ。ぐるりと見渡さなくても、敷地のすべてが見える。

外灯の下のベンチに、人影を見つけた。蘭生の姿を見とめて立ち上がった長身のシルエット。

見間違えるはずなどなかった。

——会える。

たったそれだけのことでこんなに胸が高鳴っている自分を知られたくなくて、わざとゆっくり歩み寄る。喜んでいると知られるのは、恥ずかしかった。

しかし、吐き出される白い息が弾んでいることに、蘭生は気づいていない。公園の手前まで走ってきたことが丸わかりなのに、それでも蘭生は頬を染めながら、紘輝の側まで歩み寄る。ゆっくりと。

あと一歩というところで立ち止まり、気恥ずかしげに視線を彷徨《さまよ》わせていた蘭生の腕を、紘輝は無言で引き寄せた。

倒れ込むように、紘輝の腕のなかに蘭生の華奢な身体が抱き込まれる。蘭生は抗《あらが》わなかった。

ぐいっと腰を抱き寄せられて、一分の隙もなく身体が密着する。触れる場所から紘輝の熱が伝わってきて、蘭生はため息にも似た吐息を吐き出した。

温かい胸。

力強い腕。

それは、蘭生が一番安心できる場所だ。

本当は、そんな女々しい自分など認めたくはなかったが、もうこの腕なくしては生きていけないと思うほど、その力強さには、藺生を安堵させるたしかさがあった。

抱き締められたいと思う。この腕に抱かれて眠りたいと思う。そんな自分をとても淫らに感じる一方で、好きなんだから当たり前だと、心の奥底で囁く、もうひとりの自分の声。

藺生のなかでは、常にふたりの自分が戦っていた。変わるのは怖いと思う自分と、もっと素直になりたいと望む自分。どちらの声にも藺生は耳を傾け、しかし、都合が悪くなると耳を塞いだ。

「藺生」

やさしい声に呼ばれて、藺生は顔を上げる。

見下ろしてくる、強く鋭い瞳。その瞳に囚われて、藺生は動けなくなる。大きな手に顎をとられて、落ちてきた口づけに、そっと瞼《まぶた》を閉じた。

最初は触れるだけ。しかし、いったん触れたら歯止めが利かなくなったのか、すぐに深いものへと変化した。待ち合わせの時間にはピッタリか少し早いくらいに来たのに、紘輝の唇は驚くほど冷えていて、藺生を不安にさせる。

——風邪《かぜ》ひいちゃうよ。

そんな気遣う言葉のひとつでもかけられたら……。そう心のなかでは思うのに、口を開けばいつもいつも可愛げのない言葉ばかりを返してしまい、言ったあとで自己嫌悪する。

それでも紘輝は満足そうに笑って、すべてを受け止めてくれる。藺生の気持ちなどお見通しだとばかりに、サラリとかわされ、宥《なだ》めすかされて、結局丸め込まれてしまう自分。

「……んっ」

絡めた舌を強く吸われて、藺生の白い喉がヒクリと喘ぐ。口蓋《こうがい》を擽られ、ジワジワと背を駆け昇る喜悦の兆しに、藺生は紘輝の背を叩いた。

しかし、そんな抵抗など歯牙にもかけず、紘輝は藺生の口腔《こうこう》を貪る。甘い蜜を吸い、柔らかな粘膜を絡め、戦慄《わなな》く背を掻《か》き抱けば、ここが屋外の公園であることなど、もはや思考の彼方《かなた》に追いやられてしまう。

背を叩いていた抵抗が弱まり、紘輝の広い背に縋る指先が、やがて切なげに革ジャンに皺を寄せはじめて、蘭生の下肢から力が抜け落ちた。

「…ぁ…んんっ」

口づけの隙間から零れる吐息が熱を帯びる。

縋りつく蘭生の身体を支え、ベンチに腰を下ろすと、紘輝は細い身体を膝の上に横抱きに抱き上げた。お姫様抱っこをしたままベンチに座り込んだような恰好だ。

背に縋っていた蘭生の手を首に回させ、華奢な肩をぎゅっと抱き寄せる。空いたほうの手を蘭生のコートのなかに滑らせて、感じやすい脇腹から太腿を撫でた。深く浅く、口づけを繰り返しながら、紘輝は蘭生の体温を高めてゆく。

耳朶《じだ》から頬へと唇を這わせ、シャツの胸元をそっと寛《くつろ》げる。二つ三つ…とボタンを外す一方で、蘭生が寒くないように、すべてはだけてしまわないように気を遣う。白い鎖骨が露わになって、紘輝は蘭生の喉元に噛みついた。

まるでドラキュラ伯爵が美女の喉元に牙《きば》を立てるように…消えかけた所有の証を再び深く刻みつけるように…紘輝は蘭生の肌の見えやすい場所に愛撫《あいぶ》の痕をつけてゆく。

色褪《いろあ》せはじめた薔薇色の痕に口づける。

「あ…はっ…ダメ…だ」

呼び覚まされる官能に畏怖して、蘭生は紘輝の腕から逃れようと身を捩《よじ》る。

さすがにこんな場所で最後までしようとは、紘輝も考えてはいなかったが、しかし、蘭生の肌の芳《かぐわ》しさに誘われ、ついつい行為がエスカレートしてしまった。

「大丈夫だ。キスだけだから」

ずるい言葉で騙《だま》して、蘭生の肌を啄《ついば》みつづける。

鎖骨から上、耳のうしろや喉のふくらみのあたりを、執拗に舐めまわす。

　薄暗い外灯に照らし出された青白い肌が桜色に染まるまで、紘輝は蘭生を離そうとはしなかった。

「愛してる」

　口づけの合間に繰り返し囁かれる。

「おまえは俺のものだ」

　何度も何度も、言い聞かせるように繰り返される呪文。

　それは、蘭生の心を侵す、誘惑の言葉だった。

「ひろ…き……」

　全身を襲う小波《さざなみ》のような喜悦に、蘭生の眦《まなじり》から一筋の雫が零れ落ちる。

　鋭利な刃物のように冷えきった真冬の夜空の下、ずいぶんと長い時間、ふたりは互いの温もりを手放せないでいた。


「久しぶりなんだろ？　あいつに付き合ってやれよ」

　それだけ言い残して、紘輝は帰っていった。騒々しいエンジン音を轟《とどろ》かせて走り去る大きなバイクを見送って、蘭生はため息をついた。

　そして些細《ささい》なことに落胆している自分に気づく。

　——妙なところで聞き分けがいいんだよな。

　当の紘輝が、あまり懐の狭い男だと思われるのも嫌で、渋々聞き分けのよい男を演じているなどと思いもしない蘭生は、理不尽な怒りに駆られて足元の小石を蹴《け》った。

　無理やり蘭生を手に入れ、絶対に放さないと迫った紘輝に絆《ほだ》されたような状態の蘭生は、実は紘輝の強引さにも惹《ひ》かれていた。

　聞き分けのよい大人などではない。

　我《わ》が儘《まま》で強引で、知ったばかりの感情に戸惑う蘭生を翻弄《ほんろう》する。

　口数少ない分、強烈な光を宿す瞳が、蘭生の心までもを侵食する。

その一方で、早くに母を亡くしふたりの姉に育てられた彼はフェミニストで、本来女性に向けられる気遣い体質は、彼が守ろうとする存在に対しても発揮される。好いた相手にはとことん甘い。できる限りのことをしてかまい、甘やかし、そうしていつの間にか、拘束する力強い腕の温もりに馴染《なじ》ませてしまう。

それが紘輝の常套《じょうとう》手段だと、最近になってやっと気づいた蘭生だったが、しかし、気づいたときには遅かった。

過去の相手にも同じようなやさしさや激しさを向けていたのだろうかと思うと、心がイライラと波立つ。

紘輝の見せる、自分への執着を感じさせる言動のひとつひとつに、嬉しい反面激しい嫉妬を覚える自分。

でも、口煩《くちうるさ》いと思われたくなくて、聞きたいことも拗ねる言葉も、ついつい喉の奥に呑み込んでしまう。そのかわりに硬くなる自分の態度を可愛くないと自覚しながらも、慣れないゆえに、そう簡単に素直になることもできなかった。

——そういえば、こんな時間に何してたんだろう……。

自室の窓からお向かいを眺め、ふと蘭生の脳裏を過ぎった疑問。蘭生が紘輝に会うためにこっそりと自宅を抜け出したのは、深夜ではないにせよ、もう遅い時間だった。

あのときの史世はラフな格好をしていたし、荷物も持っていなかったから、帰宅したタイミングではないはずだ。近所のコンビニにでも行っていたのだろうかと考えるものの、しかしどことなく腑《ふ》に落ちない。

その原因がなんなのか、そのときの蘭生にはわからなかった。

SCENE6

翌日、今度はお台場《だいば》に行きたいと言い出したキースに、その手のデートスポットといわれる場所がことごとく苦手な蘭生は、さすがに頬を引き攣《つ》らせた。

『す、すごい人だと思うよ』

子どもが休みに入る時期や行楽シーズンには、日本のみならずアジア各地からも観光客が訪れる場所だ。ショッピングモールやシネコン、大観覧車など、休日ともなればそれぞれのスポットは長蛇の列だと聞いている。それが正月休みの今、どんな状況にあるか、想像に難くない。

「この間、史世ちゃんが行ったって言ってたでしょ。どんなだったか聞いてみれば？」

母の言葉に、そういえば…と思い出す。

とりあえず、初心者向けの場所でもレクチャーしてもらおうと思い立って、蘭生はお向かいの玄関チャイムを押した。

「お台場？」

眉根《まゆね》を寄せて聞き返され、蘭生は怪訝な顔をする。

「行く前からこんなこと言うのもなんだけど……つまんないよ」

――やっぱり……。

なんとなくそんな気はしていたが……。

蘭生はガックリと項垂《うなだ》れるしかない。

だいたい、話題のスポットというのは往々にしてそんなものなのだ。聞けば、史世は目当ての店でいくらかの買い物をしただけで、さっさと帰ってきてしまったらしい。

「あいつも、蘭生を連れて行くんなら、もっとマシな場所選べばいいのに。蘭生が人混みが苦手なことくらい知ってるだろうに」

史世の言葉に、蘭生は「？」と考える。

「あいつ?」

「……安曇野と行くんじゃないの?」

蘭生の怪訝《けげん》な表情に気づいて、史世が尋ねる。

「キースとだよ。日本観光だもん」

肩を竦めてみせると、史世は唇を引き結ぶ。

「昨夜あいつと約束したんじゃなかったんだ?」

そんな言葉で確認をとられて、蘭生は違和感を覚えた。

「とくに何も……。なんで?」

揺らめく大きな瞳で見詰められれば、史世には珍しく言葉をつまらせる。

「いや……あいつがたまりかねて蘭生を攫《さら》いにきたのかと思ったからさ」

だが、からかう言葉をかけられて、蘭生はさっと頬を赤らめた。

そんな蘭生にクスリと笑いを零して、史世はいつものやさしい微笑みとともに頷いてくれた。

「たしかたまたま買った雑誌に紹介が載ってたのがあったと思うから……探してくるよ。部屋上がってて」

言われて蘭生は階段を上り、二階の史世の部屋のドアを開ける。

子どものころから何度も訪れた、勝手知ったる幼馴染の部屋だ。

本当は兄妹ふたりの部屋になるはずだったその客間は、高校生の自室としてはかなり広いほうだ。

今でも、所々に残る、去った存在の名残。それを敏感に感じ取って、蘭生は胸が痛むのを感じた。

ピィルルルルルル——————!

突如鳴りだした電子音が、蘭生の思考を中断する。首を巡らせると、机の上の充電器に置かれた携帯電話の着信を知らせるランプが点滅している。

携帯電話が鳴っていることを階下の史世に知らせようとして、何気なくサブディスプレイに視線を落とした蘭生は、そこに表示された番号を見て、身体を強張らせた。

——なぜ……?

ひと目でわかる。表示されているのは、間違いなく紘輝の自宅のナンバーだ。

見間違えるはずもない。

——なんで紘輝が?

普段から仲のよいクラスメイトなどであれば、特に不審に感じたりもしなかったに違いない。だが、ふたりは蘭生を挟んで睨み合う、いわば犬猿の仲だ。このふたりが直接連絡を取り合うなんて、考えられない。

疑惑に囚われて、蘭生は震える手で携帯電話を取り上げ、罪悪感に駆られながらも電話帳を表示させる。そしてそこに見つけた名前に、蘭生は目を瞠った。

安曇野紘輝。

行順に並んだリストの一番上に表示された名前を反転させ、登録内容を表示させる。登録されていたのは紘輝の携帯ナンバーだった。

自分は史世に紘輝の番号を教えてはいないし、紘輝にも史世の番号を教えたりはしていない。ということは、ふたりが番号を交換し合ったということになる。

副会長で史世の悪友でもある新見《にいみ》など、ふたりを繋ぐ人物を思い浮かべてみるものの、誰もみな蘭生の不審を晴らすまでには至らなかった。

——僕の知らないところでふたりが連絡を取り合っている……?

いったいなんのために……。

蘭生の疑惑は急速に深まり、過る不安に心臓が煩く脈打つ。

そして浮かんだ、昨夜の史世の姿。

さらに、さきほどの違和感の残る会話。

——まさか……?

胸に浮かんだあれこれを懸命に否定する。

——ふたりで会ってた？

蘭生が家を出ようとしたときにタイミングよく史世に出くわしたのは……約束の時間に遅れたわけでもないのに、紘輝の身体が思った以上に冷えきっていたのは……。

蘭生との待ち合わせ以前に、紘輝と史世があの公園で会っていた。

導き出された結論に、蘭生は愕然《がくぜん》とする。

——いったいなんのために？

なぜ自分に黙って、ふたりは会っていたのだろうか？

「まだ、そうと決まったわけじゃない……」

自分の思い違いに決まっている。そう震える唇で呟《つぶや》いても、不安は募るばかりだ。

ややあって切れた携帯電話のディスプレイを眺めながら、今度は着信履歴と発信履歴を表示させる。

そこに見たものは……頻繁にふたりが連絡を取り合っている、まぎれもない証拠だった。

——どうして……？

階段を上る足音が聞こえて、蘭生はビクリと肩を震わせる。

慌てて携帯電話を、もとあった通り充電器に戻して、蘭生は煩く鳴る心臓を必死に宥めた。

「蘭生、あったよ。ほら、これこれ」

お台場の情報の載った雑誌を手に、史世が自室のドアを開ける。その寸前に大きく深呼吸をして、蘭生は笑顔を取り繕った。

なぜ、このときにひと言聞けなかったのか。

「紘輝と仲良くなったの？」

と。

なのに蘭生の口から紡がれたのは、短い謝礼の言葉だけ。

「ありがと。もう行くね。キースが待ってるから」

史世から雑誌を受け取って、蘭生は足早に花邑家をあとにした。

その日は結局、キースの会話に頷いているのがやっとで、史世に借りた雑誌は、かけらも役に立ちはしなかった。

四十分も並んで乗った大観覧車も、つくり込まれたアミューズメントスポットも、モノレールも、蘭生の心を躍らせるものは何ひとつなく、キースに腕をひかれてもときめかない。カップルだらけの大観覧車には、本当は紘輝と乗りたかった。

見た目ばかり派手でつまらないデートスポットも苦手な人混みも、紘輝とふたりならきっと楽しめたはずだ。

今自分の隣に立つのは、大好きな……大切な……幼馴染。

自分を慕ってくれるキースに申し訳なく思いながらも、蘭生の心は紘輝のことでいっぱいだった。

いや、紘輝と史世に対する不信感で、胸がいっぱいだったのだ。

ふと、キースが蘭生の手を握り締めてくる。

翳った表情で俯いていた蘭生は、ハッと我に返り、青い瞳を見上げた。

握った手を取り、キースはその甲にそっと口づける。

『ユウは笑顔のほうが可愛いよ』

やさしい光をたたえる、青い瞳。

心ここにあらず状態の自分を責めもせず、キースは温かい表情で蘭生を見つめている。

『おじい様がね、言ってた。生物は環境によって変化するんだって。その環境に合うように自分を変化させて、次第に順応していくんだって』

——キース……？

突如、脈絡のない話をはじめたキースを、蘭生は怪訝な表情で見上げた。

『環境が変われば、それに合わせて、生物は姿かたちも、性質も変えるんだよ』

例えば……高原に咲くタンポポは、吹きすさぶ強風から身を守るために地面に這うように丈が低い。しかし、もともとは平地に咲くタンポポと同じ種類なのだという。

ガラパゴス諸島に住む海イグアナは、もともといた陸イグアナが、餌《えさ》を求め、その環境に合うように変化した結果、水搔きを持つ海イグアナに進化した。どちらも、環境によって生物が変化した好例だ。

——環境……？

ならば自分も、環境が変わったことによって、変わってしまったのだろうか……。蘭生は考える。

ロンドンと日本。

環境も周りの人々も言葉も…何もかもが違う。

六歳の春。

蘭生の意志ではなく変えられた環境が、蘭生にどんな変化をもたらしたのか……。

幼い子ども時代と思春期の今。

比べるには違いが多すぎるのだろうが、良いほうへ変わったとは思えない。

自分が嫌いだった。

帰国して、日本の学校にとけ込めない自分を自覚して、幼いながらも胸を痛めた。

そして自分が嫌いになった。

史世さえいてくれればよかった。その一方で、史世がいなければ何もできない自分が歯痒かった。

キースの長い腕に肩を引き寄せられても、蘭生は抗うことができなかった。

『ロンドンは…何も変わらないよ』

蘭生を抱く手に力を込めながら、キースがポツリと言う。

『あのころと、何も変わらない』

すべてがやさしく温かかったあのころと、変わらないものがそこにはあるのだと、キースは言う。

『あのころのように、また一緒に暮らせたらいいのにね』

「キース……」

『おじい様も、ユウのパパに研究を手伝ってもらいたがってる。ユウも興味あるって言ってたよね』

キースはいったい何を言わんとしているのか……。

『あの家で、また一緒に暮らしたいな……』

――キース……？

キースの思いがけない言葉にひどく心を揺さぶられて、蘭生は戸惑う。

あのころのままの自分なら……あのころに戻れたら……もっとやさしくなれるだろうか。もっと素直になれるだろうか。

誰を妬《ねた》むこともなく、自分に自信を持つことができるだろうか。

そんなことを考えて、蘭生は曖昧に微笑んだ。


史世が自宅の玄関をくぐるのをカーテンの隙間から確認して、蘭生は部屋を出る。

紘輝との待ち合わせは五分後。

紘輝が、史世との待ち合わせのあとに、自分との約束を入れていることは明白だった。

大好きなふたりを疑い、陰からうかがうような行動に出る自分に恐ろしいほどの嫌悪を感じながらも、いったん疑心暗鬼に囚われ黒雲に閉ざされた心はどうにも晴れず、ますます蘭生を落ち込ませる。

公園まで数分の距離がやけに長く感じられ、徐々に重くなる足取りに、蘭生はぎゅっとコートの胸元を握り締めた。

昨夜と同じ外灯の下のベンチ。公園の入り口に佇む蘭生を見つけ、その表情が和らぐのが、暗がりにも見て取れる。

煩く鳴る心臓を押さえ、足早に歩み寄ると、ベンチから腰を上げた紘輝の胸に、蘭生は抱きついた。

「蘭生？」

いつもいつも、気恥ずかしげに紘輝の愛情を享受するだけの蘭生が、積極的な行動に出るなど今までになかったことで、紘輝は驚きを隠せない。

恋人の大胆な行動を多少訝《いぶか》りつつも、それでもやはり嬉しくて、しがみつく華奢な身体をぎゅっと抱き締めた。

「どうしたんだ?」

尋ねても、ただ頭《かぶり》を振るばかりで、言葉は返ってこない。

しがみつく腕を外させ、胸に伏せていた顔を上げさせると、長い睫に縁取られた瞳が所在なさげに揺れる。

きつく結ばれ寒さに少し色褪せた唇を啄めば、誘うように綻《ほころ》ぶ。その隙間から熱い粘膜を挿《さ》し入れると、蘭生自らおずおずと舌を差し出してきた。

それを絡めとり、熱い口腔を思うさま貪ると、背に縋りつく腕の力が強くなる。それに応えるように細い腰を抱き寄せて、互いの下半身をピタリとすり寄せる。

濃密な口づけによって煽られた身体が熱を上げてゆくのが、触れあった下肢から布越しにも感じられ、ふたりはますます煽られる。

呑み込みきれなかった唾液《だえき》が蘭生の白い喉を伝うのを追いかけるように舌を這わせ、襟元まで降りた愛撫が、しかし躊躇《ためら》いがちに止められた。

ピッタリと抱き合っていた身体をいったん離し、小さな頭を包み込むように抱き寄せる。

「煽るなよ。こんな場所なのに……また抑えが利かなくなる」

どうにか冷静さを取り戻そうと、今にも暴走しそうになる若い身体を叱咤する紘輝の真っ当なセリフにも、今の蘭生は不安を募らせる。

昨夜は、最後までには至らなかったものの、あんなに熱く抱き締めてくれたのに……。

それなのに……。

いったんマイナスに転じた思考は、どんどん悪いほうへと展開してゆく。

紘輝は……史世が好きなのかもしれない。

普段なら、絶対にありえないと笑い飛ばせるはずのそんな突飛な考えまで浮かんで、蘭生は唇を噛み締めた。

――あっちゃんに心変わりしたから……僕のことなんてもう抱きたくないの……？

昨夜も紘輝は途中でやめてしまった。

もう三日も抱かれていない。

経験不足で、紘輝にされるがままになるしかできない自分に比べ、史世なら紘輝を充分に楽しませることができるのかもしれないと思うと、蘭生は歯痒さに苛立《いらだ》ち、ますますきつく紘輝の背にしがみついた。無意識に細い腰をすりつけ、欲情を燻らせる紘輝の下肢を焚《た》きつける。

布越しに触れたそこは、欲情の兆しを見せ、逞しく成長しはじめていた。蘭生自身も、はしたなく欲望を昂《たかぶ》らせている。

今一度、濡れた瞳で紘輝を見上げ、意識的に誘いをかける。

それに煽られて、紘輝はぐっと蘭生の背を抱く腕に力を込める。

「あとで泣いたってダメだからな」

耳元に艶めいた囁きが落ちてきて、蘭生は小さく息をついた。

膝を震わせはじめた蘭生を抱き上げ、外灯の明かりの届かない陰になった場所に置かれたベンチに歩み寄り、おもむろに押し倒してくる。

着衣のまま、まるで獣のように睦《むつ》み合う。

何度も何度も角度を変えて口づけられ、セーターのなかに入り込んだ大きな手が肌を伝い、胸の飾りを捏ねられて、紘輝の背にしがみついたまま蘭生は背を撓らせた。

寒いだろうと気遣いながら、紘輝は素早く蘭生の下肢をはだけさせ、白い太腿の狭間《はざま》で濡れる可憐《かれん》な欲望に口づける。トロリと透明な蜜を零しながら、白い肌が羞恥《しゅうち》に染まってゆく。

滴《したた》った蜜に濡れそぼつ奥まった場所にも舌を這わ

せ、健気《けなげ》に綻びようとする蕾《つぼみ》を花開かせる。はじめ固く閉じていた秘孔は、紘輝の愛撫に反応して、やがて真っ赤に熟《う》れ、物欲しげに襞《ひだ》を収縮させる。

含ませた指に沿って唾液を注ぎ込みながら、中を抉る指先で、蘭生の感じてならない場所を突き上げた。

「あ……あぁ…っ」

高まる喜悦に、蘭生が喘ぐ。

もっとじっくり慣らしてやりたいが、場所が場所だけにそうゆっくりと行為に耽ることもできず、紘輝はある程度その場所が綻んだのを見計らって、すでに収まる場所を求めてそそり立つ自身の欲望を、濡れた秘孔に押し当てた。

「は…あぁ…っ」

切な気な濡れた吐息を零し、次にくる愉悦を知る肢体が、期待に知らず知らず弛緩《しかん》するのを見て取って、紘輝はジワリと欲望を埋めていく。

キンッと冷えきった真冬の夜空は雲ひとつなく、オリオンの三つ星が瞬《またた》く。夜が更けるにつけ下がってゆく外気温とはうらはらに、繋がった場所だけは火傷しそうなほどに熱く熱く、ふたりを追い上げた。

「あ……あぁ…っ…ふ……ぅっ…」

充分に慣らされていないその場所は、いつも以上にきつく、狭く、そのぶん蘭生の身体に負担がかかる。それでも健気に紘輝自身を奥へ奥へと誘い込み、忙《せわ》しなく蠕動《ぜんどう》を繰り返しながら、徐々に徐々に緩んでいく。

身体の奥まった場所いっぱいに紘輝の昂りを受け止め、零れる喘ぎを口づけに攫われながら、蘭生は襲いくる喜悦に溺れてゆく。紘輝だけが与えてくれる、気が遠のくほどの、甘く激しい悦楽の瞬間。

覚えてしまった快感に、身体は流され施される行為に溺れても、しかし、蘭生の心は、決して流されてはいなかった。

不安を掻き消すように紘輝の背に縋り、もっともっとと乱れてみせる。

もっと欲しい。

もっと深く欲しい。

もっと激しく、抱いてほしい。

欲望に濡れた男の瞳に映るのは、今は、自分だけ。

それに安堵して、蘭生は頂にまで押し上げられた意識を、一気に解放した。

「はぁ……あ…あぁ…あ————っっ！」

失墜感に飛びかけた意識が、力強いたしかな存在によって引き戻される感覚。

体内に弾ける灼熱。

同時に絶頂を迎えたふたりは、急速に冷えてゆく汗に体温を奪われながらも、しかし、白く染まる荒い息を吐き出しながら、互いの身体を抱き締め、ずいぶんと長い時間、その場を動くことができなかった。

SCENE7

大晦日《おおみそか》。

午前中いっぱい大掃除を手伝い、さらに午後からは、母親の買い物に荷物持ちとして同行させられる。

いまどき元旦《がんたん》からだってスーパーは開いているのだから、何もこんなにたくさんまとめ買いする必要もないだろうと蘭生は思うのだが、そんな正論もこの母には通用しない。

蘭生は相変わらずパワフルな母に辟易《へきえき》していたが、キースは何をしていても楽しそうだ。

顔は母親似だが、内面はどちらかといえば物静かな父親似の蘭生は、この、少女のような見た目で、それでいてなかなかに切れ者な母親を、しばしば持て余していた。

だが今日は、キースがいてくれるために母の興味が分散して、ずいぶんと気楽だ。

——ママの買い物、長いんだよ。

ゲンナリとため息をつきたい気分で母のあとをついて歩いていた蘭生は、ここへきてはじめて、自分が母のことを「ママ」と呼んでいることに気づいた。日本に帰ってきてからは、極力使わないようにしていた呼び名だ。

いまどき、母親のことを「ママ」と呼ぶ子どもも少なくないのだろうが、蘭生の場合、発音が本場仕込みなだけに、帰国当時はそれすらもからかいの対象になってしまったのだ。

ただでさえ注目を集めていた小学校入学当時。蘭生がそれまでの自分を枉《ま》げてでも日本の環境に馴染もうと、変えたもののひとつが、母親の呼び方だったのだ。

——キースに影響されちゃったかな。

幼いころは、自分もキースと同じように「ママ」と呼んでいたのだからしかたない。少し擽ったい気持ちに駆られながらも、それもいいかと思い直した。

そして、先日のキースの言葉を思い出す。

——環境……か。

たしかにキースの言う通りなのかもしれない。

そうして、与えられた環境に順応した結果が今の自分なのだ。

何も不満などないはずなのに……納得できない自分。やさしい両親、頼れる史世の存在、そして紘輝……。

それなのに……。

それなのに、今の自分を愛することもできず、置かれた状況を嘆く自分。そんな自分をやっぱり嫌悪して、蘭生は小さくため息を吐いた。

買い物から帰ってきてからも、母の行動力は鈍らない。

「蘭生ちゃん！　鏡餅《かがみもち》飾ってきて」

大きな鏡餅を手に、蘭生は仏間に足を踏み入れた。

「カガミモチ？」

蘭生のうしろをついてきたキースが、物珍しさに目を輝かせる。

『お正月飾りのひとつだよ。いろいろ謂《いわ》れがあるみたいなんだけど……実は僕もあんまり詳しくないんだ』

『日本ってホント面白い国だね』

『イギリスだって歴史の長い国じゃないか。興味深い文化はいっぱいあるよ』

床の間に鏡餅を飾りながら応える。二段重ねの丸餅の上に載せる橙《だいだい》が上手く安定しなくて転がってしまうのを、どうにか載せて、蘭生は満足げな笑みを零した。

『今晩は、年越し蕎《そ》麦《ば》を食べて、除夜の鐘を聞いて、初詣に行くんだよ』

『夜中に出かけるの？』

ダイニングに戻ると、母が蕎麦を茹《ゆ》でている。

『その家によるだろうけど……うちは年が明けてすぐに近所の八幡さまにお参りに行って、お寺に行って、それから初日の出を見に出かけるんだ。でも、陽が昇ってから初詣に行く人もいるし……地方によっても風習が違うしね』

蘭生の日本文化の説明に興味深げに聞き入っていたキースは、ややあってポツリと零した。

『僕が日本に来ちゃおうかな……』

『え？　何？』

『なんでもないよ』

そして、今度はキッチンに立つ母に蕎麦の謂れなどを尋ねはじめた。

楽しげに会話する母とキースの後ろ姿を眺めながら、蘭生はホッと肩の力を抜く。ここのところ、連日出かけているためにちょっと疲れが溜《た》まっているようだった。

――紘輝……どうしてるかな。

ふっと脳裏を過る、紘輝の姿。

さすがに今日くらいは、姉たちと家族水入らずの大晦日を迎えているのだろうか。

史世は、夕方ごろ出かけて行った。

多分、恋人のマンションで年末年始を過ごすつもりなのだろう。

——まさか……紘輝と一緒なんてこと、ないよね。

いまだに晴れない疑惑に、蘭生は表情を曇らせる。

母とキースに気づかれないように蘭生が小さなため息をついたとき、玄関チャイムが鳴って、少し疲れた声が聞こえてきた。

「ただいま～」

「パパだわ！」

嬉しそうに微笑んで、母が玄関に出迎える。

年末まで研究室につめていた多忙な父が帰宅して、やっと篁家の年越しがはじまった。


自室で、どこからか聞こえてくる除夜の鐘を聞きながら、蘭生は携帯電話からメールを送信した。

〝あけましておめでとう〟

ひと言だけ。

今このときを、一緒に過ごせない切なさが伝わることを祈って。

年が明けて以降、ずっと一緒にいられることを願って。

これからくる未来の日々を、ともに過ごせることを夢見て。

もしかしたら、本当に夢で終わってしまうかもしれないという不安を抱えながら、蘭生は新年を迎えた。


ここ数年、安曇野家の大晦日はいつも静かだ。

年末年始の防犯のため、警視庁に勤める長姉・茅《ち》浪《なみ》はほとんど家に寄りつかず、次姉の茅紘《ちひろ》は茅紘で大学の仲間たちと連日連夜呑み歩き、この時期、夜中まで帰ってこない日のほうが多い。

仏壇に明かりを灯《とも》し、新しい仏花を飾る。亡き母の仏前に線香を立ててから、肌を刺すほどに冷えきった道場で、紘輝はひとり、精神統一をはかっていた。

邪念を振り払い、精神力を高め、己自身と戦う。

史世から、突如現れた金髪の幼馴染が蘭生をロンドンへ連れて帰りたがっているらしいことを知らされ、底知れぬ不安が心を覆い尽くそうとするのを感じた。

できることなら、縛りつけ監禁してでも、自分以外の人間の目から隠してしまいたい。そんな凶暴な欲望が湧き上がってくるのを感じて、自分の心の弱さと暗さに吐き気がする。

誰が悲しんでも誰が泣いても、蘭生を自分ひとりのものにしてしまいたい、獣じみた衝動。

「試されているのは、おまえだ」

史世に釘を刺された。

自分を呼び出してはあれこれ報告して去っていく史世に、紘輝は己の力不足を痛感する。

自分はまだ、完全に信頼されてはいないのだ。

この十一年間、蘭生を守ってきた保護者から。

信頼も思い出も、何もない自身に残されているのは、底知れぬ愛情だけ。燃え滾るこの想いだけは、誰にも負けない自信がある。

だが、己の欲望に根差す狂おしいまでの激情で、蘭生をがんじがらめに縛りつけるだけの資格が、自分にあるだろうか。

何も考えられないほどに俺だけを見ていろ！　と言えるだけの、果たして自分は甲斐性《かいしょう》のある男だろうか。

そう考えて、紘輝は膝の上に置いた拳を、さらに強く握り締めた。掌に爪が刺さるほどに拳を震わせながら、紘輝は心を覆う暗い感情と闘っていた。

じっと道場で神棚を睨みながら、除夜の鐘を聞く。

ひとつひとつ洗われてゆく、煩悩。

ひとつひとつ浄化されてゆく、欲望。

しかし、百八つの鐘が鳴り終わっても、紘輝の心を覆うどす黒い嫉妬心は、決して晴れることはなかった。

部屋に残された携帯電話が、メールの受信を知らせて鳴る。

薄暗い部屋に、液晶のバックライトの明かりが、妖《あや》しく浮かんでいた。

SCENE8

漂う線香の匂いと、境内中に響く読経。

賽銭《さいせん》を投げ入れながら、願ったものは、たったひとつ。

——愛されたい。

ただそれだけだった。

こんな不安定な、不信と不安に満ちた心を抱えたまま、新年を迎えてしまったことに罪悪感を覚えて、藺生は苦笑する。

最近では晴れ着をきて初詣に出かける人も少なくなってきた。

有名な神社や仏閣では、あまりの人手に前に進むことさえできないありさまなのだ。そんななかで祈ったところで、神聖性が薄れてしまうような気がするのは、藺生だけではないだろう。

今年はキースがいるのをいいことに、恋人気分でふたりで初詣に出かけて行った両親は、羽織《は おり》袴《はかま》に晴れ着という組み合わせで、とても華やかだった。

結婚の早かった蘭生の両親は若いだけに、そんな格好をすると、新婚ほやほやの若夫婦のようにも見える。

「蘭生ちゃんも着物きたらいいのに。可愛いわよ、きっと」

押し入れの奥から、いつの間に仕立てたのか、蘭生の着物を出してきて迫った母を、蘭生はたしなめたしなめ、丁重に辞退させてもらった。今の蘭生は、とても晴れ着をきて新年を祝えるような心理状態ではない。母に申し訳ないと思いつつも、曖昧に笑って、適当な理由を取り繕った。

そしてキースを連れて向かったのは、近くにある八幡宮《はちまんぐう》。地域に根差した宮に参ったあと、今度は古くから近隣住人に親しまれている寺に向かった。

少し前まで響いていた除夜の鐘は、今はもう静かになっている。歩くこともままならないような混雑ではないが、そこそこの人手はあるしもちろん出店も並んでいる。

新しい年への期待に、明るい顔で参道を行き交う人々を眺めながら、蘭生はなんとも言い難《がた》い、所在ない感覚に囚われていた。

本当に自分はここにいていいのだろうか…。

ここに自分の居場所はあるのだろうか…。

キースにせがまれておみくじを引く。

『なんて読むの？』

流暢な日本語を話せるキースでも、さすがにこの独特の書体と文体では、読解できないようだ。

『やった！　キース、大吉だよ』

「ダイキチ？」

『一番ハッピーってこと。今年はキースにとって、いい年になるみたいだね』

キースに、引いたおみくじは折りたたんで、木の枝などに結んで帰るのだと教え、蘭生は自分の分も開いてみた。

『ユウは？』

できるだけ高い枝におみくじを結んで満足気な顔でキースが尋ねる。

『吉だって』

「キチ？」

『可もなく不可もなくって感じ…かな』

それはまるで、右左《みぎひだり》、どちらに転がるかわからないと告げられているようで、蘭生はハッとさせられる。

――不安定に揺れてる、今の僕の心ってことか……。

そんなことを考えて、蘭生は薄く笑い、すぐそばに伸びていた枝に、おみくじを結びつけた。


『ユウ、変わったね』

清浄な空気の満ちる境内の石段を下りながら、キースが呟く。

以前にも同じことを言われたが、今回は軽く受け流すことができない。

キースが言おうとしているのは、見た目のことではなく、もっと本質的な問題だということは、蘭生にもわかっている。

『昔は、そんなふうに笑ったりしなかった』

『キース……』

『誰に遠慮してるの？　なぜいつも目を伏せて笑うの？　もっと胸を張っていいのに、なんで…？』

キースの記憶のなかの蘭生は、真っ直ぐな瞳でくったくなく笑い、誰にでもその愛らしい笑顔を惜しみなくふりまく少年だった。蘭生を知る誰もが蘭生を好きだったし、蘭生自身もそれを自覚していたはずだ。

それなのに、十一年ぶりに会った蘭生は、いつも何かに遠慮しているかのように目を伏せて静かに笑う。愛らしい笑顔を眼鏡《めがね》の奥に隠し、本当の自分を曝け出すことを恐れている。

欲しいものは欲しい、好きなものは好きと、ハッキリと自分の意志をもっていた少年のころとは、まるで別人のようだ。

　キースには、今の蘭生が、本来あるべき姿だとは、到底思えなかった。

　環境に順応した結果、本来の自分を殺してしまったとしか思えない。

『ユウ……ロンドンに帰ろう』

『……え？』

『ユウにはロンドンのほうが合ってるよ』

　キースの言葉に、蘭生は動揺を隠せない。

　それは、蘭生自身が、いつも心のどこかで感じていた、身の置き場のなさからくる違和感そのものだったからだ。

『日本に来たことで、蘭生が変わってしまったのだとしたら、今の環境が蘭生に合っているとは思えない』

　たしかに、あのままロンドンで育っていたとしたら、今とは全く人格の異なる自分に育っていたことは間違いないだろう。

　日本に帰ってくるまで、人に囲まれることが怖いと感じたことはなかったし、それがたとえ知らない人であったとしても、会話することが苦痛だと感じたことなどなかったのだから。

　あの当時、蘭生は日本になど帰りたくはなかった。見たこともない母国。イギリスで生まれ育った蘭生にとっては、たとえ国籍が日本だろうと、懐かしむべき故郷はロンドン郊外の静かな街であって、決して日本ではない。

　だからといって、日本が嫌いなわけではない。

　馴染むのに時間はかかったが、まぎれもなく自分は日本人なのだし史世のおかげで淋しい想いもしなかった。そして何より、今の自分には紘輝がいる……。

　――紘輝……。

　ふいに、紘輝と史世が並んで立つ姿が思い浮んで、蘭生は口を噤《つぐ》んでしまった。

美しく自信に満ちていて、誰もが振り返るその圧倒的な存在感。蘭生の脳裏に思い描かれる史世は、自分にないものをすべて持っているように思えてならない。

紘輝が史世に心変わりしたのだとすれば、自分には到底太刀打《たち》ちすることなど不可能だ。

史世のように際立って美しいわけでもなく、誰もがその足元に平伏《ひれふ》すような魅力に溢れているわけでもない。年上の恋人をも手玉に取る史世の妖艶《ようえん》さは、蘭生にも理解できた。

史世がただのやさしい幼馴染ではないことにも、なんとなく気づいている。

そんな、強さもしたたかさも、蘭生が憧れてやまない、史世の魅力のひとつだった。

それに比べ、誉められるところといえば成績くらいで、特に目立つ存在でもない自分。

生徒会長に当選し、校内人気投票で一位になって、オーロラ姫役に選ばれても、蘭生には自分への周りの評価を正しく理解することができなかった。

三つ子の魂百までも。

幼いころにいったん植えつけられた価値観を覆すことは、容易《たやす》いことではない。

いつもいつも史世に守られ、史世の背中を見、史世のあとを追いかけていた蘭生にとって、史世という存在は絶対に越えられない大きな壁となって、蘭生を押さえつけていた。

史世がそれを望んだわけではなく、決して蘭生自身が望んだわけでもない。しかし、幼いころからの守り守られるふたりの関係が、いつの間にやら蘭生の心に壁をつくってしまったのだ。

史世自身はそのことに早くから気づき、責任を感じていた。

だからこそ、無理やりにでも蘭生を会長選に出馬させ、会長職に収めた。愛されることによって、自身の価値と存在意義に気づき、蘭生の目がこれ以上自分を追わなくてもいいようにと、紘輝の求愛に戸惑う蘭生の背を押した。

　そうして少しずつではあるが、蘭生が持つ己の価値観は変化を見せはじめていたはずだった。

　しかし、そうそう簡単にいくはずがない。

　紘輝と史世の仲を誤解したことで、癒《い》やされはじめていたはずのコンプレックスが、再び蘭生の心を覆いはじめてしまったのだ。

　困ったときには史世が助けてくれた。苛めっ子からも守ってくれた。史世がいなかったら、六歳の蘭生は「ロンドンに帰る！」と、毎日泣き喚いていたかもしれない。

　――あっちゃんがいてくれたから……。

　史世がいれば絶対に大丈夫という想いが、いつの間にやら史世には絶対に適わないというマイナスの感情を帯びはじめていたことに気づいて、蘭生は愕然とする。

　――僕はあっちゃんを妬んでる。

　認めたくはない負の感情。

　嫉妬心。

　それを、もっとも身近な愛すべき人物に対して抱いてしまったことで蘭生のコンプレックスはさらに刺激され、ますます蘭生を落ち込ませた。

　――見苦しい。

　恋人の心をとどめておけないのは、自分に魅力がないからだ。それを自分とは比べものにならないほど魅力溢れる人物に取られたからといって、なぜ責めることができるだろう。

　そう思うと、蘭生はますます自分が嫌になり、心を覆う黒雲はどんどん広がってゆくばかりだった。

『ユウ？』

　押し黙ってしまった蘭生に、キースが心配げに声をかける。

『キース……』

『何?』

『昔の僕のほうが魅力的だったと思う?』

『……ユウ?』

揺らめく瞳に、蘭生の心の葛藤《かっとう》を読み取り、キースは青い瞳を瞬かせる。

『僕も、そう思うよ。いつもいつも思ってた。自分が嫌いだった。自分に自信がなくてうしろ向きで、あっちゃんがいないと何もできなくて…。日本に帰ってきて、人と話すのが怖いって感じてしまったときに、すべては狂ってしまったんだと思う。だけど……』

きゅっと噛み締めた唇は濡れ、赤く腫《は》れている。

『ユウ……ユウが戻りたいなら、戻れるよ、昔のユウに』

『昔の僕……?』

澄んだ青い瞳がやさしい色を帯びる。

『一緒にロンドンに帰ろう。おじい様のところで一緒に勉強すればいい』

幼いころの自分は誰に対しても解放的で、街中の人から好かれ可愛がられていた。みんなが自分に声をかけてくれた。みんなが自分に笑いかけてくれた。あのころの自分に戻れたら……あるいは紘輝の心を繋ぎ止められるかもしれない。

『ユウ……』

「え?」

視界を遮る、金色。

あっと思ったときには、蘭生の唇はキースのそれによって塞がれていた。

軽く触れただけで離れた熱に、蘭生は言葉もなく目の前の幼馴染を見つめてしまう。

弟のような存在だったキース。いつの間にやら自分より大きく逞しく育ち、男の目をして自分を見ている。

『ユウが好きだよ。だから一緒にロンドンに帰ろう。僕なら、絶対にユウを泣かせたりしない』

『キース……』

『ゆっくり考えてくれていいよ。だけど、そのほうがユウのためだと、僕は信じてるから』

そう言って、キースは蘭生の背を押し、歩きはじめた。

震える指先で、そっと唇に触れ、キースの言葉を噛み締める。

——好き？　僕のことが？

一瞬浮かんだ紘輝の顔が、蘭生を責めているような気がして、蘭生は小さく頭を振る。

背を抱く腕は逞しく力強い。けれどそれは、蘭生が望んでやまないたったひとりの腕ではない。

蘭生が欲しているのは、たったひとり。蘭生を奪いがんじがらめに縛りつけて離さない、貪欲な男の腕だけだった。

SCENE9

夜の公園。

いつもは先に来ている紘輝の姿は、まだない。

ブランコを揺らしながら、昼間のキースの言葉を反芻《はんすう》してみる。

紘輝の側を離れるなんて……あの腕の温もりを手放すなんて……今の蘭生には想像もつかないことだ。

紘輝の心を繋ぎ止められるなら、どんなことでも厭わないと思う反面、どうしても日本を離れる気にはなれない。

自分を変えたいと願いつつも、現状を変えることに怯える自分。

——惨めだな。

知らず知らずため息が零れて、蘭生はますます落ち込む自分を感じていた。

『ここで待ち合わせしてたんだ?』

ジャリッと砂を踏む音がして、公園の入り口方向から声がかけられ、蘭生は伏せていた顔を上げた。

『キース……どうして』

『あいつを待ってるの? こんな寒いなか蘭生を待たせるなんて、許せないな』

口調は軽くても、その内容からはどこか尖ったものを感じる。いつもとは違うキースの様子に、蘭生は戸惑いを隠せない。

長いストライドで蘭生の前まで歩み寄ると、キースは蘭生の細い肩を掴み、ブランコから立ち上がらせ、ガクガクと揺さぶりながら叫んだ。

『あんなやつ、ユウには似合わない! なんでそんな顔であいつを待つ? ユウにこんな顔させるようなやつなのにっ!? ユウは笑ってなきゃ駄目だ! それなのに……っ!!』

キースの言葉ひとつひとつが蘭生の心に突き刺さる。

——そんなにひどい顔してるんだろうか……?

妙に冷静にそんなことを考えて、蘭生はキースを仰ぎ見た。

キースを受け入れたら……もしあのままロンドンにいてキースを愛せていたら……自分はこんなに心乱されることもなかったのだろうか?

『キース…ごめん……』

——でも、好きなんだ。それでも愛してるんだ。

どんなに不安でもつらくても、自分に人を愛する素晴らしさや切なさを教えてくれたのは、紘輝だ。強引に奪われることからはじまった関係であっても、結局は自分がそれを望んだから今がある。

蘭生の短い応《いら》えに込められるものを感じ取って、キースは打ちのめされる。

『くそっ!』

小さく毒づいて、次の瞬間、荒々しく蘭生の唇を奪った。

それは昼間されたような触れるだけの軽いものではない。深く深く貪るような口づけ。想いのたけをぶつけてくるキースに、蘭生の抵抗はアッサリ封じられ、細い腰は抱き寄せられる。

『ダメ…だよ……キース…離して……』

『ユウ、愛してる』

『キースっ！』

再び深く口づけられて、抵抗を封じられる。

蘭生を抱き寄せるキースの腕が強まったそのとき、静まり返った住宅街に、エンジン音が響き渡った。

爆音とも轟音ともとれる大きな音を響かせていたバイクから、長身が降り立つ。

「紘輝……」

「やっと登場か？　いったい何分の遅刻だ？」

普段は時間に几帳面な紘輝が待ち合わせに遅れてきたからには、それなりの理由があるはずだ。だが今は、遅刻の理由など関係ない。

可愛らしい少年時代のキースの面影を引きずったままの蘭生が驚くような、辛辣な口調。

「キ、キース!?」

そこにいるのは記憶のなかの幼い少年ではなかった。

そのきつく輝く青い視線を真っ向から受け止めるのは、黒い瞳。

静かな…しかしたしかに怒りの色を滲ませた強い瞳は、いつもいつも蘭生が魅入られて動けなくなってしまう、王者の魅力に溢れた強い瞳だ。

「紘輝、これは…っ」

キースの腕から逃れ紘輝に駆け寄ろうとした蘭生を、キースが引き止める。そして、さきほどまでと同じように、華奢な肩を抱き寄せた。

「おまえは本当にユウを愛しているのか？　本当に幸せにできるのか？　ユウはいつもいつも泣いてい

る。怯えている。不安がっている！　全部おまえのせいだっ！」

キースの言葉に、蘭生は打ちのめされ、目を見開いた。

泣いてなんかいない。そう反論したかった。だがそれは、肉体的に涙を流していないというだけのことで、心ではいつもいつも大粒の涙を流しつづけていた蘭生には、容易く否定することのできない言葉だった。

心を覆い尽くす不安と葛藤。

自分自身を卑下し、つらいつらいと泣いている蘭生の心の叫びを、ほんの数日で感じ取ってしまったキースの鋭さに、蘭生は驚きを隠せない。

ギリッと紘輝が歯軋りする。

自分には気づいてやれなかった蘭生の嘆き。それを目の前の男は、当然のことのように指摘する。

血の気を失って白くなるほど拳を強く握り締め、紘輝はただ無言でキースの罵倒《ばとう》を受けつづけていた。


静かで長閑な夜の公園に、張りつめた空気が流れる。

「何も言えないのか？」

キースの嘲る声が紘輝を襲う。

「当然だな。全部本当のことだ。おまえにはユウを包み込めるだけの度量はない！　ユウは僕が貰《もら》う。ロンドンに連れて帰るよ」

その言葉に弾かれたように肩を揺らした紘輝が、大股にキースに歩み寄ると、力ずくで蘭生を取り戻した。強く引かれて、蘭生は紘輝の胸に倒れ込む。

「蘭生は俺のものだ。誰に譲る気もない」

細い身体を折れるほどに強く抱き締め、紘輝はキースを睨む。

「大事なのはおまえの気持ちじゃない。ユウの気持ちだ」

返されて、紘輝は口を噤んだ。

「日本の男はゴーマンだな。尊重されるべきはおまえの気持ちじゃなくて、ユウの気持ちだろう⁉」

その言葉に、紘輝は薄く笑って応えた。

「ああ、おまえの言うとおりだな。俺はゴーマンな男だ。でなけりゃ力ずくで奪ったりしない」

「貴様っ！」

キースに胸倉を掴まれても、紘輝は憤然とキースを睨んだまま、藺生を離そうとはしない。左腕に藺生を抱いたまま、胸倉を掴むキースの手首を捕らえると、片手で捻り上げた。

「――――っ！」

骨の軋《きし》むような痛みに、キースが顔を歪める。だが次の瞬間には紘輝の腕を外し、反対に自分の腕を掴んでいた紘輝の腕を捻《ひね》り上げた。

鮮やかなその手つきに、武道の心得を見て取り、紘輝の眉がピクリと反応する。

「空手と合気道だ」

紘輝の視線を受け、キースが答えた。

紘輝の腕を振り払えたのであれば、なかなかの腕前だ。

そうとわかれば、遠慮はいらない。

なるほどという顔をして、紘輝は掴まれていた腕を払い除けると、再びキースの腕を今度は容赦なく捻り上げる。そして、突き飛ばすようにキースを押し退け、藺生を抱いたまま、踵を返した。

「ひ、紘輝っ⁉」

力強い腕に抱かれ、抗うこともできない藺生が不安げな声を上げる。

「今晩は外泊だ。こいつの親にそう言っておけ」

痺れて動かない右腕をさすり蹲《うずくま》るキースに、吐き捨てるように言うと、紘輝は藺生に無理やりヘルメットをかぶせ、タンデムシートに抱き上げて座らせた。そして荒々しくアクセルを回す。タイヤの軋む音を響かせて、バイクは急発進した。

SCENE10

「痛いっ！　離せってばっ！　紘輝っっ!!」

　蘭生の罵声などものともせず、紘輝は蘭生の腕を掴んだまま自宅の玄関を開ける。リビングに明かりが灯《とも》っていないことで、この家にふたり以外の人間がいないことが窺い知れた。

　そのまま二階の自室へ連れ込むと、おもむろに蘭生の身体をベッドに投げ出す。

　冷たいシーツの上に倒れ込みながら、蘭生は理解しがたい恐怖に身が竦むのを感じていた。

　薄暗い部屋。差し込む月明かりに、紘輝のシルエットだけが浮かび上がる。乱暴にグローブを抜き去り、革のライダージャケットを脱ぎ捨てると、紘輝はベッドに歩み寄った。

「紘輝!?」

　肩をシーツに押さえ込まれ、ただならぬ空気に蘭生が掠《かす》れた声を上げる。容赦のない力で掴まれた薄い肩は、今にも折れてしまいそうに軋んで痛い。

「あいつにどこまでさせた？」

「……え？」

　低く呻くような声で聞かれ、身体が強張る。

「あいつにどこまでさせたんだっ!?」

　その言葉の意味するところに気づいて、蘭生はスウッと血の気が下がるのを感じた。

「な…に…？」

　あまりの衝撃に、唇が戦慄《わなな》き、言葉が紡げない。

「なに…言って……」

　視線が泳ぐのがわかる。いつもは魅入られて吸い込まれそうになる黒い瞳に、どす黒い怒りの色を見て取って、蘭生は恐怖に身を竦ませる。

　今自分を見下ろしているのは、いつものやさしい紘輝ではない。

　甘く温かい口づけをくれる、愛しい男ではない。

　嫉妬に狂ったケダモノに見据えられて、蘭生は金縛りにあったように指一本動かせなくなってしまった。

「あいつに抱かれて、ずいぶんとよさそうだったじゃないか」

蔑《さげす》む言葉に、それまで凍りついていた身体が弾かれたように反応した。

パシンッ！

怒りに潤んだ瞳で紘輝を睨み、唇を震わせる。

だが紘輝は、叩かれた頬を押さえることもせず、拘束も緩まない。

「邪推されるようなことは何もないっ！　僕とキースは……」

「じゃあ、キスしてたのもあいさつだとでも言うのかっ!?　ふざけんなよっ!!」

怒鳴られて、蘭生はビクリと身体を強張らせた。

嫉妬に駆られ、恋人の不義理を責める男には、相手を思いやる気持ちはかけらもなく、あるのはただただ煮え滾る激情だけ。

それによって恋人がどれほど傷ついているかなど、今の紘輝に気遣う余裕はなかった。

一方的に激昂《げっこう》をぶつけられて、蘭生は心が冷えてゆくのを感じた。

——どうして？

なぜこんなふうに、気持ちを疑われなくてはならないのか？

あんなに悩んで悩んで、それでも紘輝を愛しているとやっと自覚できたこの気持ちを、なぜ疑われなくてはならないのか？

何を言っても、今の紘輝には届かない。

「……だったら？」

諦めたような、静かな声が零れた。

なぜこんなことを言ってしまったのか、蘭生にもわからない。一瞬、史世の顔が脳裏を過った気がしたが、蘭生は気づかない振りを決め込んだ。そして、気づいたら、可愛げのない言葉が口をついて出ていたのだ。

「キスしたよ。ロンドンに帰ろうって誘われた。それもいいかなって思ってる。僕にはロンドンのほうが合ってるんだ」

震える唇を宥めすかし、必死に悪びれる。

「……ホンキで言ってんのか？」

「キースはやさしいよ。どっかの誰かみたいに無理やり犯ったりなんか絶対にしないっ！」

つまり、自分がキースを受け入れたとしたら、それは自分が望んだことなのだと、暗に含ませ、自分を押さえつける男を睨む。

揺らめく大きな瞳が、狭量な男を容赦なく責める。

「……そうかよ」

自嘲気味《じちょうぎみ》な、吐き棄てるような呻き。

「俺よりあいつのほうがいいのかよっ！」

「————————っっ!!」

冷えた空気を引き裂くような音と共に、繭生のシャツが引き裂かれ、ボタンが弾け飛ぶ。

喉もとに嚙みつかれて、繭生は声にならない悲鳴を上げた。

「い…や…っ」

恐怖に竦む身体を叱咤し、逃げようともがくが、押さえ込まれたからだはピクリとも動かない。

——嫌だ嫌だ嫌だ嫌だ————————っ！

「嫌ぁ————————っっ！」

絞り出すような声で叫んだ繭生に、我を忘れた紘輝の平手が飛ぶ。

バシッ！

「——っ！」

瞼の奥に星が飛ぶような痛みに、意識が遠のきかけ、繭生は抵抗する意志すら奪われた。殴られたという衝撃が、四肢を固まらせる。

荒々しく衣類を剝ぎ取り、労《いたわ》りのかけらもなく身体を暴かれる。恐怖に縮こまった欲望を大きな手に握り込まれ、思わず喉が鳴った。ヒクリと喘いだ繭生に、紘輝が薄く笑う気配が伝わってくる。

大きく下肢を割られ、乱暴に指が侵入してくる。濡らされていない器官は、指一本の侵入も拒み、苦痛を訴えた。

「痛…いっ」

「嘘つくなよ。気持ちいいの間違いだろ？　おまえのここは喜んで男を咥《くわ》え込むんだ」

ぐりっと指を蠢《うごめ》かされて、繭生の背が撓る。

「ひっ…ぁ…あ…っ」

心では拒んでいても、紘輝に慣らされた身体は、次第に反応を見せはじめる。自分でそういうふうに仕込んでおきながら、紘輝はそんな繭生の反応にすら、気が遠のくほどの嫉妬を覚えた。

「この身体で、あいつに抱かれたのか？」

「ちが…っ」

「おまえは絶品だからな。この身体ならどんな男もタラシ込めるだろ？」

「そんなことしてな…っっ！　や…あぁ…っ！」

蔑む言葉に言い返そうにも、煽られる身体はどんどん熱を帯びてゆく。はじめ固く拒んだ蕾は綻び、今や紘輝の指三本を咥え締めつけている。握り込まれた屹立の先端からはトロトロと蜜が零れはじめ、繭生がこの乱暴な行為に感じていることを知らしめていた。

「くそっ！」

自分でもコントロールできないほどの激情を持て余し、紘輝はただただ繭生を責めることしかできない。

幼いころから武道によって精神修行を積んできた自分には、並大抵のことには動じないだけの懐の深さがあるのだと、ずっと信じて疑わなかった。

誰よりも大きな愛情で、はじめて心の底から欲しいと願った美しい身体を、包み込み守ってやれるのは自分だけだと自負していた。

それなのに！

それなのに、今の自分は何をしているのだろう。見苦しい嫉妬に駆られ、恋人を責め、殴り、あまつさえ強姦《ごうかん》に及んでいる。

二度としないと誓ったはずだった。

蘭生の嫌がることは、絶対にしないと……。

それなのにっ!!

涙に潤む瞳が、自分を責める。

卑怯者!

甲斐性なし!!

いつも何かに遠慮するように控えめに微笑む蘭生を、守ってやりたかった。自分の腕のなかだけでもいい。心からの笑顔で笑って欲しかった。

過去も未来も、もちろん今も、どんな蘭生も愛している。

蘭生自身が嫌っている蘭生のすべてを、自分は愛しているのだ。自分に自信の持てない蘭生のコンプレックスも、生真面目で可愛げのない口調の数々も、どれもこれも、紘輝にとっては、愛してやまない蘭生のすべてなのだ。

――逃げるなよっ!

「俺から逃げるなっ!」

激情に突き動かされ、紘輝は猛《たけ》った欲望を乱暴に突き入れた。

「ひぃ――――っ!」

仰け反った蘭生の白い喉から、息を呑むような悲鳴が迸る。

乱暴な侵入。

乱暴な抽挿《ちゅうそう》。

労りのない行為に蘭生が意識を飛ばすまで、紘輝は蘭生の身体を離しはしなかった。


冬の遅い朝焼けが窓から差し込み、蘭生は瞼を瞬かせる。

大きな窓から差し込む朝陽に、意識が覚醒《かくせい》へと向かう。

視界に見慣れたシルエットを見とめて、蘭生は一気に瞼を押し上げた。

心配げな表情で見下ろす黒い瞳。そのなかには、

昨夜のような暗い激情はなく、審判を待つ罪人のように控えめだ。

しかし、それが逆に藺生の怒りを再燃させた。

後悔している。

紘輝が自分を無理やり犯したことを後悔していることを敏感に感じ取って、藺生は理不尽な怒りに襲われた。

やさしく髪を梳いていた手を乱暴に振り払い、ベッドから身を起こす。

途端、下肢を襲った鈍い痛みに眉を顰めながらも、昨夜剝ぎ取られた衣類を探そうとして、自分が二回りも大きなトレーナーとスウェットを身につけていることに気づいた。

そのまま無言でベッドを降りようとしたところを、後ろから抱き止められる。

「無理するな」

やさしく腰を抱き寄せられ、摑まれた二の腕から男の高い体温が伝わってくる。しかし、いつもは藺生のかたくなな心を蕩かすだけの行為も、今の藺生にとってはすべて逆効果だった。

「無理するなだって？　ふざけんなよ！　自分が何したか、わかってるんだろ!?」

その言葉に、悲しげに眉を寄せ、目を伏せる男に無性に腹が立ち、藺生は紘輝の腕を振り払うと、部屋を飛び出した。

「藺生っっ！」

慌てて追いかけてきた紘輝に玄関を出たところで捕まってしまう。

「離せよっ！」

「落ち着けよ。俺が悪かったから……」

「バカにするのもいいかげんにしろよっっ!!　謝ればそれですむとでも思ってるのかっ!?　僕が最初のときに許したから？　何をしても僕が許すとでも思ってるんだったら、大間違いだっっ!!」

その言葉に怯《ひる》んだ紘輝の拘束が緩んだ隙に、藺生は身を翻《ひるがえ》した。

悔しかった。

どうしようもなく。

はじめて紘輝に身体を奪われたとき、その乱暴な行為を紘輝は謝らないと言いきった。

欲しかった。抱きたかったと、真っ直ぐな瞳で告げてくれた。

それなのに、今の紘輝は、自分の取った行動を否定している。そのことが、酷く蘭生の心を傷つけていた。

身を切るような朝の冷たい空気が頬を突き刺したが、そんなことを気に留めている余裕はなかった。

だから、気づかなかった。

忘れていた。

住宅街の路地を抜けると、大通りに出ることを。

交通量の多いその道路には、横断歩道はなく、歩道橋しかない。道路脇にはいつもどこかに、故人に手向ける花が飾られているような……そんな大きな通りに、気づいたときには飛び出していた。


あっと思ったときには、鳴り響くクラクションの音。

近すぎるそれが、自分に向けられたものなのだと気づいたときには、視界いっぱいにトラックが迫っていた。


「蘭生——————っっ!!」


自分を呼ぶ悲痛な声が紘輝のものだと気づいて、振り返ろうとしたとき、全身を衝撃が襲い、温かい何かに包まれる。

そして、次の瞬間、蘭生は意識を失った。

SCENE11

蘭生……蘭生……。

呼び声にフワリと身体が軽くなる。

——僕を呼ぶのは誰？

遠くに見える光に向かって手を差し伸べると、大きく広がった光に全身を包まれた。

——温かい……。

この温かさを、自分は知っている。

——何だっけ……？

思い出そうとすると、頭が痛んだ。

そして……。


「う…っ」

「蘭生？　蘭生ちゃん!?」

視界に映るのは、心配気な母の顔。

「ママ……」

「蘭生ちゃん！　よかったっ！」

「先生、先生！　蘭生が…息子の意識が…っ！」

蘭生の手を握り締め、涙ぐむ母のうしろで、廊下に飛び出してゆく父の後ろ姿が目に入った。

「僕は…」

白い壁、白い天井、寝かされてるのはマットの薄いベッドで、ここが病室であることにすぐに気がついた。

身体を起こそうとして、母に止められる。

「ダメよ。頭を打ってるかもしれないから」

全身に鈍い痛みとだるさはあるものの、たいした怪我《けが》はなさそうだ。

——たしか、トラックが突っ込んできたと思ったんだけど……。

トラックに轢《ひ》かれて、こんなかすり傷ですむわけがない。記憶違いだろうかと考えて、母の言葉に硬直した。

「ホントに……高校生にもなって道路に飛び出すなんて……安曇野くんが庇《かば》ってくれなかったら、どうなってたか……」

——アズミノクンガカバッテクレナカッタラ……。

「……ママ、今なんて……？」

耳鳴りがするほどに、心臓が煩く脈打つ。

「え？」

「誰が庇ったたってっ⁉」

ベッドから起き上がり、母の肩を揺する息子の切羽つまった様子に、母はたじたじと答える。

「安曇野くんが……」

「……そんな…っ」

愕然とする息子の様子に、母も言葉を失う。

「どこ？」

「え？」

「紘輝はどこ⁉」

ベッドから降り、ふらつく足取りでドアに向かった息子を、母が慌てて止めようとする。

「蘭生ちゃん⁉」

そのとき、病室のドアが開き、病院には不似合いな華やかな美女が姿を現した。

「茅浪さん……」

蘭生の母に会釈をし、紘輝の長姉・茅浪は蘭生に視線を戻す。

「紘輝は…紘輝はどこですかっ⁉」

悲痛な蘭生の声に、茅浪はやさしく微笑み、蘭生の背をポンポンと叩いてくれる。

「大丈夫よ。落ち着いて」

心配げな視線を向ける母を「大丈夫ですから」と制し、茅浪は蘭生の背を支えながら、紘輝の病室へ案内した。同じ階の廊下の端の病室。促されて恐る恐る部屋に入ると、ベッド脇のスチール椅子に、茅紘が腰掛けていた。

「蘭生くん…。よかった、気がついたのね」

「紘輝は……？」

「まだ麻酔が効いてるみたいでね。もうそろそろ目を覚ますと思うわ」

ベッドに横たわる紘輝は、額に包帯を巻き、パジャマの襟元からも包帯が覗いている。

その姿に、繭生の全身から血の気が失せ、ガクガクと身体が震えはじめる。

自分で自分を抱きかかえ、顔面蒼白になって震える繭生に茅紘が椅子を譲り、茅浪がゆっくりと繭生を座らせた。

「紘輝……」

シーツの上に出された腕には点滴の針が刺され、そこかしこに血の滲んだ掠り傷が見える。

その手を握り締め、繭生は大きな掌に頬擦《ほおず》りした。

すると、昨夜、紘輝に殴られた頬がピリリと痛んで、繭生は果てしない後悔と自責の念に胸を締めつけられる。

「ごめん……ゴメっ…こんな……」

あとは涙に掻き消されて言葉にならない。

肩を震わせる繭生に茅紘がやさしく声をかける。

「大丈夫よ。こいつは頑丈にできてるんだから。アバラの二本や三本や四本や五本折れたくらいで、くたばったりしないわ」

「でも……頭の怪我はっ?」

「生え際を五針ほど縫ったけど、この程度、ハクをつけるにはちょうどいいわよ」

腕組みをしたまま、茅浪がニッコリと微笑んだ。

「茅浪さんまで、そんな……」

「死ぬような大怪我じゃないんだから、大丈夫よ。ね！　ほら、繭生くんがそんな顔してたら、紘輝が目を覚ましたときに悲しむわ。笑っててやって」

どんなに軽口を叩いていても、たったひとりの弟を可愛がる姉たちの言葉には、労りがある。

しかし……。

姉たちは知らないのだ。なぜ繭生が道路に飛び出したのか。なぜ紘輝が繭生を庇わなくてはならないようなことになったのか。その原因を……。

自分のせいで紘輝にこんな大怪我をさせてしまっ

た蘭生は、ひたすら自分を責めることしかできない。

紘輝を怒らせる原因をつくったのは自分。

素直に不安な気持ちを告げていたら、こんなことにはならなかった。


「…ぅ…っ」

握り締めていた手がピクリと動き、ややあって紘輝の瞼がゆっくりと開く。その瞳に蘭生を見とめると、安心したように微笑んだ。

「怪我、ないか？」

アバラを折っているために、呼吸も声を出すのも苦しいのだろう。掠れた声で問われて、蘭生は途端視界が曇るのを感じた。

「バカっ！　僕のことなんか気遣ってる場合じゃないだろっ」

「おまえが無事なら、それでいい」

「……っ」

「……すまなかった」

傷だらけの手が、握り返してくる。

蘭生はただただ、頭《かぶり》を振ってそれに応えた。

温かい、大きな手。

意識を失う寸前に包まれた温かいものは、あれは紘輝自身だったのだ。紘輝が身を呈して助けてくれた。でなければ、蘭生は今ごろどうなっていたか、想像するだけで恐ろしい。

「全身打撲と骨折だもの。すぐに帰れるわ。アバラの骨折なんて怪我のうちに入らないんだから」

茅紘が、蘭生を安心させるように言ってくれる。

事実、スポーツ選手のなかには、アバラを折ったくらいなら怪我のうちには入らないと豪語する者も多い。モータースポーツなどでも、アバラの骨折程度は日常茶飯事だ。

「でも……」

そうは言われても、蘭生の不安は消えない。

「蘭生くんが看病してくれれば、すぐに回復するわよ。鍛え方が違うもの」

だが、丸く収まりそうだった場を引き裂く冷たい声が、一同の背後からかけられた。

「それは、ダメだ」

驚いた面々が病室のドアを振り返ると、見惚《みと》れるほどの美貌《びぼう》に冷ややかな怒りを張りつかせ、史世が立っている。

そのうしろには、キースの姿。

「蘭生は連れて帰る。ここには置いておけない」

「あっちゃん……？」

ツカツカとベッドに歩み寄ると、紘輝の手から引き剝がし、蘭生を抱き寄せた。

「もうおまえに、蘭生は任せられない」

ベッドに横たわる紘輝を冷ややかに見下ろし、史世は冷たく言い放った。

「ま、待って、あっちゃん。紘輝が悪いんじゃ……」

「全部あいつから聞いたよ」

うしろのキースをチラリと見やり、すぐさま紘輝に視線を戻す。

「おまえなら蘭生を守れると思ったから、託した。なのに、なんだこのザマはっ!? くだらない嫉妬で蘭生を悲しませた上に今度は事故だと？ 誰が許しても俺が許さないっ！」

「あっちゃん！ 違う…違うんだ……っ！」

最初に嫉妬したのは自分のほう。醜い感情に囚われて、最初に紘輝の愛情を疑ったのは自分のほうだったのに……。

蘭生の必死の言葉も、今の史世には伝わらない。

蘭生を失うかもしれない恐怖が、史世にいつもの冷静さを失わせていた。

六歳の蘭生に出会う、ほんのすこし前。

史世は悔やんでも悔やみきれない後悔をした。

小さな手。

愛らしい笑顔。

「お兄ちゃん」と呼ぶ甲高い笑い声。

一瞬にしてそれらすべてを失った。

後悔しても、人の命だけは取り戻すことはできないのだ。それを、史世は七歳のときに知った。

自分の失態で、小さな命は失われたのだ。

あのときの恐怖や喪失感は、十年以上経った今でも、色褪せることなく史世の心に焼きついている。

だからこそ、誓ったのだ。

今度こそ絶対に守ろうと。蘭生の手を離すまいと。

「おまえなら、俺以上に蘭生を守れると思ってた。俺はおまえをかいかぶってたようだな」

ベッドに横たわる怪我人相手でも、史世の罵倒には容赦がない。何も言い返せない紘輝を冷ややかに一瞥し、史世は蘭生の肩を抱いたまま、病室を出ていこうとする。

「あっちゃん！　僕は……っ！」

「騒がないで。ここは病院だよ。検査がすんだらすぐに帰ろう。家のほうが落ち着くだろう？」

いつものやさしい幼馴染の顔で、蘭生に微笑み、しかし有無を言わせぬ強さでその背を押した。

「ずいぶんと過保護だこと」

茅浪の脇を通り過ぎようとした瞬間、揶揄う声がかけられて、史世は歩みを止めた。

「あとで後悔したくありませんから。お宅こそ、番犬の躾ができていないようですね」

あからさまな揶揄の言葉に、茅浪は尻上《しりあ》がりの口笛で応える。

史世の嫌味にクスッと笑いを零した茅紘をも睨みつけ、史世は乱暴に病室のドアを閉めた。

SCENE12

「蘭生……怒ってる?」

やさしく髪を撫でる手の感触に、蘭生は小さく首を振った。

史世に抱きかかえられるようにして帰宅して、そのままベッドに押し込まれ、しかたなく布団をかぶった。軽い打ち身と精神的疲労から身体は休息を欲しているようだったが、冴《さ》えた脳は眠ることを拒否していた。

自分を抱きかかえて布団に丸まり、時計の針の音だけを聞いていると、ぐるぐると悪いことばかりを考えてしまう。

様子を見に来た史世は、すぐに蘭生が眠っていないことに気づいた。

「あっちゃんに連れて帰ってもらってよかったよ」

布団のなかからくぐもった声が告げる。

「蘭生……」

「紘輝にあんな怪我させて……のうのうと一緒にいていいはずなかったんだ。僕が飛び出したりしなかったら……あんな……っ」

小刻みに震える布団の上から背をさすると、啜《すす》り泣きは、いつしか嗚咽《おえつ》にかわり、蘭生は止めどなく溢れる涙に、枕《まくら》を濡らした。

果てのない、後悔。

果てのない、激情。

心を覆うのは、たったひとりへの、煮つまった想いだけ。

ややあって落ち着きを取り戻すと、蘭生は頭までかぶっていた布団から顔を出し、濡れた頬を拭《ぬぐ》って、意を決したように言葉を吐き出した。

「あっちゃん、ごめんね。それから、ありがとう」

「蘭生……? 何を……」

「僕、キースと一緒にロンドンに行く」

強い意志を秘めた瞳は、濡れてはいるものの迷いは見られない。

「蘭生……ちょっと待って……どういう……」

「僕は自分が嫌いなんだ。大好きなあっちゃんにさえ卑屈になって、嫉妬して。自分に自信がないばっかりに、紘輝の気持ちを疑って、こんなことになってっ！　このままじゃダメなんだ！　自分を変えないと、僕はもう……っ」

シーツを握り締め、血の滲むほどに唇を嚙み締める。

「僕はもう、紘輝に愛される資格なんて、ない」

「蘭生っ！」

責めるような厳しい呼び声にも、蘭生は瞳を上げなかった。そのかわりに吐き捨てるように言った。

「あっちゃんにはわからないよ……」

「……どういうこと……？」

史世の問いにも、蘭生はひたすら頭《かぶり》を振るだけ。

「あっちゃんにはわからないっっ!!　僕の気持ちなんて絶対にっっ!!」

厳しい拒絶の言葉とともに、激しい後悔と切なさに濡れた瞳が上げられ、史世を見据えた。

今まで、絶対に出してはならないと押しとどめていた負の感情。うしろ暗い、汚い感情。それらのすべてを、蘭生は史世にぶちまけたのだ。

史世に対するコンプレックスと紘輝への切ない想い。それらがない交ぜになって爆発した結果が、これだった。

どうしようもない不安と葛藤。ゆるぎない愛情が欲しくて、でも、与えられるものすべてを真っ直ぐに受け止めきれないジレンマ。

それは蘭生の心の弱さが引き起こした、陰と陽のせめぎ合いのジレンマだった。

史世に求められるままに、紘輝に愛されるように、常に陽の自分でありつづけたいと願う一方で、本当はいつもいつも史世を妬み、紘輝の愛情に不安を感じ、自分という存在に自信を持てない陰の自分。

誰だって、自分の負の部分には蓋《ふた》をして、できるだけ見ないように気づかないように生きていけたらいいと思っているはずだ。自分のなかの負の部分を認めることは、自分自身を否定することにもなりかねない。

それが不安で、人はそれを避けて通ろうとする。

だが、気づいてしまった毒は、藺生の心を苛み、笑顔すら奪って、その感情を汚染する。

紘輝と史世の関係も、最初のときに聞いてしまえば、こんなに醜く嫉妬することもなかったはずだ。

紘輝は自分を愛してくれている。

史世も、紘輝の愛情とは別次元の情で、自分を慈《いつく》しんでくれている。

そのふたりが自分を裏切るはずなどないのに……それなのに、自分はふたりの気持ちを疑ってしまったのだ。

醜い自分。

醜い、心。

本当に汚れきってしまう前に、負の自分に気づかれて嫌われてしまう前に、消え去ってしまいたかった。

「ロンドンに行けば変われるっていうの？」

史世の冷たい声にピクリと肩が揺れる。

「……変われるよ」

「嘘！」

即答されて、藺生の語気が荒くなる。

「変われるっ！」

「変われやしない！　そんな簡単に、人間は変わることなんてできやしない！」

「―――っ！」

「変われやしないんだよ、藺生っ」

史世の言葉は真理だろう。

けれど、今の藺生にとっては、変われないことイコール、紘輝に愛される資格がないという結論に行き着いてしまう。

「あっちゃんは、自分を変えたいと思ったことがな

いんだね」

すべてを諦めたような声。

自嘲気味に口元を歪めて、乱暴に布団を捲り、蘭生が身を起こす。そして、涙に濡れた瞳で、史世を見た。

「自分に自信があるから……自分を否定したことがないから……だから……だからわからないんだよっ!!」

蘭生の厳しい指摘に、史世は眉根を寄せ、固く噤んだ唇を奮わせた。

自分の犯した罪がいかに根の深いものであったか……いかに蘭生の心を歪ませていたのか……今になって思い知ることになろうとは……。

ただよかれと……蘭生を守りたい一心でしてきたことが、これほどまでに蘭生の心を曇らせる結果になろうとは……。

襲いくる後悔と自責の念に、史世にはそれ以上、何も言うことができなかった。

カチャリと小さな金属音がして、蘭生の部屋のドアが開けられる。

静かに姿を現したキースは、ベッドに蹲《うずくま》り泣く蘭生に歩み寄ると、そっとその肩を抱き寄せた。

今まで、ずっと史世のものだった役目。それを奪われて、史世は唇を噛む。

「キース……」

暗がりにも眩い金髪に目を細めながら、蘭生が呟く。

「僕…変われるよね？　昔に戻れるよね!?」

「ユウ……」

そんなふたりに史世が口を開きかけたそのとき、低い声が、響いた。


「変わる必要なんかない」

ガタンとドアに何かがぶつかる音がして、三人は背後を振り向いた。

「何も、変える必要なんかないだろ」

そこには、頭に包帯を巻いたままの紘輝が、ドアに背をあずけるようにして佇んでいた。

「ひ、紘輝っ！」

「安曇野…おまえ、どうして……」

苦痛に顔を歪めながら、体重をあずけていたドアから身を起こし、蘭生の座り込むベッドへと歩み寄ろうとする。全身におよぶ打撲と、数カ所の肋骨骨折。普通なら、起き上がることさえ困難なはずだ。

「や…やめ……こないで……」

キースの腕を振り払い、蘭生はベッドの上をあとずさる。

「安曇野っ！　おまえ……無茶だっ！」

「黙ってろっ！」

地を這う一喝に、さすがの史世も口を噤む。

腕を振り払われたキースも、ふたりのやりとりを見守るしかできない。

紘輝の視線の先にあるのは、不安と恐怖に打ち震える、愛しい愛しい、恋人の姿。

涙に濡れた瞳を曇らせ、誰の愛情も信じられなくなって怯えている、たったひとりの恋人の姿だった。

「何が不安だ？　何に怯える？　俺はおまえを愛している。何度もそう言ったはずだ」

「…ぁ…ぁ……っ」

ベッドの上を後退《あとずさ》りながら、蘭生はただただ頭《かぶり》を振りつづける。

溢れる涙を散らしながら、柔らかい髪を振り乱しながら、震える唇を嚙み締め、言葉にならない嗚咽を零しつづける。

「そんなに俺が信じられないか？　そんなに自分が信じられないのか⁉」

「…う…く……っ」

「絶対に守ってやる、絶対に幸せにしてやる。俺はそう言ったはずだっ‼」

身勝手な言い草だと分かっていて、それでも紘輝は強い口調で言う。

力ずくでも引き戻さなければ、今の蘭生はますます自ら作り出した殻に閉じこもってしまう。際限なく自分を否定しつづけてしまう。

最後の一歩を踏み出し、紘輝の包帯だらけの腕が蘭生の腕を捕らえた。

「い…いや…ぁ…っ！」

身を竦ませ、紘輝の腕から逃れようと、震え、力の抜けた身体で、必死に抵抗する。

「蘭生っ！　俺を見ろ！　俺の目を見るんだっ!!」

「いやっ！」

――ダメだダメだダメだっ！

それだけは、絶対にできない、最後の砦《とりで》。

今、その瞳に囚われたら、すべてが元の木阿弥《もくあみ》なのだ。

「放せ……っ！」

「くっ……！」

闇雲に暴れた腕がどこに当たったのか、当の蘭生にはわからなかったが、細腕を拘束していた手が離れ、ベッドサイドに紘輝が蹲る。

「安曇野っ！」

ふたりのやりとりを傍観するしかできないでいた史世が駆け寄る。

「平気だ」

「平気なわけないだろう！　病院に戻るんだ！」

しかし、制止する史世の腕を振り払い、紘輝はつづける。

「蘭生……俺は絶対におまえを手放さない」

見据える、強い瞳。

咄嗟に視線を外し、蘭生は顔を背けた。

「ロンドンになんか行くな」

「………っ！」

「行くなよ」

紘輝の言葉から耳を塞ぎ、蘭生は立てた膝に顔を埋めるようにして弱々しく頭を振る。

「蘭生……」

紘輝が胸を押さえながらも蘭生に手を伸ばそうと

したそのとき、背後から冷静な声がかかった。

「蘭生は連れていくよ」

それまでふたりのやりとりを黙って見ていたキースが、割って入ってくる。

豪奢な金髪の奥から、冴え冴えとした青い瞳が、蘭生につめ寄る男の背中を見据えている。

「おまえのそういう態度が蘭生を追いつめるんだ。それがわからないのか?」

嫌味なほどに流暢な日本語が、紘輝を責める。

「追いつめる?」

「そうだ。過剰な愛情は束縛になる。すぎた想いは重荷だ。感情のバランスが取れなければ、いずれ亀裂が入るのは目に見えている」

腕を組み、紘輝を見下ろすキースの冷淡な表情には、蘭生の知っている少年のころの面影は欠片もない。そこにあるのは、容赦なく恋敵を追いつめる、ひとりの男の姿。

「蘭生は、昔の自分に戻りたがっている。今に満足できないでいる。蘭生をそんなふうにしたのは、他でもない、あんただ!」

佇む史世を一瞥し、何か言いたげな表情をしてみせた史世を無視すると、再び視線を紘輝に戻す。

「そして、おまえは愛情という鎖で蘭生を縛りつけようとする。愛しているという言葉で、すべてが許されるわけじゃない!」

キースの正論に、史世も紘輝も返す言葉はない。

しかし、史世にとっては、日本に帰国してからの蘭生が蘭生であり、紘輝にとっては、高校入試で出会ってからのちの蘭生が蘭生なのであって、ロンドンにいた六歳までの蘭生がどんな蘭生だったのかなど、関係ないことだ。

そしてもちろん、どんな蘭生も蘭生であり、本質までもが変わっているとは思えなかった。

「本当に蘭生が変わってしまったのだとしたら、それはほかの誰でもない蘭生自身の問題だ。だが俺には、あんたが言う蘭生も、今の蘭生も、どこが違うのかわからない」

「…何?」

思いもかけない紘輝の言葉に、キースの表情から余裕が消え去った。

「お話にならないな。おまえは蘭生のこと、何ひとつわかっちゃいないってわけだ」

「そうかもしれない。だが、俺にとっては今の蘭生が、俺の知ってる蘭生そのものだ。俺が愛したのは、ほかの誰でもない、今目の前にいる蘭生だ」

「……蘭生は納得してない」

ふたりのやりとりを聞きながらも、蘭生はシーツを握り締め、顔を伏せたままだ。

「だからこそ、自分を変えたいと願ってる」

真実を突いたキースの言葉に、蘭生はさらに強くシーツを握り締めた。

静寂が、重い空気をさらに重くする。

いつの間にやら浮かんだ月が、冷えきった冬の夜空に綺麗に浮かび上がり、差し込む月光が濃い影を落とす。

下がりはじめた室温に、蘭生の華奢な背が震え、紘輝もまた、熱を持った身体から体温が奪われてゆくのを感じていた。

「……出てって……」

小さな掠れるような呟きが、静寂に終止符を打つ。

膝に顔を伏せたままの状態で、蘭生はくぐもった声を発した。

「ひとりにして」

膝を抱えて震える蘭生に、史世もキースも、そして紘輝も、手を差し伸べることはできなかった。

SCENE13

「蘭生には、決められない」

史世が呟く。

「俺がそういうふうにしてしまった」

愛するあまり、守ろうとするあまり、奪ってしまった自信と自我。

「そんなことはない」

「安曇野……？」

「花邑、あんたあいつをなんだと思ってる？　あいつも男で、あんたの跡を継いで立派に生徒会長を務め上げるだけの器を持ってるんだ。あいつはもう、しっかりと自分自身の足で立ってる。ただ、それに気づいてないだけだ」

階下で心配そうに待ちうける蘭生の両親にそっとしておいてもらえるように頼み、三人は篁家を出た。

「保護者公認の脱走か？」

玄関脇に停められた車の運転席に茅浪の姿を見とめ、史世が呆れた声を上げる。

「躾のなってないバカ犬なものでね。言ってもきかないのよ」

三人を振り返りもせず、開け放った車窓から煙草《たばこ》の煙を立ち昇らせながら、茅浪が応える。

それに肩を竦めることで応え、史世は苦笑いを零した。

「ちゃんと治せよ。じゃないと蘭生が泣く。言っておくが、蘭生を二度も強姦したことに関しては、俺は許したわけじゃないからな」

腕組みをして言う史世に肩を竦めて見せ、口の端を上げてニヤリと笑う。そして、紘輝はキースに視線を向けた。

「空手をやっていると言ってたな」

「あぁ、おまえにひけは取らないつもりだ」

それに満足げに頷いて、紘輝はとんでもないことを言い放った。

「道場に来い。おまえが勝ったら、俺はもう何も言わない。蘭生の好きにさせる」

「安曇野っ!?」

紘輝を止めようとする史世を片手で制して黙らせ、紘輝は言葉をつづけた。

「だが、俺が勝ったら、おまえはひとりで帰れ。蘭生は俺が説得する」

賞賛とも嘲りともつかない甲高い口笛を吹いたのは、茅浪。弟の無謀な申し出に、さすがの姉も肩を竦め、髪を掻き上げる。

「……バカな……。おまえ、自分の怪我の程度をわかっているのか?」

キースも怪訝な表情を隠せない。

「自分のことは自分が一番よくわかってるさ」

決してよいとは言えない顔色で、しかし紘輝は笑ってみせる。

全身を覆う打撲と掠り傷。アバラの骨折。それにともなう発熱で、普通の人間ならベッドから身体を起こすことさえままならない状態で、無謀な賭《か》けを持ちかける男を、キースは理解できない。

負ければ、最愛の恋人をほかの男に連れ去られるかもしれないというのに、目の前の男は怯む様子もない。

それどころか、メラメラと立ち昇る気迫とオーラに、圧倒されそうになる。それはたしかに、戦うことを知る男のみが持ちうる、独特のオーラだ。

——強い。

戦う前から、キースはゾクリと背を駆け昇る悪寒のようなものを感じて、歯を食いしばった。

「そこまで言うなら、いいだろう」

キースも、ここで引くわけにはいかない。

目の前に立ちはだかる男を倒さなければ、蘭生を手に入れることはできないのだ。

そして、もちろん紘輝も、蘭生を手放す気など、欠片もなかった。

「話はついたの?」

静かな声が停められた車の運転席から聞こえて、

ふたりは振り向く。

「乗りなさい」

――まさか！

驚いた史世が顔を上げる。

「今からっ!?」

史世の声などまったく無視して、ふたりは車に乗り込む。

――何てバカだっ！

内心思いっきり毒づきながら、史世はやおら、門扉を殴りつけた。

「勝手にしろっ！」

史世の罵声は、エンジン音に掻き消され、大きな月の浮かぶ夜空の下、車は走り去った。


「ホントにいいのね？」

主審の茅浪が最後の確認をする。副審は茅紘。

互いに胴着に身を包み、道場で向かい合う。

茅浪の問いかけに、紘輝は黙って頷いた。

「ＯＫ！　わかったわ」

弟の覚悟を確認し、茅浪も姉から武道家へと気持ちを切り替える。

「寸止めなし、一本勝負！　はじめっ！」

静かな睨み合いのなか、戦いの幕は切って落とされた。


「蘭生が後悔しないなら、それでいい」

控え目なノック音とともに部屋に戻ってきた史世の言葉に、ピクリと小さく肩が揺れた。

「あいつは怪我をおしてここまで来た。蘭生のためにあんな無茶をしてここまで来たんだ。それだけは忘れちゃダメだよ、蘭生」

冷えきった指先が、シーツに皺を寄せる。

小さくため息を吐いて、史世は意を決して言葉を紡いだ。

「蘭生は、僕にはわからないって言ったね。蘭生の気持ち、僕にはわからないって……」

「………」

「でも、蘭生にも僕の気持ちはわからないはずだよ。僕だけじゃない。安曇野の気持ちも、キースの気持ちも……わかるのは自分自身だけだ。だからこそ、人はわかり合おうと努力するし、すれ違ってつらい思いをしたりもする。けど、しかたないんだよ。みんな別々の人間なんだから」

「………」

「蘭生は、安曇野に想いを伝える努力をした？　本当の気持ちを伝えた？　まだ何も言えてないんじゃないの？　ホントにそれでいいの？」

「……っ」

ポタリポタリと透明な雫がシーツに落ち、染みをつくる。それが徐々に大きくなって、蘭生はこらえきれない嗚咽を洩らしながら、肩を揺らした。

「…き…だ…」

「蘭生？」

「好きだよ……紘輝が、好き……離れたくない……っ」

大粒の涙を零しはじめた蘭生の頭を抱き寄せ、史世は安堵の笑みを零した。

乱れた髪を梳いてやりながら、子どものころよくしてやったように強く強く抱き締めてやると、白い手がしがみついてくる。

「やっと言ったね」

史世のシャツをぎゅっと握り締め、蘭生は小さく頷く。

「そのセリフ、あいつにちゃんと言ってやらなきゃ。鼻の下伸ばして大喜びするぞ、きっと」

蘭生の背をさすりながら言う史世のおどけたセリフに、クスリと小さな笑みを見せ、蘭生は涙を拭う。

そして、真っ直ぐに史世の目を見て、言った。

「ゴメン、あっちゃん。嫌なこと、いっぱい言って。

でも、あっちゃんがいてくれてよかったと思ってるのはホントだから……だから……」

「わかってる」

コツンとおでことおでこをぶつけ合い、ふたりは微笑んだ。

「僕は、蘭生のお兄ちゃんなんだからね」

「……うん」

「これからもずっと、蘭生の世話を焼くんだから」

「うん」

そして、ひとしきり笑い合った後、史世はハタと大事なことを思い出した。

「あぁっ!!」

「あ、あっちゃん？」

「こんなことしてる場合じゃないよ！　蘭生、早くっ！　着替えてっ！」

「へ!?」

「こんなことしてる間に、あいつノされちゃってるよっ！」

「えぇ!?」

このときの史世の脳裏には、道場に倒れ込む紘輝の姿が浮かんでいた。

SCENE14

表通りでタクシーをひろい、ふたりが安曇野家に着いたときには、紘輝とキースが篁家を出てから、優に一時間近くが経っていた。

あいさつもそこそこに上がり込み、蘭生の案内で自宅からつづく渡り廊下を伝って、道場へ駆け込む。都内とは思えないほどの敷地を有する安曇野家は、自宅の隣に平屋の道場が建てられているのだ。

「紘輝っ！」

「安曇野っ！」

ふたりがほぼ同時に道場に飛び込んだとき、そこは、張りつめた糸のような緊迫感に満ちていた。

「――――っ！」

睨み合うふたりはジリジリと間合いをつめながら攻撃の隙をうかがう。あるレベル以上になれば、勝負は一瞬。しかし、さきほどからふたりはことごとくお互いの攻撃をかわし、刺しては睨み合い、一向に勝負の行方が見えない状況がつづいていた。

冷えきった真冬の道場だというのに、ふたりの身体を滝のような汗がしたたり落ちる。

じっとふたりの動向から目が離せない審判の茅浪と茅紘も、頬を伝う汗さえ拭えずにいた。

張りつめた空気に動けなくなった蘭生の目の前で、ふたりが組み合う。腕の骨と骨がぶつかりあうような、なんとも嫌な鈍い音がして、蘭生は耳を塞ぎたい衝動に駆られた。

しかし、自分が逃げることは許されない。

まるで金色の獣と黒い獣が睨み合うような、獰猛な空気のなか、蘭生は瞬《まばた》きも忘れて、その光景に見入っていた。

紘輝の胴着の合わせ目から覗く、身体のほとんどを覆い尽くすような包帯の白さが、蘭生の胸を締めつける。

平気なわけがない。痛み止めの効果もとうの昔に切れているはずだ。それなのに、紘輝は怪我などものともせずキースと渡り合い、その強さを見せつけていた。

しかし、ときおりわずかに眉を顰める。

それが、紘輝の体調が完璧《かんぺき》でないことを、唯一蘭生に知らしめていた。

——勝って。

ただひたすら願う。

——勝って、「行くな」ともう一度言ってほしい。

自分勝手な想いだとわかっていながら、しかし、蘭生は願っていた。

もう一度「行くな」と言ってくれたら、そうしたら、今度こそ、素直に頷いてみせる。今度こそ、素直に自分の気持ちを告げよう。

「うぐ……っ」

低い呻き声が聞こえて、蘭生はハッと意識をふたりに向ける。

さきほどまで互角に戦っていた紘輝が、今は防御一方に甘んじていた。

苦しそうな表情から、彼の容態が悪化していることに気づいて、蘭生は思わず身を乗り出す。

——紘輝……っ!?

だが、うしろから史世に肩を掴まれ、止められた。

「ダメだよ」

「でも……っ！」

「あいつがやるって言い出したんだ。それなりの覚悟はできてるはずだ」

「そんな……」

そうは言っても、紘輝の怪我は決して掠り傷などではない。充分に重傷と診断されるべき大怪我なのだ。これ以上無理をしたら、どんな後遺症が残るかしれない。

紘輝はこの道場の跡取りで、将来を嘱望されている武道家で……こんなところで自分のために無理をしていい身体ではない。

「紘輝っ！」

蘭生の声に、一瞬ピクリと紘輝の背が反応したように見えた。ふたりはまた睨み合い状態に入っている。

「勝てよ！　絶対、勝って！　でないとホントにロンドンに行くからな！　もう二度と日本に帰ってこないからな！　おまえとだって、もうこれっきりだからなっ!!　だから——勝ってよっ!!」

自分には何もできなくて、苛立ち、逸《はや》る心が、思わず口をついて出ていた。

ゼェゼェと肩で息をしながらも一気に捲《まく》し立てて、蘭生は紘輝の背を睨む。

目の前の敵を見据えながら、恋人の罵声とも声援とも取れる声に耳を傾け、紘輝は薄く笑った。

「そいつは、困るな」

小さな、呟き。

それにキースが一瞬「?・」と意識を向けた瞬間、紘輝の拳がキースを捕らえた。

ガシッッ!!

骨の軋むような鈍い音とともに、キースの身体が板の間に倒れ込む。したたかに背を打ちつけて、低く呻いた。

そして、静寂。

「一本！」

主審・茅浪が高らかに紘輝の勝利を告げる。

その一声を聞いた瞬間、紘輝は満足げな笑みを見せ、短く息を吐き出した。

滴る汗に濡れながらも輝く、勝利の笑み。

獰猛な光を宿す瞳は、とても怪我人のものとは思えない。

が、すぐにガクリと片膝をつき、その場に頽れてしまった。

「紘輝っ！」

自分も一緒に脱力しかけていた蘭生は、紘輝の様子に慌てて駆け寄る。

抱き起こすと、真っ青な顔で紘輝は浅い呼吸を繰り返していた。触れた手の冷たさに、藺生はギクリと身を強張らせる。

「勝ったぜ」

しかし、自身の身体のことなどかまわず、藺生を見上げると、ニヤリと笑った。

「紘輝……」

そして次の瞬間、糸が切れたように意識を失い、ガクリと藺生の胸に倒れ込んできた。

「紘輝っ!?　紘輝っ!!」

藺生の悲痛な声が道場に響く。

「茅紘！　病院に連絡して！　車出すわ！」

茅浪の指示に茅紘が道場を出てゆく。

「おい！　手を貸せ！」

藺生のうしろから駆け寄った史世が、倒れ込んだものの意識はハッキリしているキースを呼び寄せる。

下がりはじめた体温が、紘輝の容態の悪さを告げていた。

SCENE15

「二度とこんなことしたら、責任持てませんからね!!」

翌日、なんとか容態を回復させた紘輝は、ふたりの姉ともどもこっぴどく医者からお叱《しか》りを受け、病院のベッドに舞い戻っていた。

とはいっても、神妙な顔で医者のお小言を聞いていたのは当の紘輝だけで、ふたりの姉はまさに右から左状態。これくらい肝が据わっていなければ、重傷の弟の脱走に手を貸したりはしないだろう。

その賞賛にも値する豪気さに、看護師たちからも呆れられ、年配の婦長には「男の子は元気なのが一番だけど、でも限界ってものがあるでしょ！」と窘められてしまった。

普段から、ただでさえふたりの姉のパシリ状態の紘輝は、とことん女性には弱く、女医にも看護師たちにも言われっ放しだ。

ムスッとした顔でそれらのお小言を聞き、それでも邪険にすることのできない自分に苛立っている。

「嫌なら追い出せばいいのに」

　蘭生がクスクスと笑いながら指摘すれば、紘輝は「悪いだろ」と短く応えた。

　女医はともかく、看護師たちは、実のところ、このなかなかにハンサムな高校生の入院患者に興味津々なだけなのだ。

　いかにもキツそうなふたりの姉が付き添っているときには怖がって寄りつかないのだが、彼女たちがいなくなった途端に、かわるがわる病室を訪れては、茶々を入れてゆく。

　しかも、昨日一緒に病院に運ばれてきた、美少年が付き添っているとなれば、妖しい話題も花盛りというわけだ。

　よもや自分が目の保養にされ、お茶うけ話のネタにされているなどと思いもよらない蘭生は、かわるがわる訪れる看護師たちにかまわれながら、ニコニコと紘輝の看護のしかたのレクチャーなどを受けている。

　この病院に運び込まれたとき、蘭生の身体がどんな状態にあったのか……その後のドタバタで、当の本人がそこまで頭が回っていないのが、救いだ。

　その白い肌に、紘輝との情事の痕跡《こんせき》を色濃く残したままの状態で蘭生は病院に運ばれたのだ。それがどういう結果を生んだのか……蘭生は気づいていないらしい。

　蘭生が紘輝に笑いかけるたびに、その直後のナースセンターでは看護師たちがピンク色の話題に花を咲かせているだろう事実を、紘輝はどうしても言えないでいた。


「……いいかげん我慢も限界だ」

　紘輝が音を上げたのは、病院に運ばれて三日目。

「限界って……」

「帰る」

「何言ってるんだよ！　寝てなきゃダメだ！」

リンゴを剝いていた蘭生が小さく睨む。かいがいしく世話を焼いてくれるのはいいが、果物ナイフを持つ手つきさえ危なっかしくて、紘輝はハラハラし通しだ。

不恰好《ぶかっこう》なリンゴは、それでも今まで食べたどんなリンゴよりも美味《おい》しく感じられたから、愛情というのは不思議なものだ。

八等分したリンゴの二切れ目を蘭生の手で口へ運んでもらい、紘輝は照れ隠しに憮然とした表情をつくりつつも、半分ほどを齧る。残った半かけらほどを自分の口へ運びながら、蘭生は微笑んだ。

「こうしてるのも、悪くないと思うけど？」

眼鏡の奥の目が、まるで新しい玩具を見つけた子どものような悪戯《いたずら》な色を滲ませる。

たしかにそうなのだが、こう野外の目が煩くては、蘭生といちゃつくこともできない。紘輝にとっては、自分の怪我よりも、そっちのほうが問題だった。

――何とかしてさっさと退院してやる。

熱を測ったり、花瓶の水を取り替えたりと、クルクル動き回って紘輝の看病をする蘭生を眺めながら、紘輝は考えを巡らせていた。


「ほんっとに知らないからな！」

蘭生の罵声を右から左に聞き流し、翌日、紘輝は無理やり退院してしまった。

茅紘の通う大学の付属病院だったこともあって、顔のきく教授に口添えしてもらい、どうしてもと頼み込んで、二日に一度の通院を条件に退院させてもらったのだ。

「大袈裟なんだよ、病院は」

自分で歩いて階段を上り、自室のベッドに横になった紘輝は、飄々とした顔でそんなことを言う。

「よく言うよ。気ぃ失って倒れたくせに！」

蘭生の怒りの双眸も受け流し、紘輝は肩を竦めた。

だが、蘭生が客間から布団を運んでくるのを見て、怪訝な顔をする。

「なんだ？」

「何って……看病するのに泊り込むんだよ。茅浪さんにも頼まれてるし」

「要するにお目付け役ってことか？」

「そーゆーこと」

大袈裟にため息をついた紘輝に、蘭生は楽しげな笑い声を上げる。

官公庁に長い正月休みなどあるわけがなく、茅浪は仕事に行き、茅紘は研究室と大学の往復。

自宅に戻ったところで紘輝の面倒を見られる人間などいないわけで、蘭生が休みの間泊まり込むことになったのだ。

愛息子《まなむすこ》を救ってくれたヒーローに、最近ますますご執心の蘭生の母は、「うちに来てもらえばいいじゃないの～」と残念がったが、やはり自宅でないと落ち着かないからと紘輝が辞退した。

親の監視下では、病院以上に気が抜けない。

しかも、相手があの母親では、容易にバレかねないのが恐いところだ。

いや、すでにバレているような気がしないでもないのだが……。

そして蘭生も、自宅にいたくない理由があった。

「あいつは？」

静かな声で訊かれて、蘭生は戸惑った表情で振り返る。

「明日、帰るって」

「そうか……」

紘輝との戦いに敗れ、キースは約束どおり、ひとりでロンドンに帰ると言った。

「キースは弟みたいなものなんだ。一緒に育って、一緒に遊んで……だから……」

紘輝に対する愛情とは違う、深くやさしい感情。

何があってもそれは消えることはないだろう。

キースの言葉が蘇る。

『好きだよ』

幼馴染なんかじゃない。恋愛対象として蘭生を想っていると、ハッキリと告げたキース。

しかし……。

『返事はいらない。わかってるから。でも、僕は諦めない』

ニッコリ微笑んで、蘭生を病院に残し、帰って行った。


「あいつ、なんて?」

「紘輝の顔見たらまた殴りたくなるからって、お花だけ置いて帰ったよ」

全部を話そうかと迷って、そんなふうに答えた。


でもきっと、紘輝は気づいているはずだ。

――『あの試合。あいつが本調子だったら、僕なんか一発でノされてたよ。あいつは強い。腕っ節だけの問題じゃなくね。ユウが好きになるの、わかるから』

そう言って、すこし淋しげに微笑んで去って行った背中を、蘭生は見送ることしかできなかった。

「見送り、行ってきていい?」

それに頷いて、紘輝は意地悪い笑みを見せる。

「二度と来るなって言っておけよな」

そして、ベッドサイドに腰かける蘭生を引き寄せる。

ふたりはやっと誰に遠慮することなく、深く甘い口づけを交わした。

SCENE16

貪り合う口づけに、欲情を煽られる。

ベッドサイドに手を突いて体重を支え、紘輝の口づけを受けていた蘭生は、突然支えを失って、紘輝の胸に倒れ込んだ。

紘輝が、身体を支えていた蘭生の腕を引き寄せたのだ。

「ちょ…っあぶないっ！」

すんでのところで、紘輝の胸に手をつくことだけは免れたものの、紘輝の腰を跨ぐように胸の上に抱き上げられてしまう。

「だ、ダメだよ！」

怪我を負った身体を気遣い、身体をどけようとした蘭生を、紘輝が引き止める。

「大丈夫だ。この体勢ならおまえの体重は下半身にしかかからないさ」

背中に大きなクッションをいくつも当てて、上半身を少し起こしたような恰好で紘輝はベッドに横たわっている。下半身にとはいえ、やはり全体重をあずけるのは躊躇われた。

「でも……」

言い募ろうとする唇を軽い口づけで塞ぎ、紘輝はやんわりと蘭生を抱き寄せる。

「このままでいてくれ……」

抱き寄せた蘭生の肩口に額をあずけ、ホッと息を吐き出す。

この温もりを腕に抱ける悦びを、紘輝は痛感していた。

当たり前じゃない。

それは奇跡に近い、偶然なのだ。

愛しい存在に、愛される喜び。

「蘭生……どこにも行くなよ」

喉の奥から絞り出すような呟き。

それは、男としての見栄《みえ》も建前も何もない、紘輝の心からの言葉だった。

黒い、艶やかな髪を抱き寄せながら、蘭生は小さく頷く。

「行かないよ。どこにも」

もう、この腕を手放すなんてできないから……。

その言葉に安堵したのか、紘輝は蘭生を抱く腕から力を抜き、かわって大きな両手で蘭生の頰を包み込み、顔を上げさせる。

視界に映るのは、真っ直ぐな、黒い瞳。

翳りのない、偽りのない、澄んだ瞳だった。

その瞳に蘭生を映して、紘輝は言った。

「もう、自分を否定するな」

それに、蘭生の瞳が揺らめく。

「どんなおまえも、俺が愛してやる。おまえが嫌いでも、俺が愛してやる。おまえのすべてに、俺は惚れてるんだ」

その言葉のひとつひとつを嚙み砕き、脳に認識させるのに、恐ろしいほどの時間がかかった。


やっと言葉の意味を理解して、蘭生は紘輝を見つめたまま、動けなくなった。

ほうけたように自分を見つめる恋人に、紘輝はダメ押しをする。

「おまえは俺のものだ」

それは、何度も何度も言い聞かされた言葉。

蘭生の心を甘く痺れさせる、束縛の呪文。

強い瞳に見据えられて、蘭生は動けなくなる。

「嫌がって逃げても、絶対に離さない」

ドクンと鼓動が鳴る。

全身の血が沸騰して、思考は溶けてしまいそうだ。

唇が乾いて、言葉が声にならない。

紘輝の熱い告白に、何か反応しなければと思うのに、蘭生の身体は麻痺したかのように指一本動かせなくなってしまった。

紘輝の大きな手が、紅潮し呆然《ぼうぜん》と固まってしまった蘭生の頰をやさしく撫でる。

途端、弾かれたように、見開いたままだった大きな瞳から、透明な雫が零れ落ちた。

「…ぁ…」

頬を撫でていた手が項に滑り、いまだ固まったまま反応を返せないでいる身体が再び抱き寄せられる。誘われるように、蘭生は瞳を閉じた。

触れる、熱。

数度啄むように口づけられたあと訪れたのは、激しく情熱的な、口づけ。

ただ奪うのではなく、秘めた官能を呼び覚ますような、濃密な口づけだった。

「…ん…っ」

零れる吐息さえ惜しくて、きつくきつく舌を絡め合い、甘い蜜を交わす。

逞しい首に縋って、愛しい男を強く抱き寄せた。

跨った腰に熱い昂りが触れて、蘭生は煽られる。

はしたないと思いつつも、細い腰が揺れはじめるのを、止められない。

背を抱いていた紘輝の手がシャツの上から肌を辿り、さらに熱を高めてゆく。

大きな手に双丘を鷲掴《わしづか》まれて、蘭生の腰が跳ねた。

「ぁ…っ…んっ」

口づけの隙間に、甘い喘ぎが零れる。

シャツのボタンを外されて、桜色に染まった白い肌が外気に触れ、蘭生の背が戦慄いた。脇腹を撫で上げられ、ビクリと肌が粟立つ。

ツンと立った胸の飾りを捏ねられ、背を駆け昇る喜悦に、蘭生の欲望が頭を擡げる。

「紘輝……だ…め…無茶…」

アバラを折っているのだ。この状態で抱き合うのは、自殺行為だ。

しかし、抗う言葉とはうらはらに、蘭生の身体は紘輝の的確な愛撫に煽られ、熱を上げてゆく。今にもしがみついてしまいそうで、蘭生は飛びかける意識を必死に手繰り寄せた。

「これ以上のオアズケのほうが無茶だ」

紘輝は小さく笑って、はだけたシャツを蘭生の肩から落とし、露わになった胸に舌を這わす。そこはもう、ツンと立って、美味しそうに色づいていた。

寛げたウエストから手を差し込み、喜悦に打ち震える蘭生の欲望を刺激する。滑《ぬめ》る蜜の感触に、紘輝は満足げな笑みを零し、蘭生の腰を摑んで膝を立てさせた。

目尻を羞恥に染めながらも、今夜の蘭生は紘輝の行為に従順だった。蘭生の下肢から衣類を抜き去ると、自分もパジャマを脱ぎ捨てる。そして再び蘭生を抱き上げ、自身の腰を跨がせた。

「ひ、紘輝……っ」

蘭生が不安げな声を上げる。

ベッドに横たわる紘輝の身体には、目に痛いほどの真っ白な包帯。上半身を覆うほどにぐるぐる巻かれた包帯を目の当たりにして、蘭生は震える手でそっと胸板に触れた。

「……痛い？」

「大丈夫だ」

「どれくらいかかるの？」

入院初日に病院を脱走し、あまつさえ空手の実戦試合までしてしまったことで、怪我の状態そのものは悪化してるはずだ。

「骨はすぐにくっつくさ」

「ホントに？」

それでもまだ信じようとしない蘭生を安心させてやるため、紘輝は微笑んだ。

「アバラなんて、過去に何回も折ってる。いつもすぐに稽古《けいこ》再開してるんだ。ゆっくり休ませてなんてもらえないからな」

温かくも厳しい姉たちがゆるしてくれないらしい。

「じゃあ、春の大会とかも、出られるね」

やっと納得して、蘭生はそんなことを口にした。

春休みは、夏休みについで学生のスポーツ大会が多く開催される時期だ。

紘輝の勇姿を思う存分見られると、実は密かに楽しみにしていた蘭生だった。

どんなに可愛いと言ってもらえても、男として誇れる体格を持たない蘭生にとっては、紘輝の男らしい肉体は鑑賞に値する。逞しい筋肉が躍動するさまは充分に蘭生をときめかせるのだ。

「おまえが応援に来てくれるんなら、全勝で優勝してやるよ」

本当に怪我が完治するかどうかも怪しいというのに、紘輝はそんな軽口を叩く。

「ホント!?」

それに、大げさに驚いた表情で蘭生が首を傾げた。

「おまえ、信じてないだろ？」

ちょっと拗ねたような声色で紘輝が呟く。

「そんなことないけど……あん…っ」

蘭生の腰を抱き寄せていた紘輝の手が下がり、双丘の狭間を割り開く。悪戯な手が、硬く閉じた襞をこすり上げて、蘭生は背を撓らせた。

「信じるか？」

艶めいた声に耳朶を擽られて、蘭生はビクリと首を竦める。そして、コクコクと首を振り、紘輝の首にしがみついた。

「信じる…からっ……やぁ…っ」

突然、濡れた感触がして、蘭生は肌を粟立《あわだ》てる。

自然に潤うはずもなく異物の侵入を固く拒んでいた秘孔に、紘輝の濡れた指が差し込まれる。経験のない感触に、蘭生は不安げな声を上げた。

「や…なに…っ？」

「ジェルだ。変なクスリとかじゃないから安心しろ。今日はじっくり濡らしてやれないからな。これで我慢してくれ」

いつの間に用意したのか、サイドボードから潤滑剤を取り出し、たっぷりと蘭生の秘部に塗りつけ、掻き回す。

クチュリと濡れた音が耳に届いて、羞恥が蘭生の背筋を駆け昇る。

「やだ…冷た…っ」

「すぐに熱くなるさ……おまえの中が熱いからな」

淫猥《いんわい》な言葉を囁かれて、ただでさえ上気した蘭生の頬に、さっと朱が差した。

いつもは、前やうしろを散々弄られ、喘がされて、意識が朦朧としてからされる慣らす行為を、今日ははじめの段階でされているのだ。クリアな意識が蘭生の羞恥を倍増させ、ぎゅっと閉じた瞼と長い睫が、せわしなく震える。薄く開いた唇からは、熱を孕んだ吐息が次々と零れ出た。

「やだ……もう、いい…から…っ」

無理やり挿入されたところで、蘭生の身体は結局、紘輝を拒めない。最初はいくらか苦しくても、傷つくこともなく紘輝を受け入れ、やがて馴染んでゆく。

だが、そんなことは百も承知で、紘輝は意地悪く真摯《しんし》な男を演じてみせる。

決して傷つけたりしないと。

ただ身体の一番深いところで愛したいだけなのだと、蘭生の脳に刻みつけるように。

「いいわけないいだろ。明日起きられなくてもいいのか?」

少し笑いを含んだ言葉に、蘭生はプルプルと頭を振り、縋っていた紘輝の二の腕に爪を立てようとする。だが寸前で紘輝の怪我を思い出して、かわりに逞しい首に縋った。

少し膝を立てた体勢で紘輝の腰を跨ぎ、秘孔を弄られる恥ずかしさは、今までにされたどんな行為よりも蘭生の羞恥を煽った。

と同時に、異常なほどの興奮が、蘭生の思考を霞《かす》ませる。

うしろを長い指に穿たれ、前を大きな手に握り込まれて、蘭生は無意識に腰を揺らす。

「あ…はぁ…っ」

ジェルの助けを借りて潤み、熱を孕みはじめた秘孔は、やがて紘輝の指に絡みつき、淫らに蠢きはじめた。

「蘭生の中、柔らかくて、すごく熱くなってる」

「や…ぁ…っ」

辱める言葉に煽られ、眦に涙を溜め、髪を振り乱して切なさを訴える。

「俺も……おまえが欲しくて……ヘンになりそうだ」

耳元に囁いて、耳朶に歯を立てる。ガクンと蘭生の膝が崩れ落ちた。

「あぁっっ！」

蘭生の腰の下で天を突いてそそり立っていた紘輝の欲望が狭間に触れ、その熱さに細い背が撓る。

内部を弄っていた指が抜かれ、口寂しさに秘孔が伸縮しようとした瞬間、蘭生の腰が支えられ、猛った欲望が蘭生の秘孔を捉えた。

先端だけが、そこに当たる、生々しい感覚。

太腿の内側の筋肉がピクピクと痙攣《けいれん》する。膝がガクガクと震え、今にも崩れ落ちてしまいそうになるものの、しかし、蘭生はそのまま動くことができないでいた。

「いや…ぁ…っ」


安心させるように、紘輝の大きな手が蘭生の背をさする。しかし、蘭生はただただ頭を振って、涙を散らすばかりだ。

「大丈夫だから。そのまま足の力を抜くんだ」

紘輝がやさしく囁いても、羞恥と未知の体験への恐怖とで強張った身体は、どうすることもできない。

しかたなく紘輝は、項垂れかけた蘭生の欲望に指を絡め、きつく扱き上げた。

「あぁ…っ！」

身体が弛緩した瞬間を狙って、紘輝は支えていた蘭生の腰から手を離す。

「ひっ……あ、あぁぁ――――っ！」

散々慣らされ、濡れそぼった秘孔に、紘輝の欲望がズブズブと呑み込まれてゆく。自重でいきなり深い場所まで貫かれて、蘭生は白い喉を仰け反らせた。

腹につくほどに反り返った蘭生の欲望からは、止めどなく蜜が溢れ、萎えることなく新たな蜜を滴らせる。

いきっぱなし状態で意識の朦朧《もうろう》とした蘭生の腰を摑み、紘輝が揺する。やがて言葉にならない嗚咽を迸らせながら、蘭生は自ら淫らに腰を揺すりはじめた。

「あ…あぁ…はっ…んんっ」

最奥まで紘輝自身を咥え込み、激しく腰を振り立てる。紘輝の手によって上下の動きを加えられると、今度は自らギリギリまで抜き去り、一気に腰を下ろして貫かれる快感に酔いしれる。

自分の一番感じる場所を探して、淫らに細い腰を揺らしつづける恋人の痴態に、紘輝の欲望も頂点へ向けて昂ってゆく。

「蘭生…綺麗だ……」

紘輝の首にしがみつく蘭生の耳朶を食《は》みながら、艶めいた声が落とされる。

ゾクゾクと肌を粟立たせる快感に犯され、感極まったか細い悲鳴を上げて、蘭生は欲望を弾けさせた。

「ひぃ……あ…あ…あぁ――――――っ！」

と同時に襲った激しい締めつけに、紘輝もまた蘭生の中へ熱い飛沫を叩きつける。

愛しい男の情欲が中を駆け昇る快感に、蘭生は今一度身体を痙攣させ、白い太腿が紘輝の腰をぎゅっと締めつけた。

「紘輝…や…ぁ…っ」

いつも以上に激しい絶頂感に、敏感になった蘭生の肌は、触れるだけでも新たな喜悦を訴える。

鎖骨を擽るように辿る悪戯な唇に、蘭生は切ない吐息を零す。

紘輝の腰を跨ぎ、その昂りを深く咥え込んだままの状態で、繋がりを解くことも許されず、蘭生は戦慄く身体を持て余しながら、紘輝の口づけを受けていた。

受け入れたままの紘輝の欲望は、萎えることなく、さきほどからずっと蘭生を苛みつづけている。

その貪欲さが、紘輝が自分を求めている証だと思うと、不思議とその熱さも硬さも巨さも、すべてを愛しいと思うことができた。

蘭生自身も、やはり中を犯される快感に、透明な蜜を零しながら悦びにうち震え、再び頭を擡《もた》げはじめている。

自分の身体がひどく淫らに感じられて、蘭生は羞恥に顔を背けた。

「感じやすいな、蘭生は」

耳朶を擽る笑いを含んだ声に、蘭生の頬に朱が差す。

消え入りたい衝動に駆られる蘭生を、紘輝はますます追いつめる。

昼は淑女、夜は娼婦《しょうふ》。

どこかで聞いた陳腐なセリフに当てはめて、わざとらしく羞恥を煽る紘輝を、蘭生は泣きそうな顔で睨みつけた。

だが、そんな顔も男心をそそるばかりで、なんの効果もない。

事実、蘭生の中を苛む紘輝の灼熱《しゃくねつ》が、ドクンと戦慄いて巨きさを増し、いっそう蘭生を切なくする。

「怒るなよ。誉めてるんだ」

少し上ずった、欲情を孕んだ牡《おす》の声色。

「う…そ……そんなの…は…ぁっ」

胸を喘がせながらも、蘭生は果敢に紘輝に食ってかかる。

しかし、ジクジクと熱を孕んで淡い喜悦を生み出すだけの繋がりは、敏感になった肌には拷問以外のなにものでもなく、蘭生は白い爪先をシーツに滑らせた。

乱暴でもいい。

酷くしてもいい。

激しく貫いてほしい。

我を忘れるほどに、めちゃくちゃに奪ってほしい。

紘輝だから……何をされてもかまわない。

そんな淫らな思考に支配されて、焦れた蘭生は、とうとう自ら快感を求めて腰を蠢かした。

「あっ…は…あぁっ!」

熱い昂りが内部を抉り、そこから濡れた音が聞こえて、蘭生はますます煽られる。

逞しい欲望に貫かれて、悦び、腰を振り、淫らに喘ぐ自分を思えば、消えてしまいたいほどに恥ずかしい。

なのに、自分のなかから生まれてくる羞恥も快感も、すべてが紘輝によってもたらされたものだと思ったら、不思議と全部許せるような気がした。

「紘輝……大好き……」

「蘭生……」

しゃくりあげるように、喘ぎの隙間に零れる、本心。震える背を支えながら、紘輝はその先を促すように濡れて赤く腫れた唇を舐めてやる。

「も…はなさな…で…」

喧嘩しても、不安に駆られても、必ず抱き締めていて。

いつでも「愛してる」と囁いて。

そうしたらきっともう、何も怖いものなどないはずだから。

「放すもんかっ。一生俺に縛りつけて、嫌だと言っても逃がさないっ！」

束縛の言葉。

がんじがらめにされる、快感。

これからもきっと、ことあるごとに蘭生は不安に駆られ、自信を失くし、自己嫌悪に陥り、泣きたいほど後悔して、それでもそんな自分と真正面から向き合って、少しずつ自分を愛せるようになっていくのだろう。

そんな蘭生だからこそ、曖昧な愛情なら要らない。寛容な愛情も、不安にさせるだけ。

根こそぎ奪い、絡めとり、息苦しいほどに愛情という名の鎖で縛りつけるような、束縛に近いほどの激情こそが、蘭生には必要なのだ。

愛されている。

求められている。

それを、常に実感できる、愛のカタチ。

それこそが、蘭生に必要なものなのだ。

そんな激しい感情を、常に与えつづけられる存在など、ほかにはいない。すぐに息切れを起こし、長つづきしないのが目に見えている。

だが、紘輝は違う。

持って生まれた激しい気性を、武道で培った精神力で押さえ込んでいるものの、その本質は野生の獣だ。

狩る本能。

射抜く瞳。

持って生まれた王者の資質。

それらすべてで蘭生を捕らえ、放さない。

毒のような激情は、いつしか甘い歓喜へとすりかわり、その癖になるような甘美さに、もうほかの何でもかわりはきかなくなってしまうのだ。

「紘輝っ…紘輝……っ」

うわごとのように愛しい名を呼びながら、蘭生は再び絶頂の波に攫われる。

「蘭生っ」

「あ…あぁっ」

ゾクゾクと背を駆け昇る恐ろしいほどの快感。ひときわ激しい波が押し寄せてきて、蘭生は白い喉を仰け反らせ、白濁を撒き散らした。

そして、紘輝もまた、搾り取られるように、蘭生の中に欲情のすべてを注ぎ込んだ。

エピローグ

「何の真似《まね》だ、これはっ」

　腕組みをして憤然と不満の声を洩らす紘輝の目の前には、白胴着に黒袴姿の、蘭生。

「合気道、教えてもらってるんだけど」

「そんなものは見ればわかるっ！」

「何怒ってるんだ？　リハビリなら静かにやりなよ」

　史世と紘輝の仲も誤解だったことがわかり、今まで以上に紘輝の愛情を確認した蘭生は、ここへきてなんだか生き生きとしはじめた。


　蘭生が紘輝と史世の仲を誤解していたことを告げると、ふたりは唖然とした表情《かお》で「そりゃーあんまりだ」と眉を顰めて嫌がった。


　――そんなに嫌がらなくても……。

　睨み合うふたりを眺めながら、蘭生自身、なぜこのふたりに対してそんな誤解を抱いてしまったのだろうかと、今さらながら自分に呆れてしまったほど、ふたりは火花を散らしていた。

「こいつが頼りないから、わざわざこの僕が今日の蘭生はあんなでこんなで…って報告してやってさ。ホント、よくできたナイトだよ」

　嫌味たらたらで言う史世に対して、

「電話で済む話をわざわざ呼び出したりするから要らぬ誤解を生んだんじゃねーかっ」

と、紘輝が返す。しかし、

「おまえの嫌がる顔を見るのが楽しくてやってんのに、電話じゃ意味がないだろうがっ」

　などと平然と言われて、とうとう紘輝は黙ってしまった。

　どんなにイビられても、蘭生をこの腕に抱けるのであれば、紘輝にとってはこの際どうでもいいことなのだ。

そんなふたりを見ながらコロコロと笑う蘭生は、以前はどこか相手の反応をうかがうように発していた言葉のひとつひとつから翳りが消え去り、表情も明るさを増したようだった。

蘭生が活発になるのはいいことだが、しかし、なぜ合気道など習いはじめなくてはならないのか。紘輝は納得がいかない。

「蘭生くん、なかなか筋がいいわよ。運動神経は悪くないみたいね」

師範を務める茅浪に基礎の基礎から習いはじめた蘭生は、楽しそうに稽古に励んでいる。

だいたい、自分の看病をするためにこの家にいるはずの蘭生が、自分の側を離れ、姉たちと仲良くしているのが、どうにもこうにも気に食わない。

四六時中一緒にいて、ベッドの上でいちゃいちゃできると踏んでいた紘輝にとっては、大きな誤算だった。

余計なお邪魔虫が消えたと思ったら、思わぬところに伏兵がいたものだ。

紘輝が無理やり退院した翌日、キースは母と祖父の待つロンドンへと帰って行った。

見送りに行った蘭生に、

『きっとまた会いにくるから』

と言い残して。

弟のようにしか思えないと、正直な気持ちを告げた蘭生に対しても、キースはそれでかまわないと笑った。

『あいつに飽きたら、いつでも僕のところにおいでよね』

そう言って、攫うように口づけて搭乗ゲートへと消えて行った金髪の後ろ姿は、幼いころの面影を残したまま蘭生の記憶に刻み込まれた。

もう、ロンドンにいたころの自分を羨むことも、今置かれた環境を嘆くこともない。

蘭生は、今ある自分を愛そうと、心に決めたのだから……。


「蘭生！　飯は!?」

姉たちと楽しげに過ごす蘭生を傍目《はため》にイライラと言う紘輝に対して、蘭生の反応は実に冷たいものだった。

「自分でやりなよ。もう起きられるんだろ？　だったら紘輝のほうが上手いじゃないか」

紘輝が起き上がるのも困難だったうちは、蘭生もほとんどできもしない家事に四苦八苦しながら、それでもかいがいしく紘輝の世話を焼いていた。しかし、やはり自分には家事一切……特に料理の才能はないらしいと自覚したようだ。


だからといって、この態度もないだろう？　つい昨日まで重傷だ大怪我だと騒いでいたくせに。

「……なんだよ、ひとりで食えって？」

拗ねたように口を尖らせた紘輝に、蘭生はニッコリと微笑んで言った。

「僕、お昼はクラブサンドがいいな。あとクラムチャウダーもね」

可愛い恋人のリクエストに、紘輝の機嫌も直りはじめる。

「わかった。三十分したら終わらせて来いよ」

最近自分で補充していない冷蔵庫の中味に多少の不安を覚えつつも、紘輝は久しぶりにキッチンに向かった。

蘭生に言われるままにいそいそと道場を出て行くデカイ図体の弟の後ろ姿に、姉はゲンナリとため息をつく。

――カンペキに尻に敷かれてるじゃないの。

それでもたったひとりの弟が幸せなら、それもいいかと納得してしまうのが、この姉の凄いところだった。

「なんかもう、カンペキに主導権は藺生くんのものってカンジね」

苦笑気味に言った茅浪に、藺生はさっと頬を赤らめる。

「そ、そうですか?」

「強面のドーベルマンもシェパードも、飼い主にはかたなしってカンジよ」

ドーベルマン?

シェパード?

今まで紘輝に対して、狼だとか黒豹《ひょう》だとか、野生の獣のイメージを持っていた藺生は、茅浪の喩《たと》えに絶句し、そして思わず吹き出してしまう。

「警察犬なみに従順だわね。藺生くん、ドッグトレーナーになれるわよ、きっと」

可愛い弟をけちょんけちょんに言う姉の言葉から、底知れぬ愛情を感じ取って、藺生は久しぶりにお腹の底から笑った。

「見た目に騙されちゃダメよ。あいつはただの甘えたがりの末っ子なんだから」

藺生への異常なほどの独占欲も拘束も、自分が甘えたいだけ、自分の宝物を誰かに取られるのが怖くて牽制しているだけなのだと、姉は諭す。

ひとりっ子の藺生と違い、母は亡くともふたりの姉にめいっぱい可愛がられて育った紘輝なのだ。言われてみれば当然で、藺生ははじめて紘輝を可愛いと思ってしまった。

そうして、見る角度を変えてみれば、ものごとは違った色合いでもって藺生の視界に飛び込んでくる。世界が色を変える瞬間。

藺生は、今まで自分のなかに溜まっていた、いろいろな蟠《わだかま》りや不安要素など、さまざまな感情が、色を変え、その在り方を変え、すべてがプラスへと変化しはじめるのを感じて、ふっと笑みを零す。

世界はこんなに素晴らしい。

人はこんなにも温かく、やさしい。

そして自分も……。

今ここに在る自分を愛していることに気づかされる。

紘輝を愛し、紘輝に愛され、紘輝と出会ったことによって広がった世界。

「じゃあ、あともうちょっとだけやったらお昼にしましょ」

茅浪の言葉に頷き、蘭生は袴の帯を締め直した。


「なぁ」

「ん――？」

「なぁって」

「まだダメ」

冬休みはもう明日を残すのみ。思う存分いちゃつく機会は今晩しかないというのに、蘭生は生返事しか返してこない。

なぜだか急に武道に興味を持ってしまった蘭生は、茅浪に借りたアルバムを捲りながら、紘輝の過去の戦歴を眺めていた。

幼いころから数々の武道大会で優勝している紘輝の部屋には、楯やらトロフィーやらメダルやらが所せましと飾られている。紘輝自身はそういったものに全く興味がないらしいのだが、捨てようにもしまおうにも、姉たちが許してくれないらしい。

さらに、出場した大会の数だけあるというアルバムの山。そこに収められたプロ顔負けのスチール写真には、汗を飛ばしながら戦う紘輝の勇姿が写っている。今は日本にいない紘輝の父が撮ったものだと聞いて、蘭生は驚いた。

まるで、アイドルの写真集なみのクオリティのアルバムのほかにも、デジカメやデジカムのデータカードなどなど、紘輝がいかにこの家庭で愛されているかがうかがえる。

そういえば紘輝の父親の話を聞いたことがないことに気づく。だが尋ねるのはやめた。

一緒に過ごす時間が長くなれば、きっと紘輝のほうから話してくれる日がくるだろう。

そのときを、ゆっくりと待てばいい。

ふたりに与えられた時間は、飽きるほどあるのだから。

「すごいよねー、こんなにいっぱい」

中学時代の紘輝の写真を眺めながら感嘆の声を漏らした蘭生に、紘輝が拗ねた声で応える。

「おまえだって、山のようにあるだろ？」

蘭生をうしろから抱きかかえるように腰に腕をまわし、薄い肩に顎を乗せて蘭生の興味が自分に移るのを待っている。

その姿に、道場での茅浪の言葉を思い出し、蘭生はクスクスと笑いを零した。

――たしかに、でっかい犬に懐かれてるみたい。

「なんだ？」

突然笑いはじめた蘭生を訝って、紘輝がぐぃっと腰を引き寄せる。完全に胡坐の上に座らされる恰好になって、蘭生は抱き込まれた胸に頰をすり寄せた。

「なんでもない」

「なんだよ、言えよ」

「なんでもないって」

あくまでも口を割らない蘭生に焦れて、紘輝はその細い身体を拘束しようと手を伸ばす。――が、さっとかわされてしまった。

「……？」

「やった、できた！」

今日、茅浪に習ったばかりの一番簡単な防御法だ。紘輝の大きな手をすいっとかわしてみせて、蘭生は手を叩き満面の笑みを零した。

「おい……？」

簡単な技なのだから、一回かわされたところで、紘輝にとってはなんでもないことだが、しかし、蘭生が突然合気道などを習いはじめたその理由になん

となく思い当たって、紘輝は眉を顰めた。

そんな紘輝に、藺生はビシッと指差し、艶然《えんぜん》と言ってのける。

「今度無理やりヤろうとしたら、投げ飛ばすからな！」

実際問題、どんなにがんばって稽古したところで藺生が紘輝を投げ倒すことなどできはしないだろうが、しかし、紘輝は思いがけない反撃に遭って、言葉を失くした。

「いい？　わかった？」

つめ寄る藺生に、コックリと頷いてみせる。

その反応に気をよくして、藺生は自分を抱き寄せる胸に、素直に身を任せた。

紘輝が薄い肩に腕をまわして引き寄せると、今度はすんなりと広い胸に倒れ込む。

だが、完全に体重をあずけてはいない。完治しきらない紘輝の身体を気遣って、できる限り負担がかからないように気遣っている。

「そんなに気にしなくても大丈夫だぞ」

そう言って胡坐を掻いた自分の腰を跨ぐように藺生を座らせると、向かい合わせにピッタリと胸を合わせ、桜色の唇にそっと口づけを落とした。


心を通わせ、思うままに身体を繋ぎ、とめどなく溢れる愛情を交わし合う。

ふたりを繋ぐのは、愛情と言う名の鎖。

愛情という名の、甘い束縛。

TO BE CONTINUED?

そして、お話はまだ終わらない。

ラヴラヴハッピーエンドになるはずだったコトの顚末は、しかし、あらぬ方向へと転がりはじめた。

「やぁ！　おはよう！」

三学期の始業式。

ふたり揃って登校した蘭生と紘輝が見たものは、ふたりと同じ制服に身を包んだ、金髪碧眼の、青年。

「紘輝、怪我は平気かい？　蘭生、今日も可愛いね」

呆気にとられるふたりを尻目にニッコリと微笑み、そして、さっと掠め取るように、蘭生の頰にキスを落とす。

「キ、キース!!」

「てめぇ……っ！」

数日前、たしかにロンドンに帰ったはずのキースが制服を着て校門に立っている。

これは……つまり……。

「今日からここの一年生だよ」

「なんだと！」

蘭生より早く反応したのは紘輝だった。

「よろしくね、蘭生。こんなケダモノ早く捨てて、僕のところへおいでよね」

「え…えぇ…っ!?」

何を言ってよいやらわからずしどろもどろになる蘭生の横で、紘輝が拳にぎゅっと力を込めるのを察知して、キースが身を翻す。

「じゃ、校長室に呼ばれてるから行くね。帰りは一緒に帰ろうね！」

ウインクひとつ残して去って行く金髪の後ろ姿に、

「てめぇひとりで帰りやがれっ！」

と悪態をつき、紘輝は蘭生の肩を抱き寄せる。

——あぁ、もうっ。

蘭生の所有権を主張して、キースに吠えかかっていた紘輝の視界には、校舎の窓に鈴なりの学生たちの姿は、映っていないようだった。

——また騒ぎになるじゃないか。

例のクリスマス感謝祭の事件でさえまだ記憶に新しいというのに……これ以上全校生徒の注目の的になってどうするっ！

と自分に突っ込みながら、蘭生は大きなため息をついた。


チャイムが鳴る。

一斉に捌けはじめた生徒たちの姿に、蘭生と紘輝も慌てて校舎へ駆け込む。

まだまだ何やら一悶着《もんちゃく》ありそうな気配に内心十字を切ったのは、蘭生だけではなかったに違いない。

思い出

階段の踊り場で、躓《つまず》いた。

けれど、うしろから伸びてきた屈強な腕が、よろめいた薗生《ゆう》の身体を支えてくれる。ついでにズレ落ちかけた眼鏡もすんでのところで受け止めて、かけなおしてくれた。

「大丈夫か？」

抱えていた荷物で、足元が見えなかったのだ。

「ん……平気だよ」

薗生の手に余る荷物を自分の腕に抱え、紘輝《ひろき》はフラつく腰を抱き寄せる。

女の子じゃないのだから、あまり気をまわしすぎても薗生のプライドを傷つけるだろうと好きにさせていたのだが、やはりはじめから持ってやるべきだったと、紘輝は内心ひとりごちた。

「大丈夫だよ？　ひろ……っ」

腰を支える腕が離れないのを訝《いぶか》った薗生が顔を上げると、そうと判別できないほど至近距離に、紘輝の精悍《せいかん》な顔があった。

そして、唇に温かいものが触れる。

「ん……っ」

そろそろ夕日に染まろうかという午後の陽射《ひざ》しのなか。ふっと浮かんだ過去の記憶に引きずられ、薗生は口づけの途中で瞼《まぶた》を開けた。

「……なんだ？」

問われて、薗生は口ごもる。視線を落として、言葉を探した。今、自分を抱いている腕が愛情溢《あふ》れるものであることに、きゅっと胸を締めつけられるような切なさを覚える。

「……前にも、同じようなこと、あった」

ポツリと呟《つぶや》くように返した言葉に、紘輝がほんの少し苦い顔をした。

忘れてはいない。

紘輝にとってもそれは、大切で温かくて、しかし後悔せずにはいられない思い出だ。

あれは、春。

役員になって、まだいくばくも経たないころのこと。


慣れない生徒会役員としての仕事に四苦八苦して、蘭生は連日寝不足だった。

階段でよろめいたのも、手に抱えた書類で足元が見えなかったこと以上に、寝不足でなんとなく頭が重く、身体がだるかったことのほうが大きな要因だった。

「……っ!?」

足を滑らせたのは、階段の上部。そのまま落ちたら、かなりヤバイ。

咄嗟《とっさ》に手摺《てすり》を摑《つか》もうと手を伸ばす。だがその寸前、手摺を摑む前に、蘭生の身体は何かたしかな存在に抱きとめられていた。


——……え?

それが、人間の腕であることに気づき、誰《だれ》かがうしろから抱えるようにして自分を助けてくれたのだと理解する。

「あ、ありが……」

体勢を整え、礼を言おうとした蘭生は、しかしそれを遮るように耳元に落とされた低い声に、ギクリと身を強張《こわば》らせてしまった。

「……気をつけろ」

——……安曇野《あずみの》!?

「……あ……」

声の主が、犬猿の仲である紘輝だとわかって、出かかった礼の言葉が途切れてしまった。

固まる蘭生をよそに、紘輝は腕のなかの不安定な身体を支えて階段の踊場に座らせ、ずれた眼鏡をなおしてくれる。それから、階段下まで散らばった書類を拾い集めはじめた。

「あ……い、いいよ……」

紘輝の手を煩《わずら》わせることに気が引けて、止めようと立ち上がったとき、右足首に激痛が走った。

「い……っ」

呻《うめ》いて蹲《うずくま》り、動けなくなってしまった蘭生の傍らに、集め終わった書類を手にした紘輝が歩み寄ってきて、片膝《かたひざ》をつく。

「捻《ひね》ったのか？」

「たいしたことな……っ」

返す言葉は、怪我《けが》の程度を調べようと伸びてきた手に足首を触られたことで、途切れた。

「腫《は》れはじめてるな。冷やしたほうがいい」

さすがに武道家というべきか。

瞬時に蘭生の怪我の程度を見切って、淡々と言う。その抑揚のない声音からは、呆《あき》れているのか怒っているのか、蘭生には判断がつかなくて、つい首を竦《すく》めてしまった。

「平気だからっ。ほっといてくれていいっ」

乱暴にその手を払い、自力で立ち上がる。


階段の手摺に体重をあずけて身体を支え、それから渡された書類を抱えた。

礼を言わなくちゃ……と心の隅で思うものの、かたくなな唇は動いてくれない。

役員に就任してからずっと、紘輝にはつっかかられている。「なぜ？」とも聞けない理不尽さに、蘭生の気持ちも煮つまっていた。

自分の態度を責める心の声に耳を塞《ふさ》ぎ、チクチクと痛む胸を押さえて踵《きびす》を返す。そのまま階段を下りようとして、再び動けなくなってしまった。

捻った足首が痛い。

想像以上に。

紘輝がいなければ、ポケットのなかの携帯電話で史世《あやせ》に連絡するところだが、紘輝の前でそれをするのも、なんだか躊躇《ためら》われる。

どうしようかと途方に暮れていると、うしろから小さなため息。呆《あき》れの滲《にじ》むそれに、蘭生はますます振り返れなくなってしまった。

――放っておいてくれていいのにっ。

「――ったく」

毒づく声がすぐうしろで聞こえて、「え？」と思ったときには、身体が浮き上がっていた。

「――っ!? あ、安曇野!?」

「歩けないんだろうが」

「……っ」

図星を指されて、言い返すこともできない。

蘭生の抱えた書類ごと痩身《そうしん》を腕に抱き上げて、紘輝は悠然とした足取りで階段を下りていく。その腕は力強く、不安定さなど微塵《みじん》もなかった。

保健室に辿り着くと、紘輝は勝手にキャビネットを開けて、湿布薬と包帯を取り出す。

その行為を咎《とが》めようとして、しかしやめた。ここの主である澄田《すみた》教諭の姿は見えない。

「自分でやるから」

訴える声が聞こえているのかいないのか、言葉は返されない。かわりに、蘭生の上履《うわば》きと靴下を脱がせると、腫れた足首に指先を這わせてきた。

「……っ」

「ここ、か」

優秀な武道家なら、肉体構造の知識もあるのだろう。

自身の健康管理や怪我の処置くらいできなくては、スポーツマンなどやっていられない。

湿布薬の上からテーピングで足首を固定して、包帯を巻く。その手際のよさに蘭生が見惚《みと》れている間に、処置はすんでしまった。

ここまでされてしまったら、蘭生も礼を言わないわけにはいかない。

「あ、ありがと……」

決死の覚悟で告げた礼の言葉は蚊《か》の鳴くような声。それにも返される声はなくて、蘭生は肩透かしにあった気持ちに駆られた。

その傍らで、紘輝は慣れた様子で使った包帯などをしまい、保健室の利用者名簿を開いて学年と名前、怪我の内容などを記入する。

それから、蘭生のもとに戻ってきて、痩身を再びその腕に抱き上げた。

「……え？」

「病院行くぞ」

「そ、そんな大袈裟《おおげさ》な」

「筋を切ってるかもしれん。骨にヒビでも入ってたらどうするつもりだ」

大真面目に言われて、蘭生は言葉を返せない。

それどころか、ドクドクと煩《うるさ》く脈打つ心臓が口から飛び出しそうに跳ねている。

やさしくされたのははじめてのことで、戸惑うばかり。どう反応していいやら、まるでわからない。

降り積もる沈黙が苦しくて言葉を探すものの、みつからない。

しかも、間近に真摯《しんし》な眼差《まなざ》しを見とめた瞬間、蘭生は理解のできない感情に囚《とら》われて、そのまま固まってしまった。


それでも懸命に口を開こうとしたそのとき、緊張を帯びた場の空気を引き裂くように、軽快なメロディが流れた。

携帯電話の着信音だ。

——この音は……。

史世からだ。すぐにわかるように自分で設定したのだから、間違いない。

しかたないなという顔で嘆息して、紘輝が蘭生を下ろす。椅子に座らされて、ホッと安堵《あんど》の息をつき、ポケットから携帯電話を取り出した。

『蘭生!?』

思ったとおり、相手は史世。

なかなか生徒会室に戻ってこない蘭生を心配したのだろう。どうしようかと躊躇ったものの、足を捻《ねん》挫《ざ》して保健室にいることを告げると、『すぐ行くから』と通話は切られた。

その様子を黙って見ていた紘輝が、おもむろに背を向ける。

「……安曇野……？」

「あいつが来るんなら、邪魔だろ？」

「え……？　あの……」

蘭生の返事など端から期待していないのか、紘輝はそのまま保健室を出て行ってしまった。

「安曇野……」

たった今まで自身を包み込んでいた、温かい腕の感触。肌に残っていた熱が冷えていくのを感じて、蘭生は言いようのない淋《さび》しさに襲われる。

史世が蘭生を迎えにきたのは、それから五分ほどしてからのことだった。


「あのとき、ホントはすごく嬉《うれ》しかった」

紘輝の背に腕をまわしながら、蘭生がうっとりと呟く。

書類を職員室に届け、生徒会室に戻ってきて、ほかの役員がいないのをいいことに、いわゆるイチャイチャモード。応接セットのソファに腰を下ろした紘輝の膝の上に抱き上げられるといういつもの恰好《かっこう》で、広い胸に頬《ほお》をうずめる。

そんな蘭生をぎゅっと抱き締めて、紘輝は小さな笑いを零《こぼ》した。

「ずいぶんな態度だったと思ったけどな」

「……っ！　それは……だって……」

「俺《おれ》も、おまえを責められた立場じゃないが」

紘輝の言葉に、蘭生が「？」と首を傾げる。

「あのとき、あいつがケータイ鳴らさなかったら、病院行く前に、押し倒してたかもしれない」

「……っ!?　そ、そんなこと考えてたのかっ!?」

信じられない！　と毒づいて、紘輝の胸を押し退《の》ける。しかし許されず、広い胸にぎゅっと抱き込まれてしまった。

「筋切ってるかもとか、骨にヒビが入ってるかもとか、もっともらしいこと言ってたくせに！」

あのとき、紘輝の真摯な眼差しにときめきを覚えた自分はいったいなんだったのかと、ちょっと情けなくなってしまうではないか。

「しかたないだろ？　あんなふうにおまえに触れたの、あれがはじめてだったんだ」

健全な青少年なのだ。薄いシャツ越しに感じる体温に欲情を刺激されたとしても、責められる謂れはない。むしろ正常な反応だ。

「そーゆー問題じゃないと思うんだけど」

不満げに頬を膨《ふく》らませ、冷ややかな眼差しを送って、不埒《ふらち》な恋人を責める。

「そういう問題だろ？」

しかし紘輝は怯《ひる》まない。それどころか余裕の顔で、ますます藺生を困らせることを言い出した。

「俺は、おまえの一挙手一投足に煽《あお》られてたぞ。毎日」

「……何？　それ？」

「拗ねて眉根を寄せた表情とか、悔しそうに唇を噛《か》み締める仕種《しぐさ》とか。怒ると白い肌がうっすらと朱に染まって……うぐっ」

言葉は途中で止められた。

藺生が、両　掌《りょうてのひら》で紘輝の口を塞いだのだ。

「やっぱ考え直す！　こんなヤツだなんて、知らなかった！」

呆れの滲む怒った声で言って、サッと抱き上げられた膝から下りてしまう。そして、執務机に置いた鞄に手を伸ばした。

だが、ドアに足を向ける前に、うしろから伸びてきた腕に抱きとめられてしまう。

「放せっ」

「放さない」

ぎゅっと逞《たくま》しい腕に抱き竦められ、項《うなじ》に唇の感触。じゃれつくような、淡いキス。

「そ、そんなとこ……見えるっ」

身を捩《よじ》って逃れようにも、体格差はいかんともしがたい。

「学校中にバレてるんだ。いまさら隠す必要なんかない」

「な……っ！　だから、そーゆー問題じゃないって……っ」

いくらバレバレであったとしても、そういう行為の痕跡《こんせき》を見せびらかす必要などないはずだ。

史世に踊らされた結果、藺生を狙うオオカミの大部分は撃退できたが、隙《すき》を狙う命知らずがいないとも言いきれない。危険を回避するためにも、所有権は可能な限り主張しておきたい。

そんなことを考える、恋に溺《おぼ》れた男の思惑《おもわく》など、恋愛に関して初心《うぶ》で、いささか鈍いところのある藺生に気づけるはずもなく……。

「俺のものって、印だ」

「ばかっ、そんなものつけなくたって……」

「考え直すって言われたばっかりだからな」

「そ、それは……」

——冗談なのにっ。

「今さら嫌がったって、ダメだからな」

「……紘輝……」

拘束する腕の力が強まって、藺生は胸の奥がジンワリと温かくなるのを感じた。

背後の紘輝に、請《こ》う。

「腕、解いてよ」

しかし、力強い腕は、緩まない。

小さく嘆息して、藺生はその腕にそっと指先を這わせた。

「顔が見えないんじゃ、僕が本当に怒ってるのかも実は拗ねてるのかも、わかんないだろ？」

ごもっともな指摘に、紘輝はやっと腕の力を緩めた。

やんわりと腰に腕をまわされた格好で、藺生は紘輝を向き直る。それから気恥ずかしげに長い睫《まつげ》を伏せた。

「嫌じゃないし、逃げないよ。でも……」

「でも？」

「は、恥ずかしいのは、しかたない…だろ……っ」

見える場所に色濃い鬱血《うっけつ》の痕《あと》をつけて校内を歩けるほど、蘭生は厚顔無恥ではない。ただでさえふたりの関係は学園中に知れ渡っていて、きっとそういう想像もされているだろうに。

紘輝の胸に額を寄せて、学生服をぎゅっと摑む。可愛《かわい》らしい反応に小さく笑って、紘輝は宥《なだ》めるように華奢な背を撫でた。

「じゃあ、見えないところにつけさせてもらうとするか」

「……へ？」

顔を上げると、ニヤリと、男くさい笑み。

しまった！　と思ったが、遅かった。

「わっ！」

あっという間に抱き上げられて、先ほどイチャイチャしていたソファに逆戻り。

そのまま押し倒されて、蘭生はもがく。

だが、抗議の言葉は口づけに塞がれ、その隙に器用な指先が蘭生の学生服の金ボタンをはずしてしまう。

シャツのボタンをはだけられ、大きな手が素肌を伝いはじめたころには、蘭生の身体からは抵抗の力などすっかり抜け落ちていた。

「もう……、いっつも強引なんだから……」

責める声も、濡れている。

「嫌じゃないだろ？」

アッサリ返されて、頬に血が昇った。

「な……っ!?　ふ、ふざけ……っ!!」

悪態をつく唇を再び塞がれて、抵抗を諦《あきら》めた蘭生は、のしかかる屈強な肩に腕をまわした。

甘えられて、甘やかされて、どんどんどんどん心が熔《と》け出してしまう。

史世の期待に応えようと、一生懸命かぶっていた生徒会長の仮面も優等生のレッテルも、アッサリ剝《は》がされて、あとに残るのは物慣れない少年の素顔のみ。

けれど蘭生は、そんな自分を好きになりつつあった。紘輝に愛されて、いろんな自分を知ることができたような気がする。

「……んっ」

濡れた音を立てて、唇が離れる。けれどまたすぐに戻ってきて、今度はやさしく啄《ついば》まれた。

甘く、やさしい口づけ。

それが、紘輝の愛情を、ダイレクトに伝えてくれる。

「あ……や……ぁ……っ」

わずかに残る抵抗を口づけであやしながら、紘輝の不埒な手が蘭生の肌を暴いていく。気づけばほとんど脱がされて、シャツ一枚を肩にひっかけているだけの姿にさせられていた。

首筋から鎖骨を伝い落ちた唇が、可愛く尖《とが》った胸の突起を捕らえる。きつく吸われて、細い背が撓《しな》った。

「や……、あぁっ」

それだけで、他人《ひと》の手によってもたらされる悦楽を知ったばかりの肉体は燃え上がり、淡い色の欲望が喜悦に震えはじめる。それを大きな掌に握り込まれて、蘭生は甘い声を漏《も》らした。

「手でするのと舐《な》めるのと、どっちがいい?」

そんな卑猥《ひわい》な言葉を耳朶《じだ》に囁《ささや》かれて、恥ずかしさに瞼をぎゅっと瞑《つむ》ってしまう。

「いや…だ……、そんな……」

「それとも、すぐにこっちに欲しいのか?」

「紘輝っ」

咄嗟に零れた責める声。ぎゅっと瞑っていた瞼を上げると、思いがけず間近に、紘輝の精悍な顔があった。

——……あ……。

「蘭生……可愛い……」

「か、可愛くないっ、もう……っ」

恥ずかしくて、ついつい憎まれ口を利いてしまう。

羞恥《しゅうち》に染まった顔を見られたくなくて、硬い筋肉に覆われた肩口に額をこすりつけた。

するとと耳朶に口づけが落ちてきて、「愛してる」と低い声が囁く。それにゾクリと背を奮わせた瞬間、奥まった場所に熱い塊《かたまり》が触れた。

「あ……やぁ……んんっ」

先走りに濡れた切っ先が数度こすりつけられて、それから柔襞《やわひだ》を掻《か》き分けるようにゆっくりと侵入してくる。内から満たされる快感に、紘輝の手に握られた蘭生の欲望は喜びに打ち震えて、先端から甘い蜜《みつ》を滴《したた》らせた。

蘭生が感じているのを確認して、紘輝がゆっくりと動きはじめる。濡れた音が静かな室内に響いて、ふたりの欲情を煽った。

「あ……はぁ……っ」

こらえきれない喘《あえ》ぎが、唾液《だえき》に濡れた唇から滴り落ちる。真っ赤な舌を覗かせ、甘い声を迸らせる淫らな唇に、紘輝は何度も何度もキスをした。

「やっと手に入れたんだ。絶対に放さない」

「ひろ……き……?」

情欲に烟《けぶ》った瞳が愛しい男を見上げる。その中心に自身が映されていることを確認して、紘輝は満足げに微笑《ほほえ》んだ。

そして蘭生も、ジリジリと焼けつくような熱い眼差しを向ける男に、微笑み返す。

激しすぎる独占欲と強引さが、今の蘭生には心地好かった。

「もっと……」

——キスして。

言葉にするまでもなく、もう何度目か数えきれない口づけがもたらされる。

それに満足して、蘭生はそっと瞼を閉じた。

デート模様、それぞれの事情

昨今、全国各地に乱立しまくっている巨大ショッピングモール。

鳴り物入りでオープンしたそこに、はてどんなものなのかと、近隣住民ならとりあえず一度は足を運ぶものだ。

オープン当初の混雑が、若干緩和されてくるころあいだろうこの週末、同じようなことを考えた人間が、どうやら多かったらしい。


カトラリー類を新しくしたいという恋人の希望でショッピングモールに足を向けた新見《にいみ》は、店頭に並んだ品を物色する年上の恋人の肩越し、見覚えのあるふたり連れに気づいてサッと足を踏み出した。

このまま通り過ぎてくれればいいが、気づかれると厄介だと思ったからだ。

買い物に夢中になっている恋人とは、高校卒業後——この春から同棲《どうせい》予定だが、今はまだ生徒と教職員という間柄。おおっぴらにはできない、いろいろとデリケートな問題を抱えている。ふたり一緒にいるところを見られるよりは、先にこちらから、ひとりの姿を見せておいたほうがいいだろう。

「篁《たかむら》会長、お買い物ですか？」

「あ、新見先輩！」

うしろからポン！ と肩をたたくと、それほど驚かせたつもりはなかったのだが、薄い肩がビクンッと跳ねた。

隣に立つ紘輝《ひろき》の眉間《みけん》に——これでも懸命にこらえようとしているのだろうが——皺《しわ》が刻まれるのを見て、これはどうやらデートの邪魔をしてしまったらしいと心中で苦笑する。だが、こちらにも事情があるから、睨《にら》まれても譲れないものは譲れない。

「いくらか空《す》いてきたかと思ったんですけど、まだまだ人が多いですね。――迷子にならないように手を繋いでたほうがいいですよ」

「……！　え、その……」

耳元にコソッと囁《ささや》くように言うと、白い頰《ほお》がカァッと紅潮した。可愛《かわい》い恋人を揶揄《からか》われたとでも思ったのか、言われなくても承知だという意思表示なのか、やりとりを聞いていた紘輝が、少々手荒い仕種《しぐさ》でもじもじする白い手を取る。

「ひ、紘輝っ⁉」

新見に肩を叩かれたとき以上に驚いた様子で薄い肩を震わせた藺生《ゆう》は、見る見る耳まで真っ赤になって、気恥ずかしげに俯《うつむ》いてしまった。

「あ、あのっ、失礼します……っ」

ペコッと頭を下げて、大きな図体を引きずるように立ち去る細い背を「おやおや」と見送っていたら、背後から「かわいそうに」と苦笑混じりの声がかけられた。精算を終えた恋人が、ショップバッグを手にクスクスと笑っている。一部始終を見ていたらしい。

「デートを目撃されるのって、結構恥ずかしいものだと思うよ。とくに篁くんみたいに初心《うぶ》な子の場合は」

「学校内であれだけいちゃついておいて？」

「それとこれとはわけが違うの！」

新見が何もかもわかった上でふたりを揶揄っていたことなど承知だろうに、校内カウンセラーでもある恋人はそんなふうに返して、それから慈愛に満ちた眼差《まなざ》しを、ふたりの立ち去った方角へと向けた。


お気に入りのブランドから、オープニングセール開催の案内フライヤーが届いて、姉妹そろって慣れない場所に足を運んだ。

これまで、行きつけのセレクトショップでしか手にできなかったブランドが出店していると聞いては、黙っていられない。

体格がさほど違わないのもあって――姉のほうが凹凸《おうとつ》が若干ハッキリしている――セールなのをいいことに、あれもこれもと着回せるアイテムを中心に買いまくり、両手いっぱいに戦利品を抱えて、これでやっと一休み…と、通路に置かれたベンチに姉妹そろって倒れ込んだとき、その光景はふたりの目に飛び込んできた。

白い頬を朱に染め、俯き加減に歩く眼鏡の似合う美少年と、その傍らを少年に歩調を合わせてゆったりと歩く見慣れた顔。

当然だ。安曇野《あずみの》姉弟は、性別の違いこそあれど、三人ともが血の繋がりの濃さを感じずにはいられない容貌《ようぼう》をしている。

「どうりで行き先を言いたがらなかったわけね」

次女の茅紘《ちひろ》が、目を細め「ふうん」と含みのある口調で言う。

今朝、早々に出かける準備をしはじめた弟に、どうせデートだろうと行き先を尋ねたら、頑として口を割らなかったのだ。こんな近場にいようとは……まさしく飛んで火に入るなんとやら、だ。

「蘭生ちゃんの希望でしょ。でなきゃ、私たちが買い物に行くって話してるの聞いてて、来るわけないわ」

こちらに気づかないふたりは、コーヒーショップの前で足を止める。そのまま通りすぎようとした蘭生を、紘輝が止めたのだ。

繋いでいた手を解いて、かわりに細い身体を店内へと促すように、大きな手が背に添えられる。

「『喉《のど》が渇いただろ?』『え?　でも……』『少し休もう。何がいい?』『えーっと……』ってとこかしら?」

「何実況中継してんのよ」

弟とその恋人の口真似《まね》をしてみせる妹に呆《あき》れた眼差しを向け、長姉は組んでいた足を解く。

「茅浪《ちなみ》ちゃん?」

「私たちも、喉が渇いたと思わない？」

姉の提案に、妹はキランッと目を輝かせる。末弟というのは、いじくるために存在するのだ。その恋人もしかり。しかも、つんつんつついて弄《いじ》くりまわしたくなるくらい可愛いとなれば、姉たちの悪戯心《いたずらごころ》にストッパーなどかからない。

　ふたりは大きな荷物を手に、店の隅の小さな丸テーブルへと歩み寄った。

「はぁい、蘭生ちゃん」

「こんにちは。デート中かしら？」

「……！　ち、茅浪さん！　茅紘さんも⁉」

　姉の乱入に気づいた弟が、背後でぎょっとする気配。だが精算途中で放り出すこともできず、ジリジリしているのが伝わってくる。

「お、おふたりはお買い物ですか？」

「見ての通りよ」

　隣のテーブルが空いたのをこれ幸いと、丸テーブルふたつをくっつけ、ふたりは隣席に腰を下ろしてしまう。そして、

「エスプレッソマキアート」

「私はカプチーノね」

　トレーを手に慌てて戻ってきた弟に、長姉は長財布をポイッと放り投げた。

「あ。フィオレンティーナも」

「キャラメルバナナケーキも追加ね。ああ、それと、マグじゃなくて紙カップにしてもらって」

　実に勝手に横柄に、ふたりは弟に命じる。

　それに大きな嘆息で返した紘輝は、手にしていたトレーをテーブルに下ろし、ハニーミルクラテがなみなみと注がれたマグカップを蘭生の前に置いた。もうひとつのマグには、飾り気のない琥珀《こはく》の液体。本日のコーヒーをオーダーしたらしい。

「あーあ、もう疲れちゃったわ」

「……ここ、禁煙だったわね」

「この手の場所は喫煙所以外みんな禁煙よ。いいかげん煙草《たばこ》やめたら？　茅浪ちゃん」

「うるっさいわね」

口々に勝手なことをのたまい、いつものペースを崩さない姉たちに、蘭生は目をパチクリさせるばかり。

「冷めちゃうわ。お先にどうぞ」

蘭生がカップに手を伸ばそうとしないのを見て、茅浪が促す。だが蘭生は、レジに並ぶ紘輝にチラリと視線をやって、ただ「はい」と頷《うなず》いただけだった。紘輝が戻ってくるまで待つつもりなのだ。

こういったちょっとした可愛らしさが、自分たちのような女を間近に見て育った紘輝には、新鮮で愛らしくてたまらないのだろう。

憮然《ぶぜん》とした弟が戻ってきて、姉たちのテーブルにトレーを置く。長姉の躾《しつけ》の賜物《たまもの》か、ちゃんと紙ナプキンもフォークもスプーンもそろっている。

置かれたトレーから、茅浪はキャラメルバナナケーキののった白い皿を取り、蘭生の前に置いた。紙ナプキンとフォークも添えてやる。

「あの……？」

「疲れた顔してるわ。エネルギー補充しないと、一日もたないわよ」

「あ、ありがとうございますっ」

自分が気遣えなかったことを、姉に気遣われてしまって、紘輝が苦い顔をする。まだまだ甘いわね、と挑発的な笑みを向けると、端正な口許《くちもと》がムスッと歪《ゆが》んだ。

「いただきます」

紘輝が向かいに腰を下ろしたのを見て、蘭生がマグに手を伸ばす。熱々の液体に数度息をふきかけて、それからそっと口に運んだ。

ムッツリとした弟は、無言でブラックコーヒーをガブ飲みしている。

「おいしい……」

呟く蘭生の白い頬がホッと緩み、赤みが差す。

それを見て、長姉は妹に目配せした。ちょうどフィオレンティーナに齧《かじ》りついたところだった茅紘は、

「しょうがないわね」と肩を竦《すく》める仕種で返して、大量の荷物を肩に抱える。

「じゃあ、私たちはこれで」

「え？」

蘭生が、きょとんと顔を上げた。弟は、姉たちがこんなにアッサリ引くなんて何かあるのではないかと、訝《いぶか》る顔をしている。

「お邪魔虫は消えるわ。荷物だけ置いたら、私も茅紘もまた出かけるから、夜はうちに連れ帰ってきていいわよ」

自分たちは家をあけるから、好きにふたりの時間をすごしてかまわないと、親切心から言ってやれば、蘭生は口に運んだキャラメルバナナケーキを喉に詰まらせ、末弟は飲んでいたコーヒーに噎《む》せた。


モールの中央を貫く通りは、幅が広くて、向かい合う店の様子も、その中央に置かれたグリーンや、ベンチでひと休みする客の影に阻まれて、はっきりとうかがうことはできない。

だが、たまたま座った席から向かいのコーヒーショップに視線を向ければ、偶然にも視界の邪魔になるものがなく、店内で繰り広げられる光景の一部始終が容易に観察できた。

「助けにいかなくていいのか？」

コーヒーカップを傾けながら、男が苦笑混じりに言う。

頬杖《ほおづえ》をついて目を細め、コーヒーショップ内の様子をうかがっていた史世《あやせ》は、「俺が出てったって一緒だろ」と、つまらなそうに吐き捨てた。

それに何より、たまたま居あわせただけなのに、あとをつけたと思われるのがオチだ。冗談ではない。

「デートの邪魔されることに変わりはない」

「邪魔したかったんじゃないのか？」

茶化して言う貴彬《たかあき》の脛《すね》を、テーブルの下でひそかに蹴飛《けと》ばして、史世はウェイターにコーヒーのおかわりをオーダーした。

四人掛けのテーブルの上には、隙間《すきま》もないほどにスイーツの皿が並んでいる。だがそのどれも、ひと口ふた口かじっただけの状態で放置され、クリームもスポンジも、すでに乾きはじめている。なんとも無残なアリサマだった。

有名パティシエ監修の素材に拘《こだわ》ったパティスリーだと聞いてやってきたのだが、評判倒れというか、メディアの情報はもちろん口コミもアテにならないというか、よく聞く有名パティシエの名だったのに、まったく期待はずれで、最初のひと口を口に運んだ時点で史世のご機嫌は急降下。かろうじての救いは、コーヒーの味が及第店だったことだ。

史世の眉間に刻まれた皺を見て、やっぱり最初からいつものホテルに連れていくべきだったと反省した貴彬だったが、何かを視界に捉えた史世の意識がスイーツ以外に向いたのを見て、ひそかに胸を撫《な》で下ろした。このままご機嫌が直らなかったら、今晩の予定がパァだ。

史世の視線の先を辿れば、そこには彼が目のなかに入れても痛くないほどに可愛がっている幼馴染《おさななじみ》の姿があった。つい最近になってできたという恋人か傍らに立つのを見て、はたして史世の反応は？　と心配もしたが、思いがけず史世は静かだった。

眼鏡の美少年が、照れたような怒ったような顔をしながらも、その大きな瞳《ひとみ》が幸せそうに潤んでいることに気づいたからだろう。

が、ややして強烈なお邪魔虫が現れて、どうするのかと見ていたところだったのだ。

「おや、早々に退散かな」

両手に抱えきれないほどの荷物を両肩に担いだ美女ふたりが、コーヒーのカップを手に腰を上げるのが見える。

残されたふたりは――繭生は、何を言われたのか真っ赤になって、ケホケホと噎せていた。向かいの青年も、口許を拭《ぬぐ》っている。

「しっかり遊ばれたらしいな」

あそこのブラコンも相当だ、などと自分を棚上げして史世がウンザリと言う。思わず口許を緩めると、

「なんだ？」と見咎《みとが》められた。

言い訳を口にする必要はなかった。ナイスなタイミングでおかわりのコーヒーが運ばれてきたからだ。

「それを飲み終わったら、映画でも観るか？」

「ん〜？　そうだな……」

たしか話題の新作が公開されたばかりだったはずだと提案する。すると史世は、コーヒーカップを手のなかで弄《もてあそ》びつつ、思案のそぶりを見せた。

そして、長い睫を数度瞬かせ、フッと口許を緩める。

「ホテル直行」

ずいっと身を乗り出してきたかと思えば、ひそめた声で、そんな魅惑《みわく》的な提案が告げられた。

心配は全部杞憂《きゆう》だったらしいと安堵しかけた男の耳に、「何をニヤけてるんだ」と、つれない言葉が届く。

「目的はケーキだからな」

秀麗な眉が寄せられて、しかしきつい眼差しは幸いなことにも、貴彬ではなくテーブルに並んだスイーツに向けられた。

「なら、ルームサービスを頼むことにしよう」

目的がケーキなら、食べる場所には拘らないはず。のうのうとそんな言葉をかけてくる男に、史世は一瞬大きな目を丸めて、それからふふっと笑った。

――蘭生くんに感謝しなくちゃな。

可愛い幼馴染が幸せなら、史世のご機嫌パラメーターは、多少のことではレッドゾーンに突入しないらしい。

コーヒーショップを出て、蘭生と紘輝が足を向け

たのは、モールの端にあるペットショップだった。

仔犬《こいぬ》や仔猫《こねこ》たちが、ショーケースのようなガラス張りのケージのなかに納められ、飼い主との出会いを待っている。

そこで、飽きもせず元気にじゃれ合っている二匹の仔猫のケージの前に張りついたまま、蘭生はじっと動かない。

はじめは、仔猫の可愛らしい様子に見入っているのかと思っていたのだが、どうやらそうではないらしいことに、ややあって紘輝は気づいた。

「蘭生?」

やっぱり疲れたのかと、そっと肩に手を添える。

あの姉たちに絡まれたら、自分だって相当なパワーを吸い取られるのだ。繊細な蘭生に耐えられなくてもしかたない。

そんなことを考えていた紘輝の耳に、ボソリと思いがけない言葉が届いた。

「断ってくれると思ったのに」

「……蘭生?」

やっと顔を上げた蘭生は、怒ったような困ったような照れたような、複雑な表情をしていた。桜色の唇が、ツンと尖っている。

「せっかくの、はじめてのデートなのに」

蘭生のなかでは、学校帰りの寄り道や、自宅での逢瀬《おうせ》は、どうやらデートにカウントされていなかったらしい。

ちゃんと待ち合わせをして出かけてきたのははじめてだと言われて、そういえばそうだったな…と、紘輝は改めて認識した。

見かけによらず手慣れているくせに、やはり芯《しん》の部分で硬派な男は、飾り立てることに慣れておらず――いや、そもそも気がまわらない。

妙なところでヤキモチを焼くくせに、肝心なところで寛容なんだから…と、拗《す》ねた声で責められて、反応に困ってしまった。

なんのことかと思えば、新見と姉たちに声をかけられたときに、サッと躱《かわ》してほしかったと、そういうことらしい。

「茅浪さんも茅紘さんも大好きだけど、でも……」

言われるまでもなく、ヤキモチばかり焼いている自覚のあるこちらとしては、想《おも》いの通じ合う前ならいざ知らず、あの程度のことで目くじらを立てていてもおとなげないだろうと、意識的に我慢していたのに……。

こういった場面での匙《さじ》加減がうまくいかないあたり、いかに身体の相性がよかろうが、ソッチ方面だけは濃厚だろうが、初心者マークがとれるまでには、まだまだ時間のかかりそうなふたりだった。

「そんなこと言っていいのか？」

「……え？」

「がんばって我慢してたんだけどな。おまえがいいって言うんなら、いくらでもヤキモチ焼くぞ」

人込みにまぎれてそっと手を握ると、白い頬がカァッと赤くなる。

「……バカ」

小さな声が返ってきて、紘輝はやわらかな髪を顎《あご》の下に引き寄せつつ、「早めに帰ろう」と、小声で提案した。

コクンと、小さな頭が縦に振れる。

きゅっと噛《か》み締められた唇は仄《ほの》かに色づいて、早くキスして…と、誘っているようだった。

甘い約束
実相寺　紫子
眼鏡、外すなよ
……眼鏡？
そりゃ……見えないし、外さないけど…？
それは何気なく交わされた約束(？)だったが……
何となく(笑)守られてきたのだった。
新見→
生徒会
……しかし
季節は流れ……
健康診断
視力検査場
次の人
カタ…
はい
う…見えない
ザワ…

ウオオオオオ
ビクッ
な…何?
???
見たか、おい こんな間近で…!!
しーっ! 俺だって初めてだ!!
その約束もこんな形で破られ(?)、しかも素顔の魅力をフルパワーで発揮してしまったのだった……!!
ぱっちりお目々とか
ラッキー
流し目とか
うーん
そんでもって 自覚ゼロ。
わかりません
すげ~キレイ
むっちゃかわええ
ムラムラ
安曇野《あずみの》宅
体力と視力の検査があってね…視力検査の時に
すごい騒ぎになってたけど、丁度検査中だったから何があったか判らなかったんだ。
長女 茅浪《ちなみ》
……………。
長男 紘輝《ひろき》(恋人)
次女 茅紘《ちひろ》

後は身体測定が残ってるから明日…
健康診断って…生徒会役員は日程違うはずだろ？
ああああ蘭生ちゃんってば…
やっぱ貞操の危機じゃん
―半数は一般生徒と同じでしょ？今年は僕は前日程（一般）、紘輝は後日程だったじゃない。
2期連続全運動部系部長
2期連続生徒会長
―それで、人前で眼鏡外したのか？
当たり前だろ？
………!!（ガーン）
ぐ…
大丈夫だ……お前を一人になどしない。一日中、俺が必ず守る！
ぎゅっ
え？ちょ…ちょっとさっきから何言ってるの？紘輝!?
―だめよあんた明日は空手の試合があるでしょ？（幸せボケ？）
そうよ。蘭生ちゃんの事は、私に任せてあんたは
試合に出なさい！不戦敗は認めないわ!!
―…うん、僕は一人で平気だよ？カッコイイ紘輝見れないのは残念だけど、応援してるから頑張って…
プス
姉貴、蘭生をたのむ…
OK！安心して戦ってらっしゃい!!
す―
最っっっ強の助っ人呼んどくわ。

コソ コソ コソ
なんで急に生徒会役員だけ部屋換わるんだ？くそー!!
会長のはだか見
さわりてえぇ
一発やりたい
危険!
おい、押すなよ！
カラ～!!
やあ。
君達、外の張り紙読まなかったのかな？…ダメだねぇ。
元アイドル
前生徒会長・花邑《はなむら》 史世《あやせ》
は、花邑先輩!!??
パキ パキ
安曇野、かしが出来たな。
怒った
あれ、あっちゃん？来てたんだ？
優勝、安曇野紘輝君
キャアア～
あずみのく～ん
いやな予感

今見ると絵が古くて本当に恥ずかしいのですが、『甘い口づけ』は絵を描かせて
ただく上で原点となった、とても大切な作品です。
読み応えのあるストーリと、魅力あるキャラ達に、大興奮しながら描かせていた
いたことを思い出します。
ところで、『蘭生』や『紘輝』も大好きですが、シリーズ中一番のお気に入なの
『史世』だったりします。
当時のフリートークにも登場させて、我ながらどれだけ好きなのでしょうか（笑）。
好きなキャラを全部詰め込んだ強引な内容にも…笑えます）

紘輝、桜が満開だよ。綺麗だね…。
サラサラ
← この場で押し倒したい、と思っている
→ 花見に行きたいな、と思っている

ねえねえ、お嬢さん達お暇ぁ？
ちょーっとお金と身体かしてくんないかなぁ？
この2人 姉妹のよう…

妃川先生、そして読者さま、夫婦のように長いお付き合いとなりましたが、これからもどうぞよろしくお願いいたします！

実相寺紫子

①史世の場合
藺生と二人っきりで）買い物楽しんでるところに水差しやがって、この雑魚が……！
誰がお嬢さんだってぇ～？
ご機嫌パラメーター
ひっ
あ…あっちゃん？
顔、見えない

②姉さんSの場合
コンな事してるの？悪い子にはお仕置きしなきゃね。
チャ
あ、姉さん！標本にしたいから傷の少ない死体にしてね♥
冗談
あの……
!!

藺生、一人歩きしない限り君の安全は保障されてるぞ!!

あとがき

こんにちは、妃川《ひめかわ》螢《ほたる》です。

このたび、各方面にご助力いただき、長年かけて育ててきたシリーズを、おかげさまで復活させることができました。本当にありがたいことです。ありがとうございます。

あのゴタゴタの最中、最後まで面倒を見てくれた以前の担当Kさま。風の便りにでも伝わればいいなぁと思いつつ、この場でお礼を言わせてください。本当にありがとう。あなたの言葉があったから、じっくり腹を据えて先のことを考えることができました。

そして、イラストを担当してくださいました実相寺《じっそうじ》紫子《ゆかりこ》先生。長いお付き合いになりますが、再びこのシリーズに命を吹き込むために、今一度お力を貸していただけたらと思います。今後とも、どうぞよろしくお願いいたします。

それにしても、古い原稿のチェック作業というのは拷問ですね(汗)。いくらデビュー作とはいえ……(嘆息)。なんかもうゲッソリと神経をすり減らした気分です(笑)。

そして嬉《うれ》しいお知らせです。近いうちにシリーズ新作をお届けできる予定です。そちらもぜひお楽しみに！　ご意見ご感想など、お気軽にお聞かせくださいね♡

二〇〇八年十月吉日　妃川　螢

初出

甘い口づけ――――2001年2月 「甘い口づけ」（リーフ出版）収録作品を加筆修正

聖夜―Mellow Christmas― ――――2001年2月 「甘い口づけ」（リーフ出版）収録作品を加筆修正

甘い束縛――――2001年3月 「甘い束縛」（リーフ出版）収録作品を加筆修正

思い出――――2003年4月 同人誌掲載作を加筆修正

デート模様、それぞれの事情――――書き下ろし

おまけマンガ「甘い約束」――――2001年8月 「Leafy ACT.9」（リーフ出版）収録作品

おまけマンガ「あとがき」――――2001年3月 「甘い束縛」（リーフ出版）収録作品

この本を読んでの
ご意見・ご感想を
お寄せ下さい。

〒151-0051
東京都渋谷区千駄ヶ谷4-9-7
(株)幻冬舎コミックス　小説リンクス編集部
「妃川螢《ひめかわほたる》先生」係／「実相寺紫子《じっそうじゆかりこ》先生」係

リンクス ロマンス

甘い口づけ

2008年10月31日　第1刷発行

著者……………妃川《ひめかわ》 螢《ほたる》
発行人…………伊藤嘉彦
発行元…………株式会社　幻冬舎コミックス
〒151-0051　東京都渋谷区千駄ヶ谷4-9-7
TEL 03-5411-6434（編集）
発売元…………株式会社　幻冬舎
〒151-0051　東京都渋谷区千駄ヶ谷4-9-7
TEL 03-5411-6222（営業）
振替00120-8-767643
印刷・製本所…共同印刷株式会社
検印廃止

ISBN978-4-344-81464-6　C0293
Printed in Japan

幻冬舎コミックスホームページ　http://www.gentosha-comics.net